D1696195

Papier fresserchen

Papierfresserchens MTM-Verlag

*An alle „Lillys“ da draußen –*
*für euch gibt es ein Happy End!*

Bibliografische Information der Deutschen Nationalbibliothek:
Die Deutsche Nationalbibliothek verzeichnet diese Publikation in der
Deutschen Nationalbibliografie; detaillierte bibliografische Daten sind im
Internet über http://dnb.d-nb.de abrufbar.

Lektorat: Melanie Wittmann
Satz: Hedda Esselborn
Titelbild: Katharina Bouillon

1. Auflage 2014
ISBN: 978-3-86196-402-5

Copyright (©) 2014 by Papierfresserchens MTM-Verlag
Sonnenbichlstraße 39, 88149 Nonnenhorn, Deutschland

www.papierfresserchen.de
info@papierfresserchen.de

Anna-Lena Grimm

# Niemand kennt seine Zukunft

Ich bin da, um dir Unheil zu bringen.
Teil deiner Albträume.
Teil des Wahnsinns.
Ohne Gewissen.
Ohne Erbarmen.
Ich verübe Rache.
Ich bringe den Tod.
Ich bin immer bei dir.
Bis du dein Ende findest.
Durch meine Hand.

# Teil 1: Verdammt

### Unbekannt

Das Erste, was ich sehe, ist Licht. Sofern man Licht sehen kann, meine ich. Es ist furchtbar hell und meine Augen müssen sich erst daran gewöhnen. Nach einer gefühlten Ewigkeit kann ich etwas erkennen, aber ich verstehe nicht, was es ist. Meine anderen Sinne scheinen auch nicht ordentlich zu funktionieren. Ich höre nur ein mechanisches Rauschen, wie eine Störung im Radio oder Fernseher. Dann folgt ein Stöhnen. Das bedeutet schon mal, dass ich nicht allein bin. Prompt ist erneut ein Stöhnen zu vernehmen. Bis ich begreife, dass ich es bin, der diese Geräusche von sich gibt, scheinen noch mal Stunden zu vergehen. Langsam dämmere ich wieder weg.

Ich denke. Komisch. Nach der Leere, die mich die ganze Zeit beherrscht hat, fühlt sich das sehr seltsam an. Also habe ich ein Gehirn. Gut zu wissen.

Vielleicht habe ich auch einen Körper, aber ich spüre nichts, sehe und höre nichts, jedenfalls nicht mehr als das stetige Rauschen. Ich bin einfach nur da, die einfachste Form des Seins. Noch während ich mir darüber Gedanken mache, was mit mir los ist, merke ich eine leichte Bewegung unter mir. Unter mir?! Wie ein … ja, jetzt fällt mir das Wort ein: Schaukeln. Unter mir schaukelt es! Ich bin überwältigt davon, nun doch etwas spüren zu können – noch dazu etwas so Seltsames. Plötzlich bin ich an einem ganz anderen Ort.

❦

Ich rieche Fisch und spüre den Wind in meinen blonden Haaren, der mir salziges Gischtwasser ins Gesicht spritzt. Ich trage ein weißes Sommerkleid, das weich meine Knie umspielt. „Mama, sieh nur!", rufe ich und eine Frau mittleren Alters kommt zu mir. Ich strecke meinen winzigen Zeigefinger aus und deute auf einen kleinen Schwarm bunter Fische, deren Namen ich nicht kenne.

„Die sind aber hübsch", meint meine Mutter. Ich beginne, übers ganze Gesicht zu strahlen, und springe an ihr hoch. „Uff", stöhnt sie und nimmt mich auf den Arm. Nun hocke ich auf ihrer Hüfte, schlinge die Beine um ihren schlanken Körper und klammere mich an ihrem Hals fest.

„Boah", staune ich, denn aus dieser Perspektive kann ich bis zum weit entfernten Horizont blicken. Das Meer ist azurblau und der warme Sommerwind treibt leichte Wellen auf. Mindestens genauso blau, nur viel, viel heller, ist der wolkenlose Himmel, von dem die Sonne erbarmungslos herunterbrennt. Seltsamerweise verstehe ich die Kostbarkeit dieses Augenblicks, obwohl ich zu diesem Zeitpunkt gerade mal fünf Jahre alt bin. „Ich werde versuchen, mich ewig daran zu erinnern", schwöre ich mir. „Für immer und ewig."

„Na komm, wir gehen rein. Lu hat bestimmt schon was Leckeres zum Abendessen vorbereitet", sagt meine Mutter.

„Nein, bitte nicht, ich will nicht!", quengele ich und beginne lautstark zu weinen. Die Tränen schießen nur so aus meinen Augen heraus und ich kann einfach nicht damit aufhören.

„Scht, scht", versucht mich Mama zu beruhigen. „Morgen sind wir auch noch hier, genauso wie das Wasser, die Fische und die Sonne. Und ich verspreche dir, dass es morgen noch schöner wird!"

„Noch schöner? Wirklich? Geht das überhaupt?", frage ich und ziehe die Nase hoch.

„Oh ja, denn du weißt ja, dass morgen ein ganz besonderer Tag ist, nicht wahr?", erinnert sie mich.

Ich merke, wie meine Tränen in der warmen Abendsonne trocknen, und lächle schwach. „Ja, du hast recht. Außerdem habe ich einen Bärenhunger. Ich könnte ein ganzes Haus essen!" Ich mache mit meinen Armen überdeutliche Gesten, wie viel ich verputzen will.

Meine Mama lacht. „Na ja, hier auf dem Boot haben wir wahrscheinlich kein Haus zur Verfügung, das du essen kannst, aber Lu wird mit Sicherheit etwas einfallen!"

Ich kichere.

✑

Boot! Das Schaukeln fühlt sich an wie auf einem Boot. Allerdings habe ich keine Ahnung, wer das Mädchen und die Frau vor meinem geistigen Auge sind und wo sich diese wundervolle Landschaft befindet. Ich weiß nur, dass ... dass ich nichts weiß! Als wäre mein ganzes Gehirn ausgelöscht und mein Körper tot. Flash! Wieder bin ich weg.

✑

Tränen rinnen mir über die Wangen wie Flüsse, Schnodder läuft mir aus der Nase, aber ich bin es leid, ihn wegzuwischen oder mich zu schnäuzen. Meine langen braunen Locken sind durchweicht von dem Regen, in dem ich stehe, ebenso wie meine ausgewaschene und abgewetzte Jeans und das einfache dunkelblaue T-Shirt, das ich trage. Ich stehe hier seit dem Ende der Zeremonie. Alle anderen Gäste sind schon gegangen, aber ihnen hat es nicht annähernd so viel bedeutet wie mir. Dessen bin ich mir sicher. Ich stehe hier wie die kleine Engelsstatue, die ich gebastelt und aufgestellt habe. Nur dass sie glamouröser und edler aussieht als ich. Nicht so schmutzig. Ich wünschte, ich wäre sie und würde nur unbeteiligt herumstehen. Dann könnte ich meinen Schmerz und meine anderen Gefühle einfach auslöschen. Nichts mehr zu spüren könnte so schön sein! Alle wünschen einem nur das Beste und sagen, dass sie dasselbe fühlen wie man selbst und mitleiden, aber das ist Schwachsinn. Niemand kann wissen, wie es mir geht, denn wenn es jemandem genauso ergehen würde, wäre er schon längst zerbrochen, da bin ich mir sicher.

Sie haben immer gesagt, dass ich etwas Besonderes sei und mich vor allem durch meine Stärke auszeichnen würde. Sie hatten recht! Sie ... Nein, ich habe einen besseren Wunsch, als der Engel zu sein: Ich wünsche mich an ihre Stelle, weil sie dann hier wären, während ich dort unten liegen würde. Dann könnte ich den Schmerz auch nicht mehr spüren. Ich seufze und lasse mich in das nasse Gras fallen.

Eine Weile lang schwelge ich weiter in Erinnerungen. Guten und schönen, in erster Linie an sie.

Ich kann einfach nicht verstehen, warum das alles mir beziehungsweise ihnen passiert ist.

„Ahhh!", schreie ich plötzlich, weil sich aus heiterem Himmel eine Hand auf meine Schulter legt und mich aus meinem Selbst- und Fremdmitleid herausreißt. „Oh Gott, du bist es nur! Sag mal, willst du mich umbringen?!", frage ich entrüstet, bis mir auffällt, wie makaber dieser Satz in der momentanen Situation klingt. Ich verziehe entschuldigend und reumütig den Mund.

„Ich wollte dich nicht erschrecken, Zafrina, aber ich denke, du solltest jetzt vielleicht nach Hause gehen ...", meint er.

Zafrina – er hat mich noch nie bei meinem richtigen Namen genannt. Schon wieder verziehe ich den Mund, aber diesmal verärgert. „Erstens heiße ich Za – und NUR Za! Und zweitens: nach Hause?! Wo soll das denn bitte sein? Ohne sie bin ich nirgendwo mehr daheim, ich gehöre hier nicht mehr her!" Ich merke viel zu spät, dass ich extrem laut geworden bin, obwohl man hier eigentlich niemals schreien sollte. Aber die Genugtuung, mich zu entschuldigen, gebe ich ihm nicht. Ich tue einfach so, als wäre nichts passiert, und starre ihn wütend an. Er geht einfach darüber hinweg.

„Ich habe mir schon gedacht, dass du dort nicht alleine wohnen willst, also habe ich mein Gästezimmer eingerichtet. Du könntest für eine Weile zu mir ziehen."

Natürlich ist es da, wo ich mal zu Hause war – nicht dort, wo ich einfach nur wohne! – viel zu still, um zurückzukehren. Aber eigentlich will ich nur, dass alles so wird wie früher – das klingt so weit weg – und wieder Freude empfinden. Ich weiß, dass ich sein Angebot nicht annehmen kann, wobei ich eigentlich nichts lieber als das machen würde. Aber wenn ich darauf eingänge, würde ich es nie übers Herz bringen, den Schritt zu gehen, den ich tun muss! Meine Entscheidung ist gefallen. Ich habe schon längst keine Wahl mehr. Jetzt, da ich es klar vor mir sehe, ist es nur noch halb so schlimm.

Auf einmal werde ich ganz ruhig und antworte mit fester Stimme: „Nein!"

Nur ein einziges Wort und es sagt doch so viel. Ich sehe, dass er ansetzen will, um etwas zu erwidern, aber ich schüttele bestimmt den Kopf und er versteht. Ich blicke noch ein letztes Mal auf die nasse Erde des Grabes. Ich bin mir sicher, dass ich nie wieder herkommen werde, da ich meinen Weg nun deutlich vor mir sehe. Ohne ein weiteres Wort drehe ich mich um und stapfe an ihm vorbei. Ich schaue nicht mehr zurück.

ᛃ

STOPP! Zu viel! Zu viele Emotionen ... diese Trauer, dieser Schmerz! Za hat recht. Jeder, der das empfindet, zerbricht daran. Man kann sich davor nicht schützen, sich nicht abschirmen. Wie schrecklich! Allerdings weiß ich jetzt, wie ich mich fühle. Erstens: wie in einem Boot. Zweitens: als wäre es mein Grab. Und drittens ... dieses Gefühl kann ich nicht einordnen. Es ist tiefer als der Schmerz, aber schöner als alles, was ich je empfunden habe.

Ich bin eben wach geworden. Und außerdem bin ich mir absolut sicher, dass ich keinen Körper besitze. Wenn ich einen besäße, hätte ich die Augen aufgeschlagen, denn ich sehe. Leider aber nicht viel. Ich weiß, dass ich liege, denn ich blicke nach oben. Na ja, oben ist relativ, weil ich nicht denke, dass hier Richtungen existieren.

Über mir ist auf jeden Fall Schwärze, die mit viel Fantasie ein dunkler Himmel sein könnte, nur ohne Mond und Sterne. Pure Dunkelheit, aber ich kann trotzdem noch mehr erkennen.

Ich blicke mich um und stelle fest: „Ich hatte recht!"

Ich bin tatsächlich in einem Boot. Es sieht aus wie ein kleines Ruderboot aus Holz. Vorne und hinten läuft es spitz zu und an jedem Ende gibt es eine Holzbank, auf der normalerweise die Leute sitzen, die rudern. Aber hier sind weder Personen noch andere wie ich – Körperlose. Ich befinde mich mit meinem nicht vorhandenen Kopf unter einer der Bänke und müsste somit eigentlich ausgestreckt daliegen.

Vorsichtig setze ich mich auf. Nein, ich besitze keinen echten Leib, aber als ich an mir heruntersehe, merke ich, dass ich etwas Ähnliches habe. Es fühlt sich an wie ein Körper und ich kann mich auch bewegen, aber ich bin ... nicht ganz materiell?! Nur halb! Anders lässt es sich nicht beschreiben. Ich bin teils durchsichtig und teils eben nicht!

Ich trage ... Kleidung, ja genau, das ist das Wort. Eine schwarze Jeans und ein ebenso schwarzes Hemd, bei dem die oberen beiden

Knöpfe offen stehen. Schuhe habe ich nicht an. Ich sehe meine nackten Füße unter den viel zu langen Hosenbeinen hervorragen. Das Hemd ist bis zu den Ellenbogen hochgekrempelt, sodass ich auch meine Unterarme betrachten kann. Und natürlich meine Hände. An ihnen ist allerdings irgendetwas nicht normal. Oder hat etwa jeder ein schwarzes Zeichen auf dem linken Handrücken? Wahrscheinlich nicht. Ich schaue es mir genauer an. Es besteht aus zwei exakt parallel laufenden Strichen, einer verläuft zwischen kleinem und Ringfinger, sein Gegenstück befindet sich zwischen Mittel- und Zeigefinger. Die Linien werden von einer weiteren gekreuzt. Sie steigt vom Arm kommend schräg Richtung Ringfinger-Strich an, stoppt dort und läuft von dieser Stelle direkt waagrecht auf die zweite Parallele zu. Wo sie sich treffen, führt der waagrechte Strich noch mal schräg nach oben. Die drei Linien bilden insgesamt ein „H".

Ich habe keine Ahnung, was das zu bedeuten hat! Ich berühre das Zeichen vorsichtig. „Ahhh!", schreie ich. Das brennt ja wie Höllenfeuer! Nun glüht das Symbol rot und es fühlt sich an, als würde meine ganze Hand in Flammen stehen. Ich kann nicht mehr klar denken. Ich bin mir absolut sicher, dass dies das Schlimmste ist, was ich je fühlen musste. Es hört nicht auf, es wird nie aufhören! Hilfe! Aber kein Ton dringt aus meiner Kehle, hier hätte mich sowieso niemand gehört, da bin ich mir sicher.

Nach einer gefühlten Ewigkeit lässt das Glühen langsam – zu langsam – nach. Es wird erträglicher und ich mustere mich erneut. Keine weiteren Auffälligkeiten. Also befühle ich mein Gesicht. Augen, leicht krumme Nase, als wäre sie einmal gebrochen gewesen und nicht gut verheilt, Mund, schmal und länglich. Alles normal. Dann taste ich meinen Rücken ab und ... Schock! Ich ... ich ... ich habe ... ich kenne das Wort nicht ... und bin weg.

෬

„Happy birthday to you, happy birthday to you, happy birthday, liebe Angel, happy birthday to you!!", singen alle, jubeln und klatschen.

Meine Mama hatte recht. Heute ist es noch viel, viel schöner als gestern. Mein sechster Geburtstag, den ich hier auf dem tollsten Hausboot, bei dem tollsten Wetter und mit den tollsten Menschen verbringen darf. Meiner Mama und Lu, meinem großen Bruder. Allerdings weiß ich nicht, wie alt er ist, nur groß im Sinne von riesig – der perfekte Beschützer-Bruder eben. Und er hat dieselben blauen Augen und blonden Haare wie ich.

Meine Mutter hat mich nicht umsonst Angel genannt. Ich sehe wirklich aus wie ein Engel.

Alle meinen auch, dass mein Charakter ebenfalls dem eines Engels gleiche: gutmütig und hilfsbereit und irgendwie, als würde ich alles zu schätzen wissen. Und nun bin ich sechs Jahre alt! Yippi!

„So, mein Schatz, willst du nicht mal die Kerzen auspusten?", fragt mich meine Mama.

„Wie, Kerzen? Wo?", will ich wissen, stoppe aber mitten im Reden, da ich schon meine Geburtstagstorte gesichtet habe. „Wow", staune ich. „Schokoladentorte! Meine liebste!" Ich strahle übers ganze Gesicht.

Mama lächelt. „Wissen wir doch. Lu hat sie gestern noch für dich gebacken!"

„Cool, wirklich, Lu? Danke schön!", jubele ich.

Mein Bruder nickt nur und grinst. Er hat noch nie geredet. Nicht, weil er es nicht kann, sondern weil er nicht will. Das hat jedenfalls mal ein Arzt zu ihm und meiner Mutter gesagt, aber da gab es mich noch nicht.

„Na komm, puste!", fordert mich Mama auf.

Und ich tue es. So fest ich kann. Schließlich müssen alle sechs Kerzen auf einmal ausgehen, sonst bringt es kein Glück, wenn ich mir etwas wünsche. Ich schließe beim Pusten die Augen. Nur das erneute Jubeln signalisiert mir, dass es funktioniert hat.

„Und was hast du dir gewünscht?", fragt meine Mama. Ich denke kurz nach, ob ich es ihr erzählen soll und komme zu dem Schluss: „Schaden kann es nicht!"

„Ich hab mir gewünscht, dass Papa wieder da ist!", sage ich selbstbewusst. Das Lächeln meiner Mutter gefriert für den Bruchteil einer Sekunde, aber sie überspielt es so gut, dass ich es mir auch nur eingebildet haben könnte. Das rede ich mir auf jeden Fall ein.

„Das ist ein sehr schöner und tiefgründiger Wunsch, Schatz, aber ich denke eher nicht, dass er in Erfüllung gehen wird. Sei nicht traurig, wenn es nicht klappt, okay?", meint sie.

„Werde ich nicht sein, aber ich glaube einfach ganz fest daran, dann wird alles gut!", argumentiere ich.

„Natürlich wird es das, natürlich wird es das ...", murmelt sie mehr zu sich selbst als zu mir. Und schon wieder gefasster fragt sie in die Runde: „Wer will Kuchen?"

„ICH! Aber ein gaaanz großes Stück!", rufe ich begeistert. Lu nickt und hält ebenfalls seinen Teller hin.

„Gut, der halbe Kuchen für Angel", sagt meine Mama augenzwinkernd und gibt mir ein wirklich großes Stück, das ich nicht im Traum schaffen werde. Lu bekommt ein fast ebenso riesiges und Mama nimmt sich ein kleineres.

Ich kann nicht warten, bis jeder einen Teller hat, und fange sofort an, alles in mich reinzuschaufeln. Es schmeckt einfach göttlich. Typisch für Lus Kreationen. Ich esse das megagroße Stück auf bis zum letzten Krümel und bin trotzdem die Erste, die fertig ist.

Mama lacht. „Na, da hatte aber eine Hunger!" Und ich lächle sie mit schokoladenverschmiertem Mund breit an.

Etwas später sind auch Lu und Mama endlich fertig und stellen ihre Teller ab. Jetzt kommt der Moment, auf den ich schon den ganzen Tag sehnsüchtig warte. Ich schaue Mama neugierig an. Schon wieder lacht sie.

„Du weißt ganz genau, was jetzt kommt, oder?", fragt sie.

Ich nicke und kann kaum noch still sitzen. Ich werde schon ganz hibbelig. Sie dreht sich betont langsam um, reizt meine Geduld geradezu aus und geht ins Bootsinnere. Ich stöhne, da ich weiß, dass sie mich extra lange warten lassen wird. Das tut sie immer.

Nach mindestens einem Jahrtausend kommt sie wieder herauf und in ihrem Arm hält sie einen Mount Everest von Geschenken, mindestens.

„Jaaa!", jauchze ich und springe an ihr hoch wie ein kleiner, freudiger Hund.

„Vorsicht, sonst lasse ich noch alles fallen!", mahnt meine Mutter. Das ist ein sehr überzeugendes Argument und ich warte ungeduldig, bis sie alles auf dem Boden abgeladen hat.

Kaum ist sie fertig, bin ich schon dabei das Geschenkpapier des ersten Päckchens abzureißen. Es kann gar nicht schnell genug gehen. „Jaaa, ein neuer Teddy!", freue ich mich und drücke den kleinen braunen Bären an mich, als wollte ich mit ihm verschmelzen.

Dann das zweite Geschenk: ein neues Sommerkleid, ebenso weiß, rein und unschuldig, wie ich immer beschrieben werde. Ohne ein Wort ziehe ich meinen kunterbunt geringelten Rock und das rosafarbene T-Shirt aus, das ich trage, und schlüpfe in das neue Kleidungsstück. Es passt wie angegossen. „Cool, das ist noch viel schöner als mein anderes!" Ich werde immer glücklicher.

Im nächsten Paket sind Süßigkeiten. Schokolade, Bonbons, Lollis, was man sich nur vorstellen kann. Sofort stopfe ich mir ein Erdbeerbonbon in den Mund und lutsche genüsslich.

Das hält mich natürlich nicht davon ab, das letzte Geschenk zu öffnen. Es hat eine seltsame Form, deretwegen man nicht auf Anhieb sagen kann, was darin enthalten ist, wie zum Beispiel bei einem Buch.

Ich mache es vorsichtiger als die anderen auf und bin sprachlos. Kein Wort bekomme ich heraus, so toll ist diese Überraschung!

„Und, freust du dich?", fragt Mama. „Es war Lus Idee."

Ob ich mich freue?! Ich platze beinahe vor Glück!

„F...flügel! Für mich?", will ich wissen.

„Ja, für wen denn sonst? Lu dachte, dann siehst du noch mehr aus wie ein Engel. Sie passen wunderbar zu dir", antwortet mir Mama.

„Darf ich sie gleich anziehen, bitte?", frage ich.

„Natürlich", antwortet meine Mutter darauf und hilft mir hineinzuschlüpfen.

Ich verrenke mir meine kleinen Arme, um hineinzukommen, aber die Flügel sind einfach nur perfekt und ebenfalls reinweiß. Nun ist meine Verwandlung zum Engel vollkommen. Angel. Ich. Es passt einfach zusammen und ich bin das glücklichste Kind auf der Welt.

❧

Diese Emotionen. Ich werde mich nie daran gewöhnen! So stark und tief, dass ich immer noch in dem Bann dieses Glücks stehe. Überwältigend. Allerdings hat mir diese Erinnerung – ich weiß nicht, wie ich es sonst nennen soll, obwohl ich mir sicher bin, dass ich das nie erlebt habe – das Wort gebracht, das ich schon zuvor gesucht habe.

Flügel. Auf meinem Rücken befinden sich Flügel aus Tausenden von Federn. Sie sind ebenso schwarz wie der Rest meiner Umgebung und haben eine Spannweite von mindestens zwei Metern. Sonst hätte ich sie schlecht betrachten können. Daraus kann ich schlussfolgern, dass ich kein Mensch bin und definitiv kein Mädchen wie in meinen Erinnerungen, das habe ich schon eher festgestellt. Aber was bin ich dann?

Ich versuche, meine Flügel zu benutzen, und spanne sie auf. Ich schlage so fest wie nur möglich damit und bin mir sicher, ich mache es richtig und müsste schon locker zehn Meter über dem Boot schweben, aber es funktioniert nicht. Ich weiß zwar, dass ich es schon Tausende Male ebenso gemacht haben muss und mich diese Flügel auch wirklich tragen können, aber es ist, als würden meine Füße an dem Schiff festkleben. Ich komme nicht los, was ich auch versuche.

Aber aus dem Boot steigen, das müsste doch möglich sein. Dann kann ich versuchen zu schwimmen. Ich schaue nun das erste Mal über den Bootsrand hinaus und entdecke ein Meer, so schwarz und undurchdringlich wie die Nacht selbst. Es umschließt mich von allen Seiten. Nirgendwo sehe ich auch nur ein Fitzelchen Land. Wie normales Wasser sieht diese Flüssigkeit nicht gerade aus, aber einen Versuch ist es wert. Ich hebe vorsichtig ein Bein an und will es über den Rand schwingen. Kaum habe ich mit den Zehenspitzen die äußere Kante des Holzes berührt, wird mein Fuß jedoch ruckartig gestoppt.

„Au!", schreie ich überrascht. Verwundert bücke ich mich und betrachte die Stelle, an der meine Zehen gegen ... nichts geprallt sind. Vorsichtig betaste ich das unsichtbare Hindernis, gegen welches ich gestoßen bin. Es fühlt sich glatt wie Glas an. Jedoch ist es mir nicht möglich, es zu sehen, egal, aus welcher Perspektive ich es betrachte.

Schließlich gebe ich resigniert auf und lasse mich auf eine der Bänke fallen. Und die Erkenntnis trifft mich wie ein Schlag: Ich bin gefangen!

Da bin ich also, mitten in diesem Boot. Mitten im Nirgendwo. Mittendrin.

Und die einzige Frage, die ich mir stelle, ist nicht „Wo bin ich?", „Wie kam ich hierher?", „Warum bin ich hier?" oder sogar „Was bin ich?", sondern: „Wer bin ich und was habe ich nur getan, damit mir so eine Strafe zusteht?"

☙

Ich suche Antworten auf meine Fragen, aber mein Gehirn ist wie leer gefegt. Blockaden. Tief in mir drin weiß ich, dass alle Antworten da sind, dass ich es einfach wissen müsste. Aber mehr als das, was ich aus meinen Erinnerungen kenne, finde ich nicht. Vielleicht sollte ich mich wieder auf die Suche nach einem solchen Flash machen. Also versuche ich es. Ich konzentriere mich voll und ganz auf die schöne Erinnerung, die mit dem Boot und dem Meer. Mehr als das, was ich weiß, will aber nicht kommen. Es ist, als wäre da jemand anderes, der bestimmt, wann ich was zu Gesicht bekomme, der mir diese Bilder aus der Perspektive der beiden fremden und gleichzeitig so vertrauten Mädchen schickt. Ich bin mir sicher, dass ich Angel und vor allem Za kennen muss. Dieses undefinierbare Gefühl, das ich nach dieser Vision von ihr hatte ... atemberaubend und verstörend zugleich! Aber auch dieses Wort kenne ich nicht.

Da fällt mir etwas auf: Ich hatte immer diese Flashs, als mir ein Wort fehlte. Anschließend wurde mir eine Vision gezeigt und danach wusste ich es einfach.

Also konzentriere ich mich auf diese tiefe Emotion und ... nichts! Nur Mauern und Leere in meinem Gehirn.

„Bitte!", flehe ich. Wie zu erwarten war: Nichts geschieht. „Was muss man denn hier in diesem Niemandsland tun, um herauszufinden, wer man ist?", schreie ich verärgert heraus. Es kommt mir vor, als hätte nur jemand auf diesen einen Satz von mir gewartet.

☙

Gestern war der schönste Tag in meinem Leben! Da bin ich mir absolut sicher. Ich hoffe, dass ich noch mehr davon erleben werde.

Ich seufze. Heute regnet es leider wie aus Kübeln und ein lautes Donnergrollen hat mich geweckt. Ich kann nicht sagen, wie spät es ist, da es draußen wohl dummerweise keinen schönen Sonnenaufgang geben wird. Mama ist jedenfalls schon wach. Neben mir liegt sie nicht mehr. Und Lu, der ist bestimmt auch schon auf den Beinen. Den hält es nie lange im Bett.

Ich stöhne, als ich mich aufsetze und meine Beine über die Bettkante baumeln lasse.

Das Bett nimmt fast den ganzen Raum des kleinen Hausbootes ein. Außer ihm gibt es nur noch einen winzigen Schrank, in dem Mama und ich unsere Kleidung und Schuhe aufbewahren. Das bisschen Spielzeug, das ich mit auf meine Geburtstagsreise genommen habe, liegt auf der wenigen freien Fläche des Fußbodens verstreut. Unter anderem auch mein neuer Teddybär. Ich hebe ihn auf und schaue ihn mir genau an. Meine Mutter hätte kein schöneres Geschenk für mich kaufen können. Na ja, fast. Das einzig schönere sind die Flügel. Ich lächle.

Allerdings vergeht mir das Grinsen so schnell wieder, wie es gekommen ist. Wo sind meine Engelsflügel? Hektisch springe ich aus dem Bett und ziehe die rosa-weiß geblümte Bettdecke mit, die farblich auf den Teppich des kleinen Schlafzimmers abgestimmt ist. Aber das interessiert mich im Moment wirklich nicht.

Ich sehe in dem wenigen Licht, das von draußen hereinfällt, nicht genug.

Ich hechte zum Lichtschalter und mache die Deckenbeleuchtung an. Schon besser. Mein Blick fällt auf den Spiegel und ich atme erleichtert auf. Da sind sie. Auf meinem Rücken. Ich habe die ganze Nacht damit geschlafen. Schon ist meine Welt wieder in Ordnung.

Nun öffne ich seelenruhig die Tür, die nach draußen in den engen Flur führt, und trete hinaus. Von dort aus will ich an Deck, also laufe ich den Gang bis ganz nach vorne, steige fünf Treppenstufen hoch und mache vorsichtig die schwere Luke auf, die mich an die frische Meeresluft bringen wird.

Kaum bin ich draußen, merke ich schon, wie verdächtig das Boot schwankt. Es fühlt sich an, als ob ich auf dem Spielplatz sehr, sehr hoch schaukeln würde.

Ich muss mich irgendwo festhalten, damit ich nicht umkippe.

„Mama?", rufe ich verängstigt.

„Angel, Angel, wo bist du?", will sie wissen. Ihre Stimme kommt aus dem Bootsinneren, wahrscheinlich aus der kleinen Küche, denn ich glaube kaum, dass sie in Lus Zimmer ist.

„An Deck", antworte ich eher schreiend als sprechend. Ich muss meine ganze Kraft aufbringen, um nicht hinzufallen.

„An Deck!?", sagt sie entgeistert. „Komm sofort rein!"

„Ich kann nicht. Es schaukelt so!", wimmere ich.

„Ich komme rauf und hol dich", meint sie. Ihre Stimme klingt zum Glück schon viel näher.

Endlich kann ich sie sehen. Mit angstverzerrtem Gesicht starrt sie mich an, während ich mich an das Geländer klammere.

„Komm, nimm meine Hand! Heute ist es draußen viel zu gefährlich für uns", ruft sie mir zu. Ich weiß, dass sie recht hat, aber ich schaffe es nicht.

„Es geht nicht, es tut mir leid", klage ich. Inzwischen laufen mir die Tränen über die Wange und ich fange an zu schniefen.

Kaum habe ich das ausgesprochen, höre ich hinter mir einen lauten Knall. Lauter, als das Gewitter hätte sein können. Ich drehe mich um.

Plötzlich geschieht alles wie in Zeitlupe. Ich nehme jedes Detail wahr und sehe gestochen scharf.

Ich bemerke, wie der größere der beiden Segelmasten langsam umknickt und zerbricht wie ein dünner Zweig im Wald, wenn man drauftritt. Er kippt in meine Richtung. Ich höre meine Mutter irgendetwas Panisches schreien. Vielleicht ruft sie nach Lu, vielleicht sagt sie mir, dass ich mich schnell wegbewegen soll, oder vielleicht schreit sie auch nur einfach so, weil sie nicht weiß, was sie sonst noch tun kann. Sie sieht das unausweichliche Schicksal genau wie ich auch. Schicksal. In diesem Moment muss ich – ein sechsjähriges Mädchen – absurderweise lächeln. Ich denke in meinem Alter über das Schicksal nach! Seltsame Welt.

Der Mast fällt weiter. Wie zu erwarten war, genau auf mich. Er trifft mich am Kopf und ich verspüre Schmerzen – höllische Schmerzen, aber ich weiß, dass es gleich vorbei ist. Ich merke noch, wie ich auf dem Boden aufschlage, und ich höre jemanden schreien. Vielleicht bin ich es auch selbst. Ich kann es nicht mehr beurteilen.

Das Letzte, was ich höre, ist, dass Mama immer und immer wieder meinen Namen sagt und gleichzeitig nach Lu ruft.

Das Letzte, was ich fühle, ist kein Schmerz, sondern Gelassenheit, da ich mir sicher bin, dass ich jetzt sowieso nichts mehr tun kann.

Das Letzte, was ich sehe, ist äußerst seltsam: Ich sehe einen schwarzen und einen weißen Vogel, aber sie sind eigentlich viel zu groß, um tatsächlich welche zu sein. Sie kämpfen. Ich blicke in ein Gerangel aus Flügeln und Gliedmaßen, bis die weiße Silhouette ins Meer stürzt. Geräuschlos. Das Gesicht der schwarzen Gestalt ist nun nah genug, um es sehen zu können. Es ist eine Maske. Erbarmungslos. Kalt. Das ist alles so konfus, dass es sein kann, dass ich es mir nur einbilde, es in meinem Kopf stattfindet. Da hat mich der Mast schließlich getroffen.

Das Letzte, was ich denke, ist: „Papa, jetzt bist du nicht mehr allein. Ich werde dich endlich wiedersehen." Ich bin glücklich darüber. Wenn ich mich noch bewegen könnte, würde ich jetzt sicherlich meinen Mund zu einem Lächeln verziehen, aber es funktioniert nicht.

Das Letzte, was ich rieche, ist die salzige Meeresluft, das Aroma von Algen, Fisch und Regen.

Danach ist da nichts mehr, nur Schwärze und Leere.

Plötzlich doch etwas. „Papa?"

ॐ

Ich war noch nie in meinem Leben, wie lange es bisher auch immer gedauert haben mag, so geschockt.

Ich weiß zwar nicht, wer oder was das weiße Etwas war, aber ...

Der schwarze Vogel. Ich war es. Ich habe gekämpft und das weiße Wesen getötet.

Und nicht nur das. Ich habe Angel getötet. Das weiß ich einfach.

Als hätte irgendeine unsichtbare Macht beschlossen, mich zu Tode zu quälen, bekomme ich keine Pause, um die Erinnerung zu verdauen und mir über den Teil der Geschichte klar zu werden, in dem ich die Hauptrolle spiele. Angels Tod. Angels schrecklicher, unumkehrbarer Tod, von dem ich mir sicher bin, dass er wirklich passiert und keine Wahnvorstellung ist, erzeugt vom Alleinsein in diesem Niemandsland.

Stattdessen wird sofort die nächste Erinnerung auf mich abgeschossen.

☙

Ich renne so schnell, wie ich noch nie in meinem Leben gerannt bin.

Der Wald fliegt nur so an mir vorbei. Alles ist ein verschwommener Schleier aus dem Grün und Braun der meterhohen Bäume um mich herum.

Ich achte nicht darauf, wo ich hintrete. Es ist ein Wunder, dass ich noch nicht hingefallen bin, einfach über eine hervorstehende Wurzel stolpere oder auf dem nassen Gras ausrutsche.

Es regnet immer noch in Strömen und der Nebel, der um mich herumwallt, macht die ganze Sache nicht besser.

Allerdings passt die ganze Atmosphäre sehr gut zu meiner momentanen Stimmung: grau, trist, verzweifelt. Aber auch etwas unheimlich, als wüsste das Wetter, was mir nun unvermeidlich bevorsteht.

Er kann mich nicht daran hindern. Nicht mehr. Er hat so viele Chancen dazu gehabt und sie alle verpasst. Vielleicht hat er sie wahrgenommen oder wahrnehmen wollen und ich habe mich einfach widersetzt, konnte mich nicht selbst vor dem Untergang retten und wollte mir nicht helfen lassen. Vielleicht war es damals schon zu spät. Aber was spielt das jetzt noch für eine Rolle? Hat es überhaupt je eine gespielt? Unwichtig. Nun ist sowieso alles egal. Mein weiterer Lebensweg steht fest, als wäre er schwarz auf weiß auf Papier gedruckt. Kein Zurück.

Ich erwache aus meinen Gedanken, als irgendwo hinter mir ein Zweig knackt. Meine Füße haben mich von selbst weitergetragen, als ich mit dem Kopf woanders war.

Mir war zwar klar, dass er mir folgen würde, aber ich hätte niemals gedacht, dass er so unvorsichtig ist und es mich wissen lässt.

Normalerweise bewegt er sich vollkommen lautlos und schnell. Extrem schnell. Ich bin zwar von Natur aus eine gute Läuferin, aber es wundert mich, dass er noch nicht viel näher zu mir aufgeschlossen hat. Ich bin mir sicher, dass er weiß, was ich tun werde, und dass ich mich keinesfalls davon abhalten lasse. Aber versuchen wird er es. Er hat noch nie kampflos aufgegeben. Das passt nicht zu ihm. Genauso wenig wie zu ihm passt, dass er unvorsichtig wird und Geräusche beim Rennen erzeugt.

Merkwürdig. Ich kann förmlich sehen, wie er hinter mir her hechtet in der verzweifelten Hoffnung, mich stoppen zu können. Wie kann man nur so töricht sein?

Ich muss lachen. Lauthals. Es ist das Lachen einer verrückt Gewordenen. Der letzte glückliche Moment einer Todgeweihten. Und ich kann nicht damit aufhören. Warum lache ich eigentlich? Ich weiß es nicht. Ich bin wirklich nicht mehr bei Sinnen.

Langsam geht mir die Puste aus. Rennen und Lachen ist keine gute Kombination.

Zum Glück bin ich fast an meinem Ziel angelangt. Den Klippen und dahinter das offene Meer, das unsere kleine Insel umschließt. Ich höre schon die Wellen tosen, aufgepeitscht vom starken Wind, der schon die ganze Zeit an meinen Haaren zieht. Außerdem rieche ich das Salzwasser, diesen unverkennbaren Geruch nach Fisch und der Gewissheit, dass einem die Meeresluft die Haare stumpf macht. Solche Sorgen werde ich nie wieder haben müssen.

Nun kann ich es sehen. Ich presche aus dem Wald hervor, geradewegs auf den Abgrund zu.

Nur noch einige Meter – als mich eine starke Hand so fest am linken Arm packt, dass es wehtut und ich überrascht aufschreie.

Er ist es. Wer sonst? Ich wusste, er würde mich einholen und versuchen, mich zu überzeugen, dass mein Leben doch lebenswert sei. Bla, bla, bla.

Ich höre auf, gegen den Griff anzukämpfen. Je ruhiger ich bin, desto schneller kann ich die Sache hinter mich bringen.

„Tu das nicht!", sagt er verzweifelt. Wow, was für ein einfallsreiches Argument.

„Wieso nicht?" Ich seufze.

„Weil man dich hier noch braucht!", antwortet er. Man, nicht ich. Unerwarteterweise versetzt er mir damit einen Stich, was meinen Entschluss nur noch verstärkt.

„Ach so, natürlich. Und wieso, wenn ich fragen darf?", gifte ich. Meine Stimme trieft förmlich vor Sarkasmus.

„Weil ..." Aha, er stockt! Also fällt ihm nichts ein. Aus unerfindlichen Gründen bin ich nun kurz davor, erneut zu weinen, nachdem meine Tränen beim Rennen versiegt sind, aber ich schlucke den Kloß in meinem Hals – soweit das möglich ist – hinunter.

„Gut, du weißt also auch keinen Grund. Dann werde ich dir jetzt mal ein paar nennen, warum die Welt auf mich verzichten kann: Mein Leben ist zerstört! Und glaub ja nicht, du bist daran unbeteiligt! Oh nein, Leonell, du bist schuld daran! Ich habe eingesehen, dass es nichts mit mir zu tun hatte. War das nicht das, was du wolltest?", wettere ich drauflos. Ich mache eine kleine Pause, damit er die Chance hat, sich zu verteidigen, was er auch tut. Na ja, jedenfalls sagt er etwas.

„Zafr... Za, ich weiß einfach nicht, wie ich es dir am besten erklären soll."

„Also gibst du zu, dass du den Tod meiner ganzen Familie zu verschulden hast?" Nun fange ich doch an zu weinen. Nicht still und leise, wie es vielleicht angebracht gewesen wäre, sondern lauthals schluchzend wie ein kleines Kind. Ich bin es so leid, mich zu verstellen.

Zum Glück versucht er gar nicht erst, mich zu trösten. Leonell weiß, dass er mich damit nur noch mehr aufregen würde.

„Ja, indirekt", gibt er schließlich zu. Ich bin fassungslos. Er hat meine Eltern getötet! „Aber es tut mir so schrecklich leid, dass ich es dir nicht erklären kann, dir nicht die Antwort geben kann, die du wirklich verdienst, aber es geht nicht. Ehrlich!", redet er weiter, als er meinen geschockten Gesichtsausdruck sieht.

„Du Monster!", brülle ich. „Ich verfluche dich. Ich verfluche dich, Leonell Dratsab! Auf dass du ewig in der Hölle schmorst! Du widerwärtiges Stück Dreck!"

„Za, nein, bitte, so war es nicht gemeint! Du wirst die Wahrheit erfahren, nur eben nicht von mir. Bitte", fleht er.

„Fass mich nicht an!", schreie ich, als er versucht, meinen Arm zu berühren, und ich zucke zurück. Ich glaube ihm nicht. „Die Wahrheit, pah!" Ich spucke ihm vor die Füße. „Die Wahrheit ist, dass du der Mörder meiner Familie bist. Wieso hast du mich nicht gleich mit umgebracht?" Erst schweigt er, doch dann will er mir tatsächlich auf diese absurde Frage antworten.

„Weil ich dich liebe, Zafrina. Ich liebe dich wirklich."

Er hat nicht mal abgestritten, dass er mich ebenso töten wollte. Während wir diskutieren, habe ich mich unauffällig näher an den Rand des Abgrundes herangeschoben. Meine Fersen hängen schon in der Luft. Nur noch ein Schritt und ich bin erlöst.

„Du weißt doch noch nicht mal, was Liebe ist!", sind die letzten Worte, die er je von mir hören soll.

Und ich mache einen Schritt rückwärts, so unauffällig, dass er es zu spät wahrnimmt, um mich aufzuhalten. Ein kleiner Teil von mir hat sich gewünscht, dass er die letzte Chance, die ihm gewährt wird, ergreift, aber es war beinahe klar, dass er es nicht schafft, die Person, die er „liebt", zu retten. Was mir nun, im freien Fall, ebenfalls klar wird, ist, dass ich es nicht geschafft habe zu kämpfen, dass ich mich einfach so dem Tod hingebe. Vielleicht hätte ich es versuchen sollen.

Aber nun nützen all diese Überlegungen nichts mehr. Mein Leben ist vorüber. Die Entscheidung ist gefallen. Ich bin quasi schon tot.

Der freie Fall fühlt sich auf verrückte Art und Weise befreiend an, als würde ich fliegen. Und er dauert lange, länger, als ich erwartet hätte. Ich hoffe, ich bin gleich tot oder falle wenigstens auf den Kopf und bin ohnmächtig, sodass ich den Schmerz nicht spüre.

Nach Ewigkeiten schlage ich auf. Ich merke, wie mein Körper von den spitzen Steinen aufgespießt wird und zerschellt. Ich habe kurz Schmerzen, als würden sich Tausende Messer in mich hineinbohren, aber es ist bald vorüber. Ich bin schon fast weg. Ich bin froh, dass es schnell ging.

Aber gleichzeitig muss ich feststellen, dass ich Leonell sehr gern verzeihen würde. Was auch immer er getan hat, ich weiß, er hatte seine Gründe, das ist mir klar. Außerdem sollte man seinen Frieden mit allem und jedem schließen, bevor man stirbt. Das würde ich ernsthaft gerne tun, aber ich kann nicht. Was er mir angetan hat, ist einfach unverzeihlich. Er hat mein Leben zerstört, deshalb musste ich es beenden. Eigentlich hätte er mich ebenso gut gleich mit umbringen können. „Es tut mir leid, dass ich dir nicht verzeihen kann!", denke ich absurderweise, obwohl ich gar nichts getan habe und er sich entschuldigen müsste. Nach langem Grübeln ist mir endlich klar geworden, dass mich keinerlei Schuld trifft.

Ich merke, wie ich wegdämmere, meinem Leben und dem Schmerz entfliehe.

Trotzdem ist mein letzter Gedanke: „Ich liebe dich auch, Leonell Dratsab, ich liebe dich wirklich!"

❧

Ich liege auf dem Boden des Boots, genauso wie am Anfang.

Leonell Dratsab – das bin ich. Ich erinnere mich schemenhaft daran. Ich habe Zas Familie getötet, genau wie ich Angel und dieses weiße Wesen umgebracht habe. Aber das Schlimmste ist: Ich habe Zafrina getötet. Das Gefühl, das ich anfangs nicht zuordnen konnte, kenne ich jetzt. Es ist Liebe. Reine und ehrliche Liebe. Ich habe sie geliebt, wie ich kein anderes Wesen je geliebt habe.

„Zafrina, was ich getan habe, ist unverzeihlich, ich weiß, aber würdest du mir eine zweite Chance geben?", flüstere ich tonlos, ohne auf eine Antwort zu hoffen. Wer soll mir hier auch antworten? Es ist zum Verrücktwerden.

Umso überraschter bin ich, als eine fremde und gleichzeitig wohlbekannte Stimme ertönt: „Wie oft habe ich dir eigentlich schon gesagt, dass du mich nicht Zafrina nennen sollst? Nenne mich dein unumkehrbares Schicksal! Ach ja, und die Antwort ist: Nein!"

Nur ein einziges Wort und es sagt doch so viel. Aber ich weiß, ich bin nicht allein. Zafrina ist hier, mein unumkehrbares Schicksal hat mich eingeholt.

### Leonell

„Zafrina ..."

Ich muss husten, da meine Stimme rau ist von dem langen Schweigen und die Selbstgespräche nicht wirklich als Reden durchgehen können. „Wo bist du?", will ich wissen und krieche langsam und umständlich unter den Bänken des Boots hervor, bis ich stehe.

„Vor dir", antwortet sie trocken. Und tatsächlich, da ist sie! Za sitzt auf einer der Bootsbänke und schaut mich mit hochgezogener Augenbraue an. Sie trägt immer noch die gleiche Kleidung wie an dem Tag, als ich sie das letzte Mal gesehen habe. Ich muss schlucken. Ihrem Todestag.

Ich setze mich ihr gegenüber auf die andere Bank. Langsam und ohne sie aus den Augen zu lassen, aus Angst, sie könnte wieder verschwinden, sich einfach in Luft auflösen oder dass ich mir ihre Anwesenheit nur einbilde, denn inzwischen halte ich nichts mehr für unmöglich.

Als ich endlich sitze und sie noch da ist, fällt mir ein, dass sie vielleicht Antworten auf all meine Fragen hat. Ich will gerade zur ersten ansetzen, da schneidet sie mir schon höflich wie eh und je das Wort ab: „Ich kann mir gut vorstellen, dass du einiges wissen willst, aber deswegen bin ich nicht hergekommen. Wirklich nicht. Ich bin erschienen, um dich etwas zu fragen, in der Hoffnung, du hast die Antwort darauf nicht vergessen, genauso wie vieles andere. Zumindest weiß ich, dass du mich und die Umstände, die uns gemeinsam hierher führten, kennst. Dafür habe ich schließlich nicht umsonst gesorgt. Gut, nun zu meiner Frage, die du kurz vor meinem Tod nicht beantworten wolltest oder nach deiner Auffassung konntest: wieso?"

Ich atme einmal tief durch. Ich weiß, worauf sie hinauswill. Za will erfahren, warum ich ihre Eltern umgebracht habe. Aber leider ist mein Kopf, was diese Frage angeht, bis auf die Gewissheit, dass ich es getan habe, vollkommen leer. Genau das sage ich ihr jetzt auch. „Ich weiß es nicht mehr. Ehrlich. Ich bin mir absolut sicher, dass ich es war, aber leider kann ich dir nicht beantworten, warum."

Sie seufzt. „Hab ich mir zwar gedacht, ist aber trotzdem eine Enttäuschung. Nun gut, ich weiß, dass du nicht lügst, einfach weil man hier nicht lügen kann. Es ist nicht möglich."

„Warum das?", frage ich verdutzt. Nicht lügen. Ergibt für mich keinen Sinn.

„Na los, versuch es doch mal, aber nicht offensichtlich!", fordert Zafrina mich auf.

Gut, kann ja nicht so schwer sein. „Ich weiß g... g... wirkl..." Schon wieder muss ich husten, aber diesmal, weil ich die Worte nicht formen kann, die ich sagen will. Eigentlich sollte es heißen, dass ich weiß, wo ich bin, aber Fehlanzeige. Schlicht nicht möglich. Za lächelt über meine gescheiterten Versuche. Daraufhin muss auch ich grinsen. Ich hätte nie gedacht, dass ich ihr schönes Gesicht noch einmal sehen würde, und nun strahlt es sogar. Einfach unbeschreiblich.

„Siehst du", sagt sie triumphierend und versucht, wieder ernst zu werden. „Ich habe recht!"

„Das heißt aber auch, du kannst nur die Wahrheit sagen", stelle ich fest. Za nickt, unsicher, ob sie sich über meine Erkenntnis freuen oder ärgern soll. „Dann beantworte mir meine Fragen, bitte!", flehe ich.

„Nenne mir einen Grund, warum ich das tun sollte", verlangt sie.

Mir fällt sogar einer ein, ein ziemlich überzeugender obendrein. „Weil du mich liebst, Zafrina. Das hast du selbst gedacht, als du im Sterben lagst, während deines letzten Atemzugs." Ich mustere ihr fassungsloses und verblüfftes Gesicht und weiß, ich habe gewonnen. Sie wird mir helfen. Das Argument entspricht der reinen Wahrheit, und das nicht nur, weil ich nicht mehr lügen kann. Za weiß es ebenso wie ich selbst auch.

„Na gut, dann fang mal an", meint sie. Und ich freue mich, mit jemand anderem als mit mir selbst, zudem noch mit Zafrina reden zu können, egal, ob sie Antworten für mich hat oder nicht.

Und ich beginne: „Wo bin ich und warum bin ich hier?"

Za antwortet anstandslos, was mich erfreut, da sie die Lösungen zu wissen scheint. „Du bist an einem schlimmeren Ort, als die Hölle jemals sein könnte, Leonell, und du bist hier, weil du es verdient hast, es deine gerechte Strafe ist!"

Das war jetzt nicht ganz die Antwort, die ich mir erhofft hatte. Etwas zu rätselhaft. Zafrina scheint die Verwirrung auf meinem Gesicht lesen zu können, denn sie lacht.

„Sehr viel konkretere Antworten werde ich dir nicht geben können. Du musst dich mit dem zufriedengeben, was du bekommst, oder es selbst herausfinden und dich erinnern. Eine andere Chance hast du nicht."

„Gut, habe ich verstanden." Mehr oder weniger jedenfalls ... Ich verzweifle hier noch! „Dann sag mir, soweit es im Bereich des Möglichen ist, wieso bist du hier?"

„Weil auch ich es verdient habe, Leonell. Im Grunde sind wir uns ähnlicher, als du oder ich vielleicht denken. Allerdings hat es dich härter getroffen als mich", antwortet sie.

Super. Was hat sie denn Schlimmes getan? Außer Selbstmord begangen, was nichts ist, wenn man bedenkt, wen ich alles umgebracht habe. Also frage ich sie genau das.

Zafrina lächelt schon wieder. Diesmal ist es jedoch ein trauriges, kleines Lächeln, das mich leicht an das vollkommen durchgedrehte Mädchen denken lässt, das sich Hals über Kopf von einer Klippe gestürzt hat. „Selbstmord allein reicht nicht aus, um an diesen Ort zu gelangen. Und auch du bist nicht hier, weil du so viele Leben beendet und meines in Stücke gerissen hast, auch wenn du das denken magst. Nein, Leonell, ich bin hier, weil ich etwas Schlimmeres als Mord getan habe."

„Könntest du es mir bitte erklären?", bettle ich.

Sie seufzt schon wieder. Es scheint, als würde sie eine schlimmere Berg- und Talfahrt ihrer Gefühle durchmachen als ich während und vor allem nach meinen Erinnerungen.

„Na gut", lenkt Zafrina schließlich ein. Anscheinend weiß sie doch wesentlich mehr, als sie preisgeben will. Wie ich vor ihrem Sprung, nur dass ich es jetzt ehrlich nicht mehr offenbaren kann.

„Ich ... ich habe jemanden verflucht, jemandem das Schlimmste gewünscht, was man sich denken kann, und dafür kam ich nach meinem Tod hier in diese Vorhölle. Nur dass ich leider nicht irgendwem das Schlimmste gewünscht habe, sondern der Liebe meines Lebens. Und du, Leonell, bist nicht hier, weil du gemordet hast, sondern weil ein Fluch auf dir liegt. Nicht irgendein Fluch, sondern gesprochen von der Liebe deines Lebens, verstehst du? Deswegen gibt es hier nur so wenige tote Seelen."

Ja, ich verstehe tatsächlich. Za hat mich verflucht, weswegen ich hier gelandet bin, ebenso wie sie, weil sie mich verflucht hat. Und wir beide befinden uns nur an diesem dunklen Ort, weil wir jeweils die große Liebe des anderen sind. Verwirrend, aber trotzdem zeichnet sich Erkenntnis auf meinem Gesicht ab.

Zafrina registriert es und bemerkt: „Geht doch."

Plötzlich fällt mir eine andere seltsame Frage ein: „Zafrina, ich weiß, du kannst nicht lügen, also sag mir die ganze Wahrheit, klar formuliert und nicht in Rätseln gesprochen. Wieso habe ich Flügel? Ich weiß aus meinen Erinnerungen, dass Menschen keine besitzen, und ich habe mich selbst fliegen und ein weißes Wesen töten sehen, als Angel starb. Also erkläre mir: Wer bin ich wirklich?"

„Ich kann dir nicht versprechen, dass ich dir sofort alles erzähle, und schon gar nicht, dass du alles verstehst, da du dich an nichts erinnern kannst", beginnt sie vorsichtig und zögerlich. Ich nicke Za auffordernd und einen Hauch ungeduldig zu, damit sie fortfährt, denn ich kann die Antwort kaum erwarten. Sie tut mir den Gefallen. „Gut, aber sag nicht, ich hätte dich nicht gewarnt! Tja, du bist Leonell Dratsab, aber das weißt du ja schon. Dratsab ist übrigens Bastard rückwärts gesprochen, also denk mal drüber nach! Ich hoffe, du erinnerst dich wenigstens teilweise an das, was ich dir jetzt mitteilen werde. Leonell Dratsab, du bist Mörder von Beruf, oder besser warst, man könnte dich als Auftragskiller bezeichnen. Überall wo du warst, hat das Schicksal der Menschen auf barbarischste und grausamste Weise zugeschlagen. Du hast den Leuten den Tod gebracht, Leonell. Unaufhaltsam. Erbarmungslos. Kalt. Du hattest keinerlei Emotionen. Dein Gesicht war eine Maske aus Eis. Und dann kam ich oder besser gesagt meine Familie und ich. Aber ich schweife ab, das tut jetzt nichts zur Sache, du wolltest schließlich wissen, was mit dir los ist, nicht? Also gut, hör genau zu, denn was ich dir jetzt sage, ist die reine und wenig rätselhafte Wahrheit: Leonell Dratsab, du bist ein Racheengel!"

„Ein ... ein was?!", will ich verdutzt wissen.

„Ein Racheengel! Hast du wirklich keine Ahnung mehr davon?", antwortet sie beinahe schon verzweifelt.

Aus irgendeinem Grund denke ich, ich muss mich entschuldigen. „Es tut mir leid, aber ich habe wirklich keine Ahnung, wovon du gerade redest!" Ich bin verwirrt. Ein Racheengel? Und ich soll einfach so Menschen umgebracht haben? Einerseits kann ich es mir gut vorstellen in Anbetracht meiner Erinnerungen. Gerade die von Angel, wie sie mich im Augenblick ihres Sterbens sah. Einfach nur grauenhaft. Andererseits scheint mir nichts abwegiger, als ein Auftragskiller zu sein, wie Za es bezeichnet hat. Ich könnte einfach nicht morden. Und mein Nachname, Dratsab. Mir ist wirklich noch nicht aufgefallen, dass er rückwärts gelesen Bastard bedeutet.

Außerdem kenne ich meinen Namen sowieso erst seit dem letzten Flash. Bastard ... quasi hätte ich auch gleich „Teufel höchstpersönlich" heißen können. Ein Racheengel ... uff ... Rache und Engel, das passt eigentlich nicht zusammen, auch wenn es wenigstens die Flügel erklärt ... und vielleicht auch, dass sie schwarz sind?

Ich weiß es nicht. Zafrina scheint meine Verwirrung zu spüren, macht aber keine Anstalten, es mir näher zu erklären. Sie wartet geduldig, bis ich die nächste Frage stelle oder meine Unentschlossenheit überwunden habe. Ich entscheide mich für die offensichtlichste Frage. „Was ist ein Racheengel?"

Sie lacht schallend. Laute, die klar wie Glasperlen aus ihrer Kehle dringen. So schön, wobei ich nicht weiß, was sie so belustigt hat. „Das habe ich dir doch schon erklärt. Ein Serienmörder!", sagt sie immer noch prustend.

Super, diese Antwort bringt mich leider auch nicht weiter.

„Was ist so lustig?", will ich wissen.

Za versucht sich zu beruhigen. Vergeblich, aber trotzdem antwortet sie: „Du! Weißt du auch nur annähernd, was du alles getan hast? Nein, eher nicht, glaube ich. Ich habe dir mal unendlich viele Fragen gestellt und du hast mir entweder gar nicht oder so rätselhaft geantwortet wie ich dir vorhin. Ich wollte wirklich wissen, wer oder was du bist und was du tust, und nun soll ich dir eben das erklären. Das ist Ironie des Schicksals!"

Das kam unerwartet. Ich kann mich an nichts in dieser Richtung erinnern. Daran, dass sie mir die Informationen entlocken wollte, die ich nun von ihr erfahren möchte. Za überrascht mich immer wieder.

Trotzdem muss ich es wissen. „Kannst du das mit dem Racheengel bitte genauer erklären?" Dann stutze ich. „Woher weißt du all das, wenn ich es dir nie erzählt habe?"

„Eins nach dem anderen", meint Zafrina. „Also erstens: Ein Racheengel ... wie erklärt man das am besten?", fragt sie sich selbst, während ich immer ungeduldiger werde. „Ich würde sagen, es ist, wie ich schon einmal erzählt habe, deine Aufgabe gewesen, Menschen zu töten. Allerdings nicht willkürlich. Du hast Schicksalsschläge verteilt, als hättest du Kindern auf dem Jahrmarkt Ballons geschenkt. Wo du warst, war Verderben nicht fern. Ich kann dir nicht sagen, ob du Freude dabei empfunden hast, denn du warst komplett emotionslos. Ich weiß nicht, ob du fühlen konntest. Und dann kam ich. Ich habe keine Ahnung, wieso du dir mich und meine Familie ausgesucht hast, aber so war es nun einmal. Und du hast dich gezeigt! Das war ungewöhnlich, denn bei Angel hast du beispielsweise die Ereignisse aus der Luft gesteuert, was du ja kurzzeitig aus ihrer Perspektive beobachtet hast.

Na ja, egal jetzt. Jedenfalls hast du dich uns gezeigt, als Mensch, um so einen Weg zu finden, uns zu ermorden. Du hast Beziehungen zu uns aufgebaut und ziemlich gut geschauspielert, das muss ich zugeben. Wir haben viel Zeit miteinander verbracht und es war schön. Du bist sogar irgendwie auf meine Schule gekommen.

Irgendwann hast du nicht mehr gespielt, sondern warst echt. Einfach Leonell, aber nicht mehr Leonell, der Killer. Ich kann mir nicht erklären, was den Wandel verursacht hat, man hat ihn nicht bemerkt. Bis zu dem Unfall habe ich nicht mitbekommen, dass du mir eine Zeit lang etwas vorgegaukelt hast. Ich habe es erst erkannt, als du mich verschont hast, als ich merkte, dass du zwar versucht hast, mich zu trösten, aber eigentlich nicht mal wusstest, was Trauer überhaupt ist. Wirklich begriffen habe ich das alles erst in dem Moment, als ich gefallen bin."

Za lächelt traurig. Sie scheint in eine andere Welt abgeglitten zu sein, während sie an diese Ereignisse zurückdenkt. Ich weiß nicht, wie oft ich mich noch entschuldigen soll, aber ich bin mir sicher, es würde sowieso nichts mehr ändern. Es ist zu spät.

Nun fällt mir auf, dass Zafrina vergessen hat, meine zweite Frage zu beantworten, also stelle ich sie noch mal: „Ähm Zafrina? Woher weißt du all das über mich?" Ich scheine sie von sehr weit her geholt zu haben, denn sie zuckt zusammen, als hätte ich sie mit meinen Worten geschlagen.

„Oh entschuldige", beginnt Za, obwohl ich mir nicht erklären kann, was ihr jetzt leidtut. „Leonell, ich habe dich verbannt. Deswegen musste ich dir hierher folgen. Normalerweise bist du das Schicksal, aber in diesem Fall war ich das deine! Da ich dir dieses Unheil gebracht habe, ist es nun meine Pflicht, dich zu beschützen. Leonell, ich bin so etwas wie dein Helfer hier in der Verdammnis, wie sich dieser Ort übrigens nennt. Dazu bin ich nun verdammt, das ist meine Strafe!" Das kommt überraschend. Für einen Moment bin ich komplett sprachlos, weiß einfach nicht, was ich erwidern soll. Es ist ihre Strafe, mich zu beschützen für den Rest meines ... Lebens? Kann man es Leben nennen? Ich frage sie.

Sie lächelt verbittert. „Leben? Ja, das schon. Wenn du Glück hast, ist es unendlich. Oder wenn du Pech hast. Das kommt darauf an, was du für ein Leben führen wirst oder besser, wo du es führen wirst."

„Wer entscheidet das?", frage ich, obwohl ich die Antwort schon kenne.

Za sagt nur ein einziges Wort: „Ich."

Das war mir klar. Ich atme einmal tief durch. „Und? Wo werde ich leben?", will ich wissen und hoffe einfach auf das Beste, soweit ich noch Hoffnung empfinden darf.

„Hier, Leonell. Du bekommst keine zweite Chance als Racheengel. Niemals. Du hast genug Menschen zum Tode verurteilt. Es reicht", antwortet Zafrina. Sie schafft es mal wieder, den Rest meiner schwer erkämpften Hoffnung zunichtezumachen. Ich schließe kurz die Augen, um mich zu sammeln. Die Aussicht auf Unsterblichkeit in der Verdammnis ist einfach nur grauenvoll.

Trotzdem stelle ich noch eine letzte Frage: „Warum?"

„Willst du wirklich weitermorden, willst du weitere Leben zerstören? Ich glaube nicht. Du kannst es gar nicht mehr, denn du hast Gefühle entwickelt. Du kannst nicht mehr einfach so dabei zusehen, wie Leute sterben. Du hast eingesehen, dass Gewalt nicht deine Existenz sein kann, oder?"

Tief in mir drin weiß ich, dass sie recht hat. Ich kann es nicht. Nicht mehr. Ihretwegen fühle ich. Za hat mich aus meiner Emotionslosigkeit befreit. Aber hier leben? Niemals. „Stimmt, es geht nicht. Ich will nie mehr ein Racheengel sein, aber gibt es keine andere Möglichkeit? Irgendetwas?"

„Leonell, sei ehrlich zu dir selbst! Du verdienst diese Chance nicht!", meint Zafrina.

„Ich weiß. Aber es tut mir leid, so leid. Bitte, Za! Ich habe dich noch nie um etwas gebeten, zumindest soweit ich mich erinnern kann. Also bitte ich dich von Herzen und verspreche dir: Ich mache alles wieder gut. Irgendwie", flehe ich sie an.

„Du kannst es gar nicht wiedergutmachen! Du bringst meine Familie nicht zurück, ebenso wenig Angel oder viele andere. Nein, Leonell", sagt Za.

„Gut, vielleicht kann ich euch allen nicht mehr helfen, aber ich will trotzdem meine Schuld begleichen. Danach kannst du mich für immer und ewig hier unten festhalten, wenn du willst", argumentiere ich.

„Was ist, wenn ich dir sage, dass es keine Möglichkeit gibt?", will das Mädchen wissen.

„Ich würde dir nicht glauben", sage ich selbstbewusst.

Sie ist total verzweifelt. Za kämpft mit sich selbst. Einerseits würde sie mich gerne freilassen, andererseits weiß sie, dass ich es nicht verdient habe.

Ich sehe ihr an, dass sie sich entschieden hat. Zafrina lächelt gequält und seufzt. „Leonell", beginnt sie und ich befürchte das Schlimmste, „ich kann dir einen Vorschlag machen." Hoffnung keimt in mir auf. Ein Vorschlag ist immerhin besser als nichts. Za fährt fort: „Aber du musst mir etwas versprechen!"

„Ich verspreche dir alles, was du willst", meine ich leichtsinnig.

„Gut, dann versprich mir, dass du, nachdem du deine Schuld beglichen hast, sofort und widerstandslos mit mir zurückkehrst. Hierher, in die Verdammnis", verlangt sie.

Ich muss nicht darüber nachdenken. Wenn ich schon die Chance bekomme, diesem Ort wenigstens für kurze Zeit zu entfliehen, dann ergreife ich sie, egal, was sie für Forderungen mit sich bringt. Also sage ich: „Natürlich. Ich verspreche es."

Za nickt und erklärt mir den Rest. „Erinnerst du dich an das weiße Wesen, das du getötet hast, kurz bevor Angel starb?" Ich nicke kurz. Wie könnte ich das vergessen? „Gut, dieses Wesen, das Angel als Vogel beschreibt, war ihr Schutzengel."

Zafrina macht eine kleine Pause, um zu sehen, wie ich darauf reagiere, aber ich blicke sie nur starr an, darauf wartend, dass sie fortfährt. Sie tut mir den Gefallen.

„Nicht jeder Mensch besitzt einen Schutzengel. Man muss ihn sich verdienen. Wie man das macht, erfährst du noch früh genug", sagt sie, als sie meinen fragenden Blick bemerkt. „Jedenfalls beschützt er den Menschen, dem er zugewiesen ist, wie der Name schon sagt. Er rettet Leben, also ist er das Gegenstück zu einem Racheengel mit dem Unterschied, dass die Unglücksbringer umherziehen und sich nicht nur auf eine Person spezialisieren. Sie wandern weiter, wenn sie ihre Tat vollbracht haben."

„Also willst du mir erklären, dass ich ein Schutzengel werde, ein Leben rette, damit ich meine Schuld begleiche, und anschließend für immer hierher zurückkehre?", unterbreche ich Za.

„Exakt", stimmt sie mir zu.

Aber mir fällt noch etwas ein. „Schutzengel sind sterblich, nicht? Ich habe einen getötet, nein, nicht irgendeinen, sondern Angels."

Zafrina stimmt mir zu. „Ja, das stimmt. Jedenfalls theoretisch. Normalerweise leben sie ewig und altern nicht, aber sie können im Kampf sterben. Da liegt das Problem. Eigentlich ist ihnen Gewalt zuwider, aber für den Menschen, den sie beschützen, müssen, wollen und würden sie alles tun. Hat es ein Racheengel auf diese Person abgesehen, dann entwickelt sich ein Kampf auf Leben und Tod, aus dem nur ein Sieger hervorgehen wird. Stirbt der Racheengel, hast du nicht nur dein eigenes Leben, sondern auch ein Menschenleben gerettet. Stirbst aber du, hast du nicht nur dich selbst zum Tode verurteilt, sondern auch deinen Schutzbefohlenen, denn dann wird das Schicksal unaufhaltsam zuschlagen. Ihr Engel, egal welcher Art, seid die Bestimmer des Schicksals. Glaubst du daran, Leonell? An Schicksal?"

Die Wahrheit ist, ich weiß es nicht. Glaube ich daran? Ist es nicht seltsam, wenn das ganze Leben vorausbestimmt ist? Alles, was man tut, ist schon festgelegt, nichts ist Zufall.

„Ich glaube an Schicksal, Za, aber nur bedingt. Es muss auch Zufälle geben, aber dass manches einfach geschieht, weil es keine andere Möglichkeit gibt, das und nur das bedeutet für mich Schicksal", erkläre ich, meine Worte vorsichtig abwägend.

„Eine kluge Ansicht", meint Zafrina. „Daraus schließe ich, dass du bereit bist, aber ich brauche dazu deine finale Antwort auf die nächste Frage: Leonell, willst du ein Schutzengel werden? Deine Schuld begleichen, indem du ein Menschenleben mit allem, was du hast, beschützt? Und vor allem: Kehrst du danach hierher zurück, ohne Widerstand zu leisten? Bis in alle Ewigkeit, denn dies ist deine Strafe, die du so oder so bekommst, nur mit dem Unterschied, dass du ein reines Gewissen haben kannst, während du hier dein Dasein fristest."

„Ja, ich erfülle alle deine Bedingungen! Aber beantworte mir bitte noch eine letzte Frage", sage ich. Za schaut mich erwartungsvoll an und bedeutet mir weiterzureden. „Wann habe ich meine Aufgabe erfüllt?"

„Wenn dein Mensch eines natürlichen Todes stirbt, hast du deine Schuld beglichen. Oder wenn du beim Versuch, ihn zu retten, stirbst – endgültig stirbst", beantwortet sie meine Frage.

Ich nicke nur und will wissen: „So, und wie komme ich jetzt hier raus?"

Sie schmunzelt. „Schlaf einfach ein und ich versichere dir, dass du morgen früh an einem vollkommen anderen Ort aufwachen wirst."

Freude überkommt mich allein bei den Worten „morgen früh". Hier, außerhalb von Raum und Zeit, ist die Vorstellung wundervoll, dass Sekunden, Minuten und Stunden bald wieder eine Bedeutung haben werden. Ich schaue auf, weil mir aufgefallen ist, dass ich vergessen habe, mich bei Zafrina zu bedanken, und ich dies gerne nachholen würde.

Erschrocken blicke ich mich um. Wo ist sie hin? Za ist genauso unvermittelt verschwunden, wie sie aufgetaucht ist, und ich bin wieder allein.

Nur das pechschwarze Meer umgibt mich. Ich lege mich wieder auf den Boden des Bootes, schließe langsam meine Augen, versuche einzuschlafen. Das Schiffchen schaukelt sachte auf dem Wasser, obwohl kein Wind weht. Gibt es hier überhaupt so etwas wie Luft? Ich weiß es nicht und es ist mir auch egal. Voller Erwartungen bezüglich meiner Zukunft dämmere ich schließlich ein. Ich merke nur noch, wie das Boot mich leicht hin und her wiegt. So sanft, als würde es mich in den Schlaf schaukeln.

# Teil 2: Verirrt

### Leonell

Als ich aufwache, ist mir schlecht. Es schaukelt und schaukelt. „Bitte hör auf", flehe ich jemand Unbekannten an. Dann schlage ich die Augen auf. Schock. Ich sehe immer noch die Bank des Bootes von unten. Wollte Za mich nicht befreien und aus der Verdammnis holen? Hatte sie mir nicht versprochen, mir eine Chance zu geben? Enttäuscht und vollkommen verzweifelt setze ich mich auf.

Urplötzlich weiß ich, dass ich doch frei bin. Ich blicke mich um und entdecke auf einmal Sterne am Himmel. Unzählig viele, die funkeln und glitzern, als würden sie mir Mut zuflüstern wollen.

Mich umgibt noch immer ein Meer, nur ist es nicht mehr rabenschwarz, sondern tiefblau und es spiegelt die Sterne wider, als würde es sie doppelt geben. So unendliche Weiten.

Ich seufze. Es ist schön, wieder frei zu sein. Ich drehe mich einmal um mich selbst und erstarre. Ich erblicke einen Bootssteg aus Holz, an dem mein Ruderboot angelegt hat. Die Leine ist fest damit verbunden, sodass ich nicht wegtreiben kann. Außer meinem Schiffchen haben noch weitere angelegt. Allerdings keine aus Holz und definitiv keine, die mit Muskelkraft angetrieben werden. Es sind luxuriöse Jachten und Segelboote, die mit Sicherheit irgendwelchen reichen Leuten gehören. Mitleidig schaue ich meine Klapperkiste an. Dabei fällt mir auf, dass zwei Ruder darin liegen, die nur darauf warten, benutzt zu werden.

Aber ich werde sie nicht brauchen. Nicht mehr. Ich bin mir sicher, dass die Person, die ich beschützen soll, hier irgendwo sein muss. Das fühle ich. Zafrina hat mich bestimmt nicht einfach mitten im Nirgendwo abgesetzt. Von dort komme ich schließlich. Ich schaue zum ersten Mal an mir herunter und sehe ... na ja, so gar nicht aus wie ich selbst. Das, was einmal schwarz war, ist nun weiß. Kein schmutziges, sondern ein strahlendes Weiß, das sofort ins Auge fällt, regelrecht blendet. Die viel zu lange Hose ebenso wie das Hemd mit den hochgekrempelten Ärmeln und zwei offenstehenden Knöpfen, und wieder trage ich keine Schuhe. Ich sehe aus, als wäre ich in einen weißen Farbtopf gefallen.

Ich will mein Gesicht betrachten, deswegen beuge ich mich so weit über den Bootsrand, bis ich mein Spiegelbild verschwommen im Wasser wahrnehmen kann.

Nein, das kann nicht ich sein. Meine Haare sind nun blond, aschblond, fast genauso hell wie meine Kleidung und auch meine Augen sind nicht mehr dunkel, fast schwarz, ohne Leben und Gefühl darin. Nein, sie sind blau, ein leuchtendes, strahlendes Blau, als würde sich die Sonne im Meer spiegeln. Das erkenne ich sogar jetzt, bei Nacht.

Das Überwältigendste aber sind meine Flügel. Ebenfalls weiß und genauso groß wie ihr schwarzes Ebenbild. Ich bin mir sicher, sie können mich tragen. Ich weiß es einfach. Sie fühlen sich so stark und kräftig an, als könnte ich sofort meilenweit damit fliegen. Weiter und immer weiter. Mich packt das Fernweh. Die ganze menschliche Welt steht mir offen. Andererseits aber weiß ich, dass ich eine Pflicht zu erfüllen habe. Ich muss einen Menschen beschützen und dieser ist nicht irgendwo in der weiten Welt, sondern hier, nicht allzu weit entfernt. Ich habe eine Schuld zu begleichen und will mich schon auf den Weg machen, als mir eine wichtige Frage durch den Kopf schießt.

„Bin ich jetzt materiell? Komplett materiell?" Ich kann mich vage daran erinnern, dass ich als Racheengel selbst entscheiden konnte, ob man mich sieht oder nicht. Je nachdem was gerade der Situation entsprach. Und auf jeden Fall habe ich kaum meine Flügel gezeigt. Ich musste schließlich menschlich wirken. Wenn ich diese nicht unsichtbar machen kann, habe ich ein Problem. Wie soll ich mich dann jemals frei bewegen? Das wird notwendig sein, wenn ich jemanden beschützen muss.

Ich versuche es einfach. Ich schaue weiter in das Wasser und denke daran, dass meine Flügel verschwinden, unsichtbar werden. Ich schließe meine Augen. Rein vom Gefühl her hat sich nichts verändert. Wie auch? Sie sollen ja nicht einfach abfallen und komplett verschwinden.

Als ich meine Augen wieder öffne, sehe ich ... meine Flügel. Toll. Durch die Kraft meiner Gedanken funktioniert es schon mal nicht. Ich seufze. Ich werde mir jetzt keine andere Möglichkeit einfallen lassen, sondern einfach meinen Menschen suchen gehen. Meinen Menschen. Klingt echt seltsam, als würde er mir gehören.

Zum Schluss mustere ich noch einmal meine Hand, auf der das H-Zeichen eingeprägt ist. Es ist noch da, aber ich kann mir nicht erklären, was es zu bedeuten hat. Das habe ich vergessen, Zafrina zu fragen. Aber wir werden genügend Gelegenheiten haben, um das nachzuholen, wenn ich in die Verdammnis zurückkehre. Momentan ist es mir gleichgültig.

Vorsichtig steige ich aus dem Ruderboot, immer darauf bedacht, nicht gegen die unsichtbare Wand zu stoßen, die es in der Verdammnis gab. Ich atme erleichtert auf. Sie ist weg. Ein wunderbares Gefühl. Endlich frei. Wenigstens für die kurze Zeit eines Menschenlebens.

Das Boot schwankt gefährlich, als ich aussteige, und stößt dabei immer wieder mit einem Knall gegen den Steg. Dieser schaukelt nicht wesentlich weniger als das Schiff und ich muss wild mit den Armen rudern, um mein Gleichgewicht wiederzufinden.

Ich drehe mich noch ein letztes Mal um und starre auf mein Gefährt, das ich hoffentlich nicht so schnell wieder zu Gesicht bekommen werde. Außerdem sehe ich die Unendlichkeit des Meeres, das sachte die Wellen in einer leichten Brise an Land rollen lässt.

Während ich so über Belanglosigkeiten nachdenke, fällt mir auf, dass ich immer noch keinen blassen Schimmer habe, wo ich mich eigentlich befinde, und beschließe, was meine erste Tat als Schutzengel sein wird. Herauszufinden, wo ich bin. Wie heldenhaft, wo ich doch eigentlich meinen Menschen suchen müsste. Aber egal, da ich sowieso nicht weiß, um wen es sich handelt.

Also mache ich mich auf den Weg. Vorsichtig balanciere ich den Steg entlang, darauf bedacht, nicht hin- oder gar ins Meer zu fallen, weil ich mir nicht sicher bin, ob Engel schwimmen können, und ich es nicht unbedingt in einem Selbstversuch herausfinden möchte. Ich bin erleichtert, als ich endlich festen Boden unter den Füßen habe. Wasser ist definitiv nicht mein Lieblingselement. Ich laufe eine lange geteerte Straße entlang, auf der momentan allerdings keine Autos fahren. Links von mir stehen weitere Jachten am Anlieger. Rechts ist die Straße von Bäumen gesäumt, die Blüten tragen. Bei diesem Anblick wird mir klar, dass Frühling ist. Diese Information war noch irgendwo in meinem Gehirn vergraben. Hinter den Bäumen sind Häuser aufgereiht, die alle mehr oder weniger gleich aussehen. Weiß gestrichen, rote Ziegel auf dem Dach, ich schätze mal zwei Stockwerke hoch, vielleicht noch ein unterirdischer Keller. Aber das ist mir egal. Ich habe Wichtigeres zu tun, als darüber nachzudenken, ob die Bewohner dieser Häuser zwei oder drei Etagen zum Leben haben.

Ich laufe weiter. Orientierungslos, aber doch seltsam selbstsicher, als würde ich von irgendeiner übernatürlichen Kraft angezogen werden.

Ich gehe immer schneller, renne fast. Zum Glück ist es heute nicht so warm und es weht ein leichter Frühlingswind, sonst wäre ich ganz schön ins Schwitzen gekommen.

Ich achte gar nicht mehr darauf, wo ich hintrete, laufe immer weiter, wie von einem riesigen Magneten angezogen. Bis, bumm, ich irgendwo dagegenknalle.

„Aua!", beschwert sich etwas. „Kannst du nicht aufpassen, wo du hinrennst?"

Ich blicke nach unten, vor mir auf der Straße liegt ein Mädchen. Die Anziehungskraft hat genauso schnell nachgelassen, wie sie begonnen hat, daraus schließe ich, dass ich mein Ziel erreicht habe. Das Mädchen ist mein Mensch. Ich betrachte es genauer und erkenne, dass es das komplette Gegenteil von Za ist, die riesengroß und spindeldürr ist, dünne braune, zerzaust vom Kopf abstehende Haare hat und immer eintönige Kleidung trägt.

Meine Schutzbefohlene ist nicht sonderlich groß – höchstens 1,65 Meter –, das kann man erkennen, auch wenn sie wie jetzt sitzt. Lange schwarze Haare fallen ihr über Schultern und Rücken. Sie sind vermutlich gefärbt, da sie helle, nicht asiatisch wirkende Haut hat, die nicht zu einer Schwarzhaarigen passt. Sie trägt eine schwarze, eng anliegende, knielange Jogginghose mit weißen Streifen an der Seite und eine hellblaue Sweatjacke, die oben halb offen steht.

Darunter lugt ein ebenfalls schwarzes T-Shirt hervor. Ihr Körper ist ... wie sagt man am besten dazu? Kurvig? Nahezu perfekt?

In dem ovalen Gesicht leuchten zwei blaue Augen, fast so strahlend wie meine eigenen, darunter eine vielleicht ein bisschen zu große Nase und volle kirschrote, ja, verführerische Lippen. Ich bin mir sicher, sie ist ungeschminkt. Aus ihrem Ausschnitt hängen zwei kleine Kopfhörer an einem Kabel. „Ein Headset", meldet mein Gehirn, „dessen Anschluss irgendwo in einer Hosentasche sein muss."

„Was glotzt du denn so?", will sie empört wissen. „Anstatt dass du dich mal bei mir entschuldigst! Du bist voll in mich reingerannt. Das ..." Sie stoppt und fängt an zu lachen, bis ihr Tränen über die Wangen laufen und sie keine Luft mehr bekommt. Als sie sich wieder einigermaßen gefangen hat, fragt sie mich: „Wie siehst du denn aus? Fasching war vor zwei Monaten."

Ich gucke verdutzt. Fasching? Noch nie gehört.

Das Mädchen scheint meinen verwirrten Blick zu bemerken und fügt hinzu: „Du trägst Flügel und komplett weiße Klamotten. Was soll das sein? Ein extrem schlechtes Engelskostüm?"

Ach so, natürlich, ich habe es nicht geschafft, meine Flügel unsichtbar zu machen. Extrem schlechtes Kostüm ... wenn sie wüsste.

„Ähm, tut mir leid." Mehr bringe ich nicht zustande.

„Super, du solltest eventuell weniger trinken. Oder hast du eine Wette verloren und musst jetzt so rumlaufen ... Oh mein Gott, bist du auf Droge? Irgend so ein bekiffter Junkie? Bleib bloß weg von mir!"

Mache ich einen so schrecklichen Eindruck, nur weil ich Flügel habe und die Hälfte aller Wörter nicht verstehe, die sie sagt? Irgendwann kannte ich all die Ausdrücke einmal, da bin ich mir sicher. Zwar kehrt meine Erinnerung langsam zurück, aber trotzdem hat sie noch viel zu viele Lücken. An ihrer Stimme höre ich, dass sie vollkommen entsetzt ist, und so versuche ich, sie zu beruhigen.

„Ähm, nein, ich bin kein Junkie, und auch der Rest, nein!", stammle ich.

„Beginnst du jeden deiner Sätze mit *ähm*? Wer bist du denn?"

Ganz schön neugierig, aber ich erinnere mich nur zu lebhaft daran, wie ich Za mit meinen Fragen in der Verdammnis gelöchert habe. „Ich heiße Leonell Dratsab. Und du?" Ich halte ihr meine ausgestreckte Hand hin, um sie zu begrüßen, und sie ergreift sie, allerdings nicht, um mir Hallo zu sagen, sondern um sich auf die Füße zu ziehen, da sie immer noch auf der Straße sitzt. Zum Glück kam bis jetzt kein einziges Auto vorbei.

„Lilly. Lilly Mahon", antwortet sie vorsichtig.

„Und was tust du hier mitten in der Nacht?", will ich wissen.

„Joggen." Da begreife ich, dass sie extrem misstrauisch mir gegenüber ist. Man trifft nicht alle Tage einen Engel. Ich frage einfach nicht weiter, sondern warte, bis sie wieder das Wort an mich richtet. „Und du? Was tust du, da du angeblich kein Junkie bist? Leonell Dratsab scheint mir ein seltsamer Name zu sein. Bist du neu in der Gegend?"

„Ja, ich wohne gleich um die Ecke und habe mir ein bisschen die Nachbarschaft angesehen", lüge ich, ohne die in der Luft hängende Frage nach meinem Namen und Aussehen zu beantworten.

Immer noch misstrauisch beäugt sie mich. „Aha. Ich wusste gar nicht, dass ein Haus frei geworden ist. Aber was soll's, geht mich nichts an." Damit sieht Lilly die Unterhaltung als beendet an, dreht sich um und will in die Richtung davonschlendern, aus der sie gekommen ist. Dabei fällt mein Blick auf ihre linke Hand, die sie bis jetzt hinter ihrem Rücken verborgen hatte, da sie sich wahrscheinlich dafür schämt. Was ich sehe, ist schockierend.

„Lilly, warte!", rufe ich meinem Menschen hinterher.

„Was ist?" Sie dreht sich noch einmal um und wartet, bis ich sie eingeholt habe.

„Was ist mit deiner linken Hand passiert? Du trägst einen blutgetränkten Verband und es sieht aus, als fehlten dir kleiner und Ringfinger! Kann ich dir irgendwie helfen?"

Lilly schaut mich entsetzt an, dann giftet sie: „Das geht dich einen Dreck an!" Blitzschnell wirbelt das Mädchen, das ich beschützen soll, herum und rennt so schnell die Straße entlang, wie ich es noch nie zuvor gesehen habe, bis sie um die nächste Kurve verschwunden ist. Das habe ich ordentlich verbockt! Wie soll ich ihr Vertrauen wecken oder sie gar beschützen, wenn sie Angst und Abscheu mir gegenüber empfindet?

Jetzt habe ich erst mal drei Dinge zu tun. Erstens: Ich muss Lilly finden und in ihrer Nähe bleiben, auch gegen ihren Willen. Zweitens: Ich muss herausfinden, wo ich bin, und zusehen, dass ich eine Bleibe finde. Ich habe mich schließlich menschlich zu benehmen. Und zum Thema menschlich folgt drittens: Wie kann ich meine Flügel unsichtbar machen? Denn Fasching – was auch immer das ist – war vor zwei Monaten.

Bei einer Sache bin ich mir nun allerdings hundertprozentig sicher: Ich bin materiell und weiß nicht, wie ich das ändern kann.

## Lilly

„Hat dieser Depp mich doch ernsthaft danach gefragt, wo ich meine Finger verloren habe!", wettere ich drauflos. Nachdem ich Hals über Kopf vor diesem Wahnsinnigen geflohen bin – wie hieß er noch gleich? Leon? Irgendwas in die Richtung jedenfalls –, hab ich sofort Kathlena, meine beste und einzige Freundin, angerufen und ihr alles mitgeteilt. Sosehr ich es hasse, mich jemandem anzuvertrauen, manchmal muss es einfach sein. Dieses Erlebnis war zu schockierend, um allein damit fertig zu werden.

„Und beim Rennen, kurz bevor ich unsere Haustür aufgesperrt habe, ist mir auch noch aufgefallen, dass mein I-Pod weg ist. Den hat er mir mit Sicherheit geklaut, als er mir aufgeholfen hat oder so! Dieser Junkie!" Es tut gut, sich bei Kathlena abzuregen, da sie mir wenigstens zuhört, na ja, manchmal, aber selbst sie kann mich meist nicht verstehen. So auch jetzt, zwölf Uhr achtundzwanzig nachts und morgen ist Schule.

„Oh mein Gott, Lilly, ich hab echt keinen Plan, was ich gemacht hätte, wenn ich ihm begegnet wäre. Krank so was!", meint sie.

„Und das Seltsamste habe ich noch gar nicht erzählt." Ich kann beinahe körperlich spüren, wie sie gespannt die Luft anhält und darauf wartet, dass ich ihr auch das letzte Detail dieser Begegnung erzähle.

„Er hatte weiße Flügel auf dem Rücken! Das sah aus wie das hinterletzte, billigste Faschingskostüm aus dem nächstbesten Supermarkt, und das Mitte April!"

„Wow, aber ich persönlich finde am absurdesten, dass er dich nach persönlichen Dingen gefragt hat. Das mit deinen Fingern hast du selbst mir erst erzählt, nachdem ich tagelang nachgebohrt habe."

Ich seufze. Eigentlich wollte ich es niemandem erzählen, aber mit Kathlena ist das so eine Sache ... Sie behält nichts, aber auch gar nichts für sich. Teile ich ihr ein privates Geheimnis mit, kann ich drauf wetten, dass sie, noch während ich rede, unter dem Tisch bereits eine Nachricht an alle Kontakte ihres Smartphones schreibt oder fröhlich den neusten Klatsch und Tratsch über mich auf Facebook postet und natürlich meinen Namen verlinkt. Das Schlimme ist, sie denkt sich nichts dabei. Für sie ist es total normal, dass es nichts zum Geheimhalten gibt und jeder alles von jedem weiß. Und trotzdem habe ich manchmal das Bedürfnis, mich ihr anzuvertrauen. Ich habe sonst schließlich niemanden, an den ich mich wenden kann. Sie weiß über einige meiner Probleme Bescheid, obwohl ich sie immer wieder ermahnen muss, sie für sich zu behalten. Ich bin so schon der letzte Freak, da muss sie nicht auch noch mein Privatleben veröffentlichen.

„Bist du noch da?", will Kathlena wissen. Ich habe völlig vergessen, dass ich noch telefoniere. Plötzlich ist sie mir gar kein Trost mehr, sondern nur noch nervig und ich will sie dringend loswerden.

„Ja, ich habe nur nachgedacht ... über vorhin. Und das werde ich jetzt auch weiter tun. Ich muss erst einmal alles verarbeiten, denke ich, und lege jetzt auf. Ciao, Kaths", antworte ich. Ich nenne sie immer Kaths, Kathlena ist mir einfach zu lang.

„Ciao, Lilly", sagt sie extrem fröhlich, als hätte ich ihr in unserem Gespräch nur mitgeteilt, dass ich mal eben ein neues Top gekauft hätte. Obwohl, da wäre sie bestimmt enthusiastischer gewesen.

Plötzlich fällt mir noch etwas ein. „Ähm, Kaths, vergiss nicht, dass das, was ich dir gerade erzählt habe, nie stattfand. Tu wenigstens einmal in deinem Leben so, als wäre etwas nie passiert. Das ist mir verdammt wichtig. Kein Facebook, kein MySpace, gar nichts, okay? Versprich es mir! Ernsthaft!"

Ich kann froh sein, wenn sie bis jetzt noch nichts gepostet hat und es auch bis morgen sein lässt. Das wäre mehr, als ich mir erhoffen kann, das weiß ich. Ich würde so gerne einmal jemandem blind vertrauen, aber das schaffe ich einfach nicht und es wäre wahrscheinlich sogar ein schlimmer Fehler. Vertrauen kann so leicht missbraucht werden. Weiteren Enttäuschungen würde ich nicht mehr standhalten können.

„Gut, ich verspreche es! Jedenfalls, solange ich mich zurückhalten kann."

Das ist mehr, als ich gedacht habe, auch wenn ich nicht weiß, wie lange „Solange ich mich zurückhalten kann" ist. Mir fällt ein riesengroßer Stein vom Herzen, ich sage: „Danke, das bedeutet mir sehr viel!", und lege dann, ohne sie noch mal zu Wort kommen zu lassen, auf.

Ich werfe mein Handy auf den Fußboden meines Zimmers und höre, wie es mit einem dumpfen Knall aufschlägt, was mir im Moment allerdings egal ist. Soll das Ding doch auf dem Holzfußboden zerspringen!

Dann lasse ich mich rücklings auf mein Bett fallen. Ich bin mir sicher, dass ich die ganze Nacht über nicht einschlafen kann, sondern wach liegen und Gedanken in meinem Kopf hin und her wälzen werde. Damit werde ich jetzt gleich beginnen. Meine Gedanken schweifen ab, aber nicht zu dem verrückten Junkie, da ich einfach mal davon ausgehe, dass ich ihn nie wiedersehen werde, sondern zu einem schlimmeren Ereignis, welches sich vor nicht einmal einer Woche abspielte, hier in diesem Kaff. Und bei dem ich zwei Finger meiner linken Hand eingebüßt habe. Ich lasse den schrecklichsten Tag meines bisherigen Lebens noch einmal Revue passieren.

ها

Es regnet. Das ist eigentlich schon fast normal hier in Miracle, dem wahrscheinlich langweiligsten Ort der Welt. Es ist ein Samstag im April um zehn Uhr morgens. Allein dass ich schon wach bin, ist ein Weltwunder.

Also hocke ich auf der weißen Fensterbank meines Zimmers, an ein kohlrabenschwarzes Kissen gelehnt, lasse ein Bein lässig runterbaumeln, während ich das andere angewinkelt habe. So sitze ich eine ganze Weile tatenlos da und beobachte, wie der Regen beinahe waagerecht gegen die Fensterscheibe klatscht und die Tropfen anschließend langsam daran herunterfließen, während sie sich miteinander vermischen und immer schneller werden.

Was kann man in diesem Kaff sonst schon machen? Und dann auch noch bei diesem Wetter? Facebook? Gibt bestimmt sowieso keine Neuigkeiten. Kathlena anrufen? Nein, dazu habe ich jetzt keine Nerven. Ich blicke mich im Zimmer um.

Mir, also dem Fenster gegenüber befindet sich die weiße Zimmertür, die leicht auf dem Boden schleift, wenn man sie öffnet. Links daneben steht mein Schreibtisch aus hellem Holz mit einem schwarzen Drehstuhl davor. Der Tisch ist unordentlich wie eh und je. Mein Laptop, ans Ladekabel angeschlossen, steht noch offen darauf, daneben eine halb leere Tasse Cappuccino, die sicher kalt ist. Über dem Schreibtisch ist ein Holzregal befestigt, voll mit Büchern, alle gelesen aus purer Langeweile.

Die Wand links von mir wird komplett von einem riesigen Kleiderschrank ausgefüllt, der unzählige Outfits enthält, wovon ich nicht mal die Hälfte trage. An diesen Schrank habe ich unschöne Erinnerungen, aber daran will ich jetzt nicht denken.

Rechts befindet sich mein Bett, das so weit ins Zimmer hineinragt, dass es fast den ganzen Platz ausfüllt. Am Kopfende liegt ein Kissenmeer, bestehend aus allen Formen und Farben, mein Bettbezug allerdings ist einfarbig schwarz – meine Lieblingsfarbe, da sie mein Inneres widerspiegelt.

Nichts zu tun! Rein gar nichts! Ich seufze. Mühselig und widerwillig erhebe ich mich. Ich bin viel zu faul dazu, aber was soll's? Ob ich mein Leben hier drin vergeude oder raus in den Regen gehe und wenigstens versuche, etwas Interessantes zu tun zu finden, ist auch egal.

Ich ziehe noch schnell die erstbeste Jeans aus meinem Schrank und ein schwarzes T-Shirt, über das ich noch meine dunkelblaue, wasserabweisende Regenjacke ziehe. Leise öffne ich die Zimmertür, trotzdem macht sie das übliche Schleifgeräusch. Ich halte kurz die Luft an und stoße sie erleichtert wieder aus, als ich merke, dass es niemand gehört hat. Meine Eltern, erst recht nicht mein Vater, sollen wissen, wo ich hingehe oder dass ich überhaupt weg bin. Normalerweise interessiert aber ohnehin keinen, wo ich mich herumtreibe.

Leise schleiche ich den oberen Hausflur entlang, der zum Glück mit grünem Teppich ausgelegt ist, bis zu unserer Wendeltreppe aus Holz, die in die untere Etage führt. Ich lebe schon immer hier, also weiß ich, an welchen Stellen die Treppe knarzt – fünfte Stufe von unten, an der ausgetretenen Stelle in der Mitte – und umgehe diese gekonnt.

Unten angekommen stehe ich schon direkt vor der Haustür. Links und rechts geht jeweils eine weitere Tür ab. Küche und Toilette. Ich würde mir gerne noch etwas zu essen holen, aber dadurch vergrößert sich die Gefahr, dass ich irgendjemandem begegne, und das will ich nicht riskieren. Also schlüpfe ich in meine ausgetretenen grauen Chucks, nicht die beste Wahl für Regenwetter, aber ich ziehe keine Gummistiefel an. Dann nehme ich noch meinen Haustürschlüssel vom Haken, drücke die Klinke herunter und schon bin ich weg.

Das ist noch mal gut gegangen.

„Ich hätte einen Regenschirm mitnehmen sollen", schießt es mir durch den Kopf, aber ich drehe nicht noch mal um. Ich ziehe einfach die Kapuze meiner Jacke über meine Haare. Das muss reichen. Besser als gar nichts.

Ich stapfe die drei Steinstufen vor der Haustür hinunter, den kurzen Weg durch den Vorgarten entlang zum Gartentor. Alles besteht aus Matsch und ich muss gefühlten Millionen Pfützen ausweichen.

Als ich das Türchen hinter mir gelassen habe, fühle ich mich frei wie eigentlich immer, wenn ich unser Grundstück verlasse. Ich fühle mich dort nicht zu Hause. Ich fühle mich nirgendwo zu Hause, als würde ich kein Heim besitzen. Was soll ich auch in einem Gefängnis mit vier Wänden, in dem man keinen Platz zum Leben hat? Und was soll ich dort festsitzen mit Menschen, die mir nicht wichtig sind, die keine Rolle in meinem Leben spielen sollten? Das ergibt keinen Sinn.

Da ziehe ich lieber im Regen durch die Straßen des langweiligen Miracle.

Einfach so, ohne Ziel, ohne Platz, wo ich bleiben kann, geschweige denn möchte. Immer in Bewegung. Immer vorwärts, ohne Blick auf meine Umwelt.

Die immer gleichen Häuser, Vorgärten und Bäume ziehen an mir vorbei, verschwimmen durch den Regenschleier. Bis ich merke, dass es nicht das Wasser ist, das das Bild unscharf stellt, sondern dass ich angefangen habe zu weinen. Die Tränen quellen aus meinen Augen, rinnen meine Wangen entlang, vermischen sich mit dem Regen, bis sie auf den ohnehin schon nassen Boden fallen. Ich weine grundlos. Es gibt eigentlich nichts, jedenfalls nicht mehr als sonst auch, weswegen ich noch tiefer in meinen Depressionen versinken müsste. Wenn das öfter passiert und es jemand mitbekommt, muss ich wieder zu dieser idiotischen Psychologin. Eine Unmenge Sitzungen. Noch mehr verschwendete Zeit. Das wird nie wieder passieren, hoffe ich. Außerdem habe ich dieser Frau nie ein wahres Wort über meine familiäre Situation erzählt. Ich bin doch nicht blöd und vertraue mich wildfremden Menschen an. Des Weiteren ist mir völlig klar, dass es mich nur noch schlimmer treffen würde, wenn bestimmte Dinge ans Tageslicht kämen. Davor habe ich Angst! Manche Geheimnisse werden am besten für immer verschwiegen ... Leider wissen meine Eltern das genauso gut wie ich. Es wird nur der Schein aufrechterhalten, dass sie ihrer psychopathischen Tochter helfen wollen. Panik erfasst mich, doch ich darf jetzt nicht durchdrehen, genauer gesagt darf ich nie wieder durchdrehen!

„Solange ich nicht wieder beginne, mich zu ritzen, wird alles gut", versuche ich mich zu beruhigen. Ich muss mein Leben in den Griff bekommen, das weiß ich. Wenn das nur so einfach wäre!

Während ich so in meinen trüben Gedanken schwelge und mich in Selbstmitleid bade, ohne auf irgendetwas anderes zu achten, bekomme ich erst viel zu spät mit, was sich ein Stück weiter die Straße runter abspielt. Ein Mädchen, vielleicht neun Jahre alt, geht mit seinem Hund spazieren. Die Kleine hat zwei lange blonde Zöpfe, die ihr links und rechts über die Schultern hängen. Außerdem trägt sie einen schweinchenrosa Regenmantel mit kleinen roten Herzen drauf und dazu passende Gummistiefel.

In der rechten Hand hält sie einen himmelblauen Regenschirm, in der linken die Leine des Tiers.

Fröhlich springt sie von Pfütze zu Pfütze. Der Hund – oder vielmehr das Ungeheuer, so groß und tiefschwarz, wie das Tier ist – an ihrer Seite rennt ihr wild hinterher.

Ich verstecke mich hinter dem nächsten Baum. Ich will nicht, dass mich das Mädchen entdeckt, habe keine Lust auf irgendeine Begegnung.

Absurd. Ich verstecke mich vor einem Kind, welches ich nicht mal kenne. Die Situation ist so seltsam, dass ich fast lachen muss, aber nur fast. Ich habe ewig nicht mehr gelacht und hatte es auch eigentlich nie mehr in meinem Leben vor.

Ich atme einmal tief durch und will gerade hinter meinem Baum hervortreten, um meinen Weg ins Ungewisse fortzusetzen, als ich einen Schrei höre. So herzzerreißend. Ich erstarre mitten in der Bewegung. Der Laut kam von dem Mädchen, außer ihm und mir ist hier keiner.

Ich nehme all meinen Mut zusammen und luge hinter dem Baum hervor, gerade so weit, dass man mich nicht sehen kann, ich aber die Möglichkeit habe, das Kind zu beobachten. Was ich sehe, lässt mir das Blut in den Adern gefrieren. Der Monsterhund hat die Kleine umgeworfen und sich auf ihren Oberkörper gesetzt, sodass sie unter seinem Gewicht zerquetscht zu werden droht. Sie hat keine Chance, ihn wegzustoßen. Das Vieh ist außer Kontrolle. Es versucht, dem Kind ins Gesicht zu beißen. Zum Glück kann es gerade noch seinen Kopf zur Seite drehen.

Ich schaue mich um. Außer mir ist niemand da, der eingreifen kann. Ich habe keine Wahl. Ich kann das Mädchen nicht einfach so seinem Schicksal überlassen. Der Hund darf es nicht umbringen, zerfleischen, in tausend Stücke zerreißen. Ich versuche, die Aufmerksamkeit des Tiers auf mich zu lenken.

„Hey, hier bin ich!", rufe ich und fuchtle wie wild mit den Armen in der Luft herum. Dadurch hört zwar nicht der Hund auf mich, aber dafür die Kleine.

„Bitte, hilf mir, mach irgendwas!", fleht sie mich an.

„Keine Sorge, ich schaffe das, bewege dich einfach so wenig wie möglich, okay?", antworte ich.

Sie nickt nur. Ich habe ehrlich gesagt keine Ahnung, ob nicht bewegen wirklich hilft oder wie ich das Ungeheuer von ihr runterbekommen soll. Ich probiere es noch mal, indem ich wie wild in die Hände klatsche. Hoffnungslos. Das Tier ist nur auf das Kind fixiert und nicht bereit, sich ablenken zu lassen. Allerdings hat die Kleine sich wirklich nicht mehr bewegt und nun knurrt das Monster nur noch bedrohlich. Es hilft alles nichts. Ich muss mich ihm wohl nähern. Ganz langsam und vorsichtig gehe ich auf die Szene zu.

Als ich noch ungefähr drei Meter entfernt bin, dreht der Hund den Furcht einflößenden Kopf in meine Richtung. Es war gar keine gute Idee von mir, dem Mädchen helfen zu wollen, denn jetzt bin ich dran. Ich sehe Mordlust in seinen Augen. Warum hatte ich die Kleine nicht einfach dort liegen und sterben lassen können? „Weil das unmenschlich ist", beantworte ich mir sofort selbst die Frage. Wie weit auch immer ich mich in letzter Zeit von anderen distanziert und abgekapselt habe, so gefühllos kann man gar nicht sein. Wenn ich jetzt sterbe, sterbe ich wenigstens mit reinem Gewissen. Ich bin nicht für den Tod eines kleinen Kindes verantwortlich. Ich habe alles versucht.

Der Hund bewegt sich nun von dem Mädchen weg auf mich zu. Ich mache eine sachte Kopfbewegung, um der Kleinen zu signalisieren, dass sie sich zügig, aber keinesfalls ruckartig davonmachen solle. Ich atme auf, sie hat verstanden. „Ich habe gerade ein Leben gerettet", schießt es mir durch den Kopf. Leben gegen Leben. Nur fair. Aber was ist schon fair? Die Welt ist ungerecht, war sie schon immer.

Da stehe ich also, durchgeweicht vom Regen, mitten auf einer unbefahrenen Straße in Miracle und warte auf mein Ende.

Die Bestie stürzt sich auf mich. Ich sehe, wie sich all ihre Muskeln spannen, als sie abspringt, das Gesicht zu einer hässlichen Fratze verzogen. Sie stößt mich mühelos um.

Ich merke, wie ich falle, wie mein Kopf unsanft auf dem Boden aufschlägt. Ich kämpfe gegen die Ohnmacht an. Wenn ich schon umgebracht werde, dann will ich meinem Mörder furchtlos in die Augen blicken. Und das tue ich auch. Schwarze Augen voller Mordlust, gefühllos, die Augen eines Killers.

Da überkommt mich ein Adrenalinstoß. Ich will nicht leben, das wollte ich noch nie. Aber ich will nicht kampflos untergehen. Ich will kämpfen bis zum letzten Atemzug.

Ich wende meinen Kopf von dem Hund ab und suche nach ... ja, was eigentlich? Einer Waffe? Ich verliere sowieso! Egal, ich blicke mich weiter um. Ein Stück von mir entfernt entdecke ich einen langen Stock. Besser als gar nichts. Ich bewege mich leicht in diese Richtung, um ihn zu erreichen. Da beginnt das Monster zu knurren und ich schrecke zurück. Keine gute Idee! Ich muss eine andere Möglichkeit finden, aber da ich keine Chance habe, mir eine Waffe zu beschaffen, muss ich wohl oder übel meine Hände benutzen.

Was kann ich dem Hund damit schon antun? Er hat ein Maul voller Furcht erregender Zähne.

Da beginnt er, nach mir zu schnappen. Seine Lefzen rasen auf mich zu. Meine linke Hand stößt reflexartig nach vorn, direkt auf das Maul zu, um mein Gesicht zu schützen. Das Ungetüm beißt zu. In meine Hand, verbeißt sich darin, rupft daran herum. Plötzlich verspüre ich einen stechenden Schmerz. Ich boxe dem Tier fest mit der Rechten in die Seite, damit es meine Linke loslässt. Es klappt. Bei dem Hieb ist der Hund leicht von mir runtergerutscht. Ich nehme all meine Kraft zusammen und packe ihn am Hals. Pures Adrenalin treibt mich an. Und vielleicht noch etwas anderes? Habe ich doch einen Überlebenswillen, nur ein kleines bisschen? Unvorstellbar.

Ich drücke zu, schließe meine Hand fest um seinen Hals, fester und immer fester. Ich bringe alle Kraft auf, die ich habe. Ich kann es schaffen. Ich merke, wie das Tier immer kraftloser wird, ganz von meiner Linken ablässt. Es schaut mich mit großen Augen an, gar nicht mehr verrückt und brutal, sondern als würde es verstehen, was es getan hat, sich entschuldigen und begreifen, dass sein Tod unmittelbar bevorsteht. Der Hund sackt zusammen. Kraftlos. Leblos. Tot. Ich habe ihn umgebracht.

„Ich lebe noch", begreife ich fassungslos. Leben gegen Leben. Wie ich vorhin schon gedacht habe.

Tief in sich drin war der Hund bestimmt gutmütig, er hatte nur einen Aussetzer, ich bin mir sicher.

Er tut mir ein bisschen leid. Aber besser er als das Kind ... und besser er als ich. Ich lebe!

Doch da durchzuckt mich ein stechender Schmerz, von meiner linken Hand ausgehend bis hinauf zur Schulter. Ich blicke an meinem Arm herab. Er ist in Blut getränkt, unter mir breitet sich bereits eine große Blutlache aus. „Ist sie von dem Hund?", frage ich mich. Kann nicht sein. Ich habe ihn erwürgt, bei so etwas fließt kein Blut. Von dem Mädchen? Nein, dann hätte ich es vorhin schon bemerkt. Außerdem sah die Kleine unverletzt aus, als sie geflohen ist. Also von mir. Eine andere Möglichkeit gibt es nicht.

Ich blicke meine linke Hand an und erschrecke. Mein kleiner und mein Ringfinger fehlen komplett. Das Untier hat mir zwei

Finger abgebissen. Oh mein Gott! Sie müssen hier noch irgendwo in meinem Blut schwimmen. Ich sacke auf meine Knie, mitten in die Lache. Es ist mir gleichgültig, dass ich gerade in meinem eigenen Blut bade. Das alles ist zu viel für einen Tag. „Ich kann nicht mehr", denke ich, falle einfach auf die Seite und bleibe mitten auf der Straße im Regen liegen, der sich vergeblich bemüht, das Blut fortzuwaschen.

### Leonell

Ich weiß jetzt, wo ich bin. Ich bin so lange durch den Ort gelaufen, bis ich ein Ortsausgangsschild gefunden habe. Zum Glück ist er nicht sehr groß, eigentlich nur ein Dorf, aber dafür voll mit reichen Leuten. Soweit das Auge reicht, gibt es nur Einfamilienhäuser mit großen Vorgärten. Die Jachten sprechen für sich.

Der Ort heißt Miracle. Ich hätte beinahe laut aufgelacht. Wunder. Wie passend. Seit dieser Erkenntnis überlege ich, was ich jetzt tun beziehungsweise wo ich hingehen soll.

Da ich meine Flügel immer noch nicht verschwinden lassen kann, sollte ich spätestens bis zum Morgengrauen einen Unterschlupf gefunden haben. Sonst halten mich womöglich noch andere Leute für einen Junkie – oder Schlimmeres. Ich kann mir zwar nicht genau erklären, was das ist, allerdings ist irgendwo tief in meinem Gehirn diese Information gespeichert. Auf jeden Fall ist es nichts Gutes. Und diese anderen Leute rennen vielleicht nicht nur davon, sondern alarmieren die Polizei ... oder das Irrenhaus. Denn wer außer einem Verrückten rennt zwei Monate nach Fasching noch in einem Engelskostüm herum?

Sehr viele Möglichkeiten habe ich nicht. Ich möchte auf gar keinen Fall in die Nähe dieser Häuser.

Dort ist die Gefahr, dass ich entdeckt werde, viel zu groß. Das kann ich nicht riskieren.

Ich könnte Lilly suchen gehen, was aber genauso hoffnungslos ist. Ich weiß nicht, wohin sie verschwunden ist, nachdem sie um die Kurve bog. Sie könnte in ganz Miracle sein. Selbst wenn ich meinen Menschen finden würde, würde es Lillys Vertrauen zu mir nicht steigern. Ganz im Gegenteil. Es würde vollends zerstört werden. Sie würde mich noch für einen Stalker halten und komplett ausrasten. Wenn sie mich nicht an sich ranlässt, dann kann ich sie nicht beschützen. Unmöglich.

Eine andere Möglichkeit wäre, aus diesem Ort zu verschwinden. Aber wohin? Menschen, die mich sehen könnten, gibt es überall. Des Weiteren wäre ich viel zu weit von Lilly entfernt und hätte so im Ernstfall keine Chance, sie zu beschützen, was noch immer das Wichtigste ist.

Bleibt nur noch eine Perspektive. Zurück zum Meer. Ein Zittern läuft durch meinen ganzen Körper, wenn ich nur daran denke. Wasser. Unendliche Weiten. Grauenvoll. Trotzdem werde ich es tun. Ich wollte zwar eigentlich niemals – jedenfalls solange Lilly lebt – mein Ruderboot wiedersehen, aber momentan ist es wohl die beste Lösung und sogar relativ sicher. „Vielleicht finde ich einen Bootsschuppen", macht sich in mir die leise Hoffnung breit. Unwahrscheinlich. Ich glaube selbst nicht daran. Man braucht keinen Bootsschuppen, wenn man eine Jacht hat. Ich werde trotzdem zuerst danach suchen. Ich mache mich auf den Weg und bin schon bald am Anleger angelangt. Hier sieht alles gleich aus. Links die immer gleichen Häuser und Gärten, rechts, als würde zu jedem Haus eines gehören, die Luxusschiffe aufgereiht.

Unter meinen Füßen spüre ich den weichen Sand des Strandes, nun abgekühlt durch die Schatten der Nacht. Ich halte mich, soweit es geht, vom Wasser fern, bin aber dennoch viel zu nah dran. Ich wandere einmal komplett den Strand entlang, schaue mich in der eintönigen Umgebung um. Ich seufze resigniert auf. Nirgendwo ist ein Bootsschuppen oder auch nur ein Stapel Holz oder Ähnliches. Das habe ich sowieso nicht erwartet, aber nun ist auch mein letzter Rest Hoffnung zerstört, in tausend Scherben zersplittert. Ich muss wirklich zurück ins Boot der Verdammnis.

Also drehe ich mich um und mache mich wieder in die Richtung davon, aus der ich gekommen bin. Diesmal sehe ich mir die Reihe der Schiffe an. Eines ebenso protzig wie das andere. Etwas jedoch fehlt. Ich stutze. Mein Boot ist weg. Sicherheitshalber laufe ich wieder zurück. Den ganzen Anleger entlang. Nur um sicherzugehen, dass ich das kleine Bötchen nicht zwischen all den Luxusschiffen übersehen habe. Ich habe mich nicht geirrt. Es ist weg. Einerseits bin ich erleichtert. Mein Gefängnis ist – vorerst – verschwunden. Mit etwas Mühe kann ich die Erinnerungen an die Verdammnis vielleicht verdrängen. Nein, eher nicht, was lüge ich mich selbst an? So etwas Schreckliches vergisst man nicht einfach. Aber das ist vorerst kein Problem. Die eigentliche Frage lautet: Was mache ich jetzt? Wo soll ich hin? Mit meinem auffälligen Aussehen steche ich überall heraus.

Ich habe keine Wahl. Ich werde doch nach Lilly suchen. So aussichtslos dieses Unterfangen auch sein mag.

Ich suche die Straße, in der ich meine Schutzbefohlene umgerannt habe, was gar nicht so einfach ist, hier, wo alles gleich aussieht. Ich bin mir zwar nicht sicher, welche es genau ist, aber ich nehme einfach erst einmal die, die parallel zum Anleger verläuft. Sehr viel weiter bin ich auch nicht gelaufen, bevor ich mit Lilly zusammengeprallt bin. Und dann die nächste Straße rechts. Nervös biege ich ab. Ich bin verloren. Eintönigkeit ist fast schlimmer, als die Ewigkeit in der Verdammnis zu verbringen. Verzweifelt schaue ich mich um, ob nicht vielleicht doch wenigstens ein Versteck in einem der Vorgärten zu finden ist. Vergeblich. Sich hinter einem Baum zu verbergen, wäre sinnlos. Da könnte ich mich gleich mittags bei Sonnenschein mit Flügeln auf die Straße setzen und brüllen: „Hey, hier bin ich. Ich bin ein verrückter Junkie-Stalker-Schutzengel, will eingefangen und in die nächste Klapse gebracht werden!" Keine gute Idee. Aber ich muss irgendwohin.

Schließlich kommt mir ein Einfall. Ich krieche einfach in eine der hohen Hecken, die die Grundstücke voneinander trennen. Das werde ich tun! Ich klettere über das Gartentor des nächsten Anwesens rechts von mir, während ich hoffe und bete – als ehemaliger Racheengel ergibt beten eigentlich nicht viel Sinn –, dass die Familie, die hier wohnt, keinen Wachhund besitzt.

Ich kann aufatmen. Mein „Gebet" wurde erhört, sonst hätte das Tier bestimmt schon angeschlagen. Ich schleiche vorsichtig zur Hecke, immer darauf bedacht, kein Geräusch von mir zu geben und nicht auf kleine knackende Ästchen zu treten, was irgendwen oder -etwas aufschrecken könnte. Bei dem Gestrüpp angekommen versuche ich, eine größere Lücke zwischen den Zweigen zu finden, die, wie ich feststellen muss, nicht existiert. Ich möchte auch nicht die ganze Hecke absuchen, dafür ist mir das Risiko zu groß. Ich reiße mich zusammen und krabble einfach hinein. Die spitzen Äste und auch die Dornen zerkratzen mir die nackten Arme und Hände und vor allem das Gesicht. Nach sehr langer Zeit, während der ich im Dreck vor mich hin gekrabbelt bin, richte ich mich langsam auf. Erschöpft, außer Atem und mit Schmerzen am ganzen Körper sitze ich schließlich halbwegs aufrecht im Gestrüpp. Leider ist mir nur vorerst geholfen. Sobald der neue Tag anbricht, muss ich schleunigst ein besseres Versteck finden oder bestenfalls natürlich meine Flügel verschwinden lassen. Morgen muss ich in Lillys Nähe bleiben. Mit oder ohne Flügel. Völlig egal. Ich habe keine Wahl. Schon wieder macht sich Verzweiflung in mir breit. Was kann ich schon tun?

Meine Gedanken schweifen ab. Zu Za. Ich vermisse sie ... Za! Ich habe eine Idee! Hat sie nicht gesagt: „Da ich dir dieses Unheil gebracht habe, ist es nun meine Pflicht, dich zu beschützen." Soll das heißen, dass Zafrina so etwas wie mein Schutzengel ist, dass sie immer da ist, wenn ich nicht weiterweiß, und sie mein Leben rettet, wenn es nötig ist? Ich beginne unwillkürlich zu lächeln. Mein Mädchen. Meine Za. Sie muss wieder die Starke spielen, mich retten, keine Gefühle zulassen. Typisch. Ich beschließe, es zu versuchen, und flüstere so leise wie möglich: „Za, bitte hilf mir! Sag mir, wie kann ich meine Flügel unsichtbar werden lassen? Wenn du immer zu mir hältst, dann, bitte, hilf mir!"

Im nächsten Augenblick bin ich weg.

❧

Wenn ich Gefühle hätte, würde ich jetzt vermutlich Freude empfinden. Ein weiteres Mal habe ich mein Soll erfolgreich erfüllt. Diesen Taugenichts von Schutzengel hätte ich auch im Schlaf und mit zusammengebundenen Flügeln kaltmachen können! Und das kleine Mädchen ... darüber will ich gar nicht erst nachdenken. Es wäre viel schneller tot gewesen, wenn es keinen Schutzengel gehabt hätte. Ein Witz. Aber ich lache nicht, da ich nicht fröhlich sein kann. Obwohl es mir schon eine gewisse Art von Genugtuung verschafft, sie sterben zu sehen. Und die Qualen der Angehörigen. Nun dringt doch ein schauriges Lachen aus meiner Kehle. Zu schön, um wahr zu sein, so viel Leid auf einmal zu verursachen. Ich werfe noch einen letzten Blick auf das zum Untergang verurteilte Schiff. Ohne Segel beziehungsweise Schiffsmast wird es dem Sturm nicht mehr lange standhalten können. Die Verwandten werden ebenfalls sterben. Mit Sicherheit wird ihnen bei diesem Wetter niemand zu Hilfe eilen.

Ich drehe mich um und fliege davon, immer auf der Suche nach meinen nächsten Opfern. Ich werde sie finden und selbstverständlich töten, kein Schutzengel konnte es jemals mit mir aufnehmen. Ich bin unbesiegbar, der Beste in meinem Job. Erbarmungs- und gefühllos. Mitleid ist ein Fremdwort. Wenn ich lieben könnte, würde ich meine Berufung lieben. Es gibt nichts Schöneres in meinem Dasein – Leben will ich es nicht nennen.

Ich fliege über die unendlichen Weiten des Meeres. Der Sturm tobt unter mir, wirbelt die Wellen auf, verschlingt alles, richtet Unheil an. Genau wie ich. Er kann mir nichts anhaben. Meine Schwingen sind viel zu stabil und präzise mit ihrer Spannweite von bestimmt drei Metern. Man kann sie auf den Millimeter genau steuern. Manchmal glaube ich, dass ich ohne sie verloren wäre. Nein, wahrscheinlich nicht. Ich glaube an nichts außer an mich selbst. Ich bin der perfekte Killer. Auch ohne Flügel kann ich alles schaffen.

Weit und breit nichts als die Eintönigkeit der aufpeitschenden Wellen und das Auf und Ab meiner Federn. Niemand, den ich auswählen kann. Aber ich bin ausdauernd, werde abwarten, abwarten müssen. Ich habe keine Wahl, genau wie ich meinen Opfern keine lasse. Ich weiß, in welche Richtung ich mich bewegen muss. Ich empfinde ein Ziehen in meiner Brust, das mich wie magnetisch zu dem nächsten armen Menschen zieht.

Ich fliege jetzt schon sehr lange. Allerdings spielt Zeit in meinem Leben keine Rolle. Theoretisch bin ich unsterblich. Praktisch auch. Schon wieder lache ich mein boshaftes Lachen.

Wie ich so in meinen düsteren Gedanken schwelge, bemerke ich, wie ich mich der Küste nähere. Endlich. Ich kann meine Blutspur weiterziehen. Es ist eine Insel, auf der das Unwetter ebenso präsent ist wie auf hoher See. Genau darauf steuere ich zu.

Ich lande schließlich am Rand einer Klippe, wo spitze Felsen steil aus dem Meer aufragen. Eine tödliche Falle. Damit lässt sich arbeiten. Ich beschließe, mich diesmal unter den Menschen zu bewegen, nicht der stille Beobachter aus der Luft zu sein, obwohl mich das menschliche Verhalten, das ich bei dieser Arbeitsweise nachahmen muss, anwidert. Zu viel Gefühlsduselei. Das macht mich krank!

Egal, wenn ich erst einmal das Vertrauen von jemandem erlangt habe, dann ist es umso leichter, diesen Jemand zu zerstören, von innen heraus. Langsam. Qualvoll. Bis man ihn entweder brutal loswird oder er selbst beschließt, dass sein Leben nichts mehr wert ist. Ich würde mich darauf freuen, wenn mein kaltes Herz – habe ich überhaupt eines? – es zulassen würde.

Aber zuerst muss ich aussehen wie ein Mensch, jedenfalls annähernd. Dazu werde ich als Erstes die Flügel verschwinden lassen. Ich reiße mir eine der schwarzen Federn mit einem kräftigen Ruck aus. Dabei verspüre ich keinen Schmerz. Niemals. Weder körperlich noch seelisch. Mit welcher Seele auch?

Der Kiel der Feder muss spitz sein, denn damit muss ich ein Symbol in meine linke Handfläche ritzen, bis die Linien von meinem Blut rot leuchten. Ein Strich vom Mittelfinger senkrecht die ganze Hand hinab, dann male ich jeweils links und rechts an diese Linie so etwas wie Flügel, nur in groben Strichen angedeutet. Anschließend muss ich noch sagen: „Verschwindet!"

Es hat funktioniert. Die Striche, die meine Schwingen auf der Hand andeuten, heilen, während meine echten Flügel auf dem Rücken unsichtbar werden. Nun ist es so weit.

Ich werde zum Tier. Zum wilden, instinktgetriebenen Killer.

დ

Ich bin geschockt. Nicht, weil ich Menschen umgebracht habe. Nein, das wusste ich schon. Sondern wegen meiner Gefühlskälte. Ich wünschte, ich hätte eine andere Erinnerung gesehen. Es ist grausam, mich so zu sehen und zu wissen, dass das alles wirklich passiert ist, dass ich wirklich so erbarmungslos war. Ich will nie wieder dieses gnaden- und mitleidlose Wesen sein.

Ich bin Za unendlich dankbar, dass sie mein kaltes, eisiges Herz zum Schmelzen gebracht hat, irgendwie meinen Panzer knacken konnte. Nun will ich mich nicht mehr erinnern, ich will vergessen. Vergessen, was ich alles getan habe, es hinter mir lassen und nach vorne blicken. Mein neues Leben genießen, soweit es mir möglich ist.

Diese Vision hat allerdings zwei gute Dinge mit sich gebracht. Zum einen weiß ich jetzt, wie ich meine Flügel verschwinden lassen kann. Und zum anderen bin ich mir nun sicher, dass Za immer bei mir ist, um mir zu helfen, mich zu schützen. Wenn schon nicht körperlich, dann wenigstens mental. Sie hat mir diese Erinnerung geschickt, jede Wette.

Was für eine Ironie! Erst wollte ich sie töten und nun sind wir auf ewig durch einen Fluch verbunden und sie muss alles tun, um mich zu retten.

Was für eine komische Welt das hier doch ist.

## Lilly

Irgendwann muss ich wohl doch eingeschlafen sein. Völlig gerädert wache ich auf. Ich liege bäuchlings auf meinem Bett, draußen beginnt es gerade zu dämmern. Ich schaue aus dem Fenster, ohne meine Position zu verändern.

Der Himmel ist wolkenverhangen, es ist nebelig. Alles eine dicke Suppe. Ich bezweifle, dass die Sonne heute durchkommt.

Unwillig setze ich mich auf. Mir wird schwindelig, mein Kopf brummt. Sehr viel Schlaf scheine ich nicht bekommen zu haben. Langsam, ganz langsam drehe ich mich, sodass ich meine Beine über die Bettkante baumeln lassen kann. Ich sehe auf mein Kopfkissen. Es ist völlig durchnässt. Allerdings nicht von Wasser oder vielleicht Schweiß. Nein, es ist getränkt mit Tränen, ich muss Schreckliches geträumt haben!

Plötzlich fällt mir alles wieder ein. Die seltsame Begegnung in der letzten Nacht mit diesem Psycho, meine Gedanken, als ich hier lag, meine Erinnerungen, so lebendig. Ich halte das nicht mehr lange aus. Irgendwann springe ich. Mit Sicherheit. Man kann mir nicht mehr helfen, sooft meine Eltern das auch versuchen, mit Behandlungen, der Psychologin und einigem anderen. Lange werde ich nicht mehr hier sein. Nicht mehr hier sein wollen. Depressionen, wie es die Fachleute nennen. Selbsthass, und ich soll mit dem Ritzen aufhören. Ich hätte das alles doch nicht nötig, sagen sie,

55

hätte so ein schönes Leben. Keine Ahnung haben die, kein Stück. Ich schaffe es, meine Fassade aufrechtzuerhalten. Niemand wird sie durchdringen können.

Ich weiß nicht, wie lange ich schon so dasitze, als meine Mutter ins Zimmer kommt, um mich zu wecken. Heute ist schließlich Schule.

„Oh, du bist ja schon wach", sagt sie munter. „Komm bitte runter, es ist sieben."

Ich erwidere nichts, bis ich höre, wie meine Tür wieder ins Schloss fällt. Ich könnte kotzen. So viel gespielte Fröhlichkeit macht mich ganz krank. Und auch noch so früh am Morgen. Meine Mutter hat auch keinen Plan, was abgeht. Null. Obwohl sie es am besten nachvollziehen können müsste. Niemand versteht mich. Nicht mal Kathlena. Andere Freunde? Fehlanzeige. Mit mir kommt keiner klar. Ich würde auch niemals jemanden an mich ranlassen. Es ist mein Leben. Ich muss damit klarkommen. Wenn ich es nicht schaffe, habe ich eben Pech gehabt.

„Lilly, beeile dich etwas, du kommst noch zu spät!", schreit meine Mutter von unten.

Als hätte ich keine anderen Probleme! Ich ignoriere sie, schaue stattdessen aus dem Fenster. Inzwischen ist es heller geworden. Vielleicht hat die Sonne doch eine Chance. Es ist schließlich April, Frühling.

Widerwillig stehe ich auf und schlurfe zu meinem Kleiderschrank. Ich reiße die riesigen Türen auf und sehe hinein. Tausende von Markenklamotten, die ich nie tragen werde. Ich zerre eine Jeans und ein einfaches schwarzes T-Shirt heraus und ziehe beides an. Geht doch. Das Outfit passt zu meiner heutigen Stimmung, zu meiner Verfassung jeden Tag.

So, noch graue, ausgetretene Chucks. Voilà.

Ich mache mich auf ins Bad direkt neben meinem Zimmer, ebenso luxuriös und protzig wie alles andere in dieser Wohngegend auch. Ich putze schnell meine Zähne und fahre zweimal mit der Bürste durch die langen, verfilzten Haare. Ich habe sie neulich erst schwarz gefärbt. Vorher waren sie blond. Blond! Das geht echt gar nicht. Auf duschen habe ich jetzt keine Lust, ebenso wenig wie meiner restlichen Familie zu begegnen. Also lasse ich es bleiben.

Beides. Ich schlurfe stattdessen zurück in mein Zimmer, schnappe mir meinen Schulrucksack – einfarbig schwarz –, gehe die Treppe runter und schnurstracks zur Tür raus. Vorher nehme ich noch einen Schlüssel vom Haken daneben. Und weg bin ich. Ich verabschiede mich bestimmt nicht. Auf Frühstück kann ich verzichten. Essen wird überbewertet.

Ich laufe zur Schule, wie jeden Tag. Miracle ist ein kleines Kaff voller reicher Leute, deren Kinder – natürlich – eine Schule für sich brauchen.

Ich biege um ein paar Ecken der immer gleichen Straßenzüge und schon bin ich da. Ich finde diesen Weg im Schlaf, gehe ihn schon seit vielen Jahren. Ich bin in der Klasse 10. Es gibt nur eine zehnte Klasse. Wo sollen auch noch mehr reiche Kinder herkommen, deren Eltern die hohe Gebühr für die Privatschule aufbringen können?

Ich überquere den Parkplatz, wo die älteren Schüler immer ihre Schlitten abstellen. Luxusautos. Was sonst?

Ich denke noch: „Alles ist wie immer", will geradewegs auf den Eingang zusteuern, da entdecke ich ihn. Den Junkie. Mein Herz schlägt schneller. Ich weiß nicht, wieso. Habe ich etwa wirklich so viel Angst? Das ist mir nicht einmal bei dem Hundeangriff passiert. Er trägt immer noch die weiße Kleidung – hochgekrempeltes Hemd und zu lange Hose –, hat sich aber irgendwo Schuhe besorgt. Alte, kaputte Altherren-Sandalen, die wirken, als hätte er sie von der Müllkippe.

Seine Flügel hat er Gott sei Dank abgenommen. Trotzdem sieht er lächerlich aus.

Oh nein, er kommt auf mich zu. Niemand, der auf diese Schule geht und etwas auf sich hält, lässt sich freiwillig mit mir blicken. Auf keinen Fall! Keiner will etwas mit mir, dem Freak, dem zwei Finger fehlen, zu tun haben. Aber es war vorher schon genau so. Ich weiß nicht, was ich allen angetan habe, aber es interessiert mich auch nicht.

Außer Kathlena. Das ist etwas anderes. Sie hat sich schon immer mit mir abgegeben. Sie ist eine Tratschtante und schrecklich beliebt, will aber mich als beste Freundin. Vielleicht weil ich viel Klatschmaterial liefere. Wer weiß?

Nun steht er direkt vor mir. Wie war sein Name? Leon? Könnte sein.

„Hi Lilly, na wie geht's?", begrüßt er mich.

Was geht den das an? Ich beschließe, das zu tun, was ich immer tue, wenn ich nicht reden will: lügen und einen auf gespielt freundlich machen.

Ich lächle breit. „Hallo Leon, ausgezeichnet, nachdem ich mich von meinem nächtlichen Trauma erholt hatte, konnte ich immerhin noch gut schlafen."

„Oh, das freut mich. Ich heiße übrigens Leonell und nicht Leon", antwortet er. Unglaublich, der kauft mir alles ab. Ich muss mich zurückhalten, dass ich nicht gleich mit vor Staunen weit aufgerissenem Mund blöd vor mich hin glotze.

„Tut mir leid." Was mache ich hier? Ich rede mit einem Junkie, einem völlig Irren. Fast muss ich lachen. Gleich und Gleich gesellt sich gern.

„Kein Problem", meint er.

Es klingelt. Ich schaue auf meine Armbanduhr. Das war die Stundenglocke. Leonell macht keine Anstalten hineinzugehen und ich mache mit Sicherheit nicht den Anfang. Ich hätte jetzt Mathe und es wäre nicht das erste Mal, dass ich schwänzen würde. Vielleicht fliege ich dann endlich von der Schule. Ich habe sowieso keine Zukunft.

„Du gehst jetzt auch hier zur Schule?", frage ich ihn.

„Ähm, ja ... aber ich bin noch nicht angemeldet", meint er. Er zieht also – angeblich! - hierher und meldet sich nicht an der neuen Schule an? Ich glaube ihm kein Wort und versuche deshalb, so viele Informationen wie möglich aus ihm rauszulocken. Leonell wird sich schon irgendwann in seinen Lügen verstricken.

„In welche Klasse wirst du kommen?"

„Zehnte. In welcher bist du?"

Ich stöhne auf. Auch das noch, dann landen wir in derselben Klasse. Den werde ich nie wieder los. „Auch zehnte", antworte ich missmutig.

Er hat meine Niedergeschlagenheit bemerkt. „Ist irgendwas?"

„Wann verstehst du endlich, dass dich mein Leben nichts angeht?", fahre ich ihn an.

„Okay, tut mir leid. Verstanden. Dann erwarte aber nicht, dass ich dir etwas über mich erzähle."

Ich hätte niemals etwas erwartet! Ich habe schon vor langer Zeit damit aufgehört, Erwartungen an andere Menschen zu stellen. Das sollte man tun, wenn man nicht enttäuscht werden will. Deswegen antworte ich: „In Ordnung."

Wir schauen uns eine Weile nur schweigend an, als würden wir unser Gegenüber abschätzen. Ich halte ihn noch immer für durchgeknallt. Wer nachts mit Flügeln herumrennt und denkt, ich sei die Verrückte, weil mir zwei Finger fehlen, kann nicht normal sein. Na gut, nur acht Finger zu besitzen, ist wahrscheinlich nicht alltäglich, aber nicht so absurd wie die Nummer letzte Nacht.

Leonell will zum Sprechen ansetzen, klappt jedoch seinen Mund wieder zu. So stehen wir noch eine Zeit lang da, bis ich schließlich das Wort ergreife. „Willst du nicht mal reingehen? Sich bei den Lehrern unbeliebt zu machen, bevor man überhaupt offiziell Schüler an der Schule ist, sollte man nicht zwingend riskieren."

Er lächelt. „Du hast in der Beziehung wohl schon Erfahrungen gesammelt, oder?"

Flirtet er etwa mit mir? Nein, unmöglich. Es kann doch nicht sein, dass nur die schrägen Typen auf mich abfahren. Er ist ein Junkie, ein kompletter Freak! Trotzdem antworte ich: „Natürlich. Ich bin nicht das brave Mädchen, für das du mich vielleicht hältst." Oh nein, ich fange jetzt nicht an, auf seine Spielchen einzugehen, keinesfalls! Er darf meine Schale nicht knacken, das hat noch keiner geschafft. Ich lasse niemanden an mich ran. Mir ist nicht mehr zu helfen. Sofort stelle ich meine unterkühlte Fassade wieder her.

„Glaub mir, kein braves Mädchen joggt nach Mitternacht und hat nicht mehr alle Finger. Vom Schuleschwänzen will ich gar nicht erst reden", witzelt er. Nein, Leonell hat ebenso wenig Ahnung von irgendwas wie alle anderen.

Ich lächle bitter und gehe, ohne ein weiteres Wort an ihn zu verschwenden, davon. Jedoch nicht Richtung Schule. Dafür habe ich jetzt wirklich keine Nerven mehr. Ich laufe geradewegs durch das Schultor, überquere den Parkplatz und renne weg. Einfach weg. Egal wohin.

## Leonell

Sie hält mich also immer noch für einen Psychopathen. Super. Zum Glück habe ich meine Flügel beseitigt. Vorerst jedenfalls. Ich weiß zwar nicht, wie ich sie wieder auftauchen lassen kann, aber darüber mache ich mir später Gedanken.

Es war einfach grauenvoll und ich erinnere mich nur ungern daran zurück. Schmerzhaft. Es muss schön gewesen sein, als Racheengel keinen Schmerz zu empfinden. Das ist bis jetzt das einzig Positive, was ich an meiner früheren Existenz gefunden habe. Ich denke trotzdem noch mal genau über den Vorgang nach.

❧

Ich hocke in dieser Hecke und denke, feige, wie ich bin, darüber nach, ob ich es tun soll oder nicht. Als Racheengel hatte ich keine Probleme damit. Ich weiß auch, dass ich mich damals komplett unsichtbar machen konnte, da Angel mich nur in dem Moment sah, als sie starb. Wie das geht, werde ich noch herausfinden müssen. Es kann nicht schaden. Za wird mir helfen, wenn der richtige Moment dafür gekommen ist.

Ich habe Angst davor, aber ich weiß, dass ich es tun muss, wenn ich Lilly zuverlässig beschützen will. Und das will ich, ich will es wirklich. Es ist nun mein ganzer Lebensinhalt. Ich ziehe es durch!

Zuerst muss ich eine Feder aus einer meiner Schwingen holen, mit einem leichten Ruck. Vorsichtig taste ich mit der rechten Hand an meinem linken Flügel herum, fahre durch den weichen Flaum und wähle willkürlich eine Feder aus, umschließe sie fest mit den Fingern. Drei, zwei, eins ... aua!

Scheiße, tut das weh. Dürfen Engel fluchen? Egal, ich habe gerade größere Probleme. Schmerz ist schrecklich. Es hat sich angefühlt, als hätte ich mir alle Haare auf einmal ausgerissen. Ich hoffe, ich werde so etwas nicht oft wiederholen müssen. Der schlimmste Teil steht mir noch bevor. Ich muss mir jetzt grob einen Engel mit dem Federkiel in meine linke Handfläche ritzen. Ich setze an, geradeso, dass ein kleiner Tropfen Blut fließt. Geht noch. Vorsichtig, mit Bedacht ziehe ich eine feine Linie vom Mittelfinger bis zum unteren

Ende der Hand. Ich atme durch. Blut quillt hervor. Noch ist es auszuhalten. Langsam führe ich den Kiel so, dass die Striche entstehen, die meine Flügel darstellen sollen. Fertig. Gar nicht so schlimm. Ich blicke hinter mich. Sie sind noch immer da. Selbstverständlich, denn ich muss schließlich sagen: „Verschwindet!"

Mit einem Mal überrollt mich eine Woge des Schmerzes. Brennend wie Feuer durchzieht sie nicht meinen Rücken, sondern meine Hand. Mir schießen Tränen in die Augen, ich versuche nicht zu schreien, damit ich unerkannt bleibe. Ich will etwas durch den Schleier, der meine Augen verhüllt, erkennen, will meine Hand betrachten. Ich strenge mich an und glaube zu sehen, dass der Vorgang reibungslos abgelaufen ist, denn man erahnt nur noch den mittleren Strich, der sich zu einer minimalen Narbe ausgebildet hat. Die anderen Linien sind verschwunden. Daraus schließe ich, dass auch mein Rücken normal aussieht.

Die Schmerzen, die mich durchziehen, rühren also nicht daher. Ich drehe meine Hand um. Da sehe ich es. Das Symbol. Es glüht leuchtend rot, wie damals – es kommt mir vor, als sei es schrecklich lange her – als ich es im Boot der Verdammnis sachte berührt habe. Ebenso stark schmerzt es jetzt. Als würde mich ein Feuer von innen heraus zerfressen, mich zerstören. Was hat das nur zu bedeuten? Als würden sich beide Zeichen zusammen nicht vertragen, einen Kampf führen, den dieses Höllending durch den Schmerz eindeutig gewinnt. Ich kann nicht mehr. Mir wird schwarz vor Augen.

Als ich wieder zu mir komme, frage ich mich, wo ich bin. Mich überspannt ein Blätter- und Dornendach. Außerdem spüre ich ein leichtes Ziehen in meiner linken Hand. Ich schaue sie an.

Da fällt mir alles wieder ein. Ich bin ohnmächtig geworden und liege mitten in einer Hecke, die als Zaun zwischen zwei Grundstücken dient. Ich habe mich hier versteckt, damit mich die Leute nicht für durchgeknallt halten, wenn sie meine Flügel entdecken. Meine Flügel! Ich blicke mir über die Schulter und sehe … nichts.

Es hat funktioniert! Eine Welle des Glücks überflutet mich. Jetzt kann ich in die Öffentlichkeit, ohne groß aufzufallen. Ich kann Lilly beschützen, jederzeit, meine Schuld endlich begleichen. Der Welt – und Za – zeigen, dass ich etwas wert bin, nicht bloß ein

Söldner auf der Suche nach dem nächsten Opfer. Na gut, vor allem Za ... Ich krieche aus dem Blattwerk und richte mich auf. Hoffe, dass mich keiner bemerkt. Inzwischen beginnt es zu dämmern. Der Himmel ist grau, wolkenverhangen. Überall bauscht sich Nebel. Wie praktisch! So wird es schwieriger, mich wahrzunehmen.

Ich schaue kurz an mir herunter und stelle überrascht fest, dass ich vollkommen sauber bin. Unglaublich. Meine Kleidung ist so rein und weiß, als hätte ich sie gerade eben frisch angezogen, als wäre ich nie im Dreck herumgekrochen. Faszinierend. Es ist vielleicht nicht immer normal, ganz in Weiß gekleidet zu sein, aber ich habe keine andere Wahl. Stattdessen habe ich ein viel größeres Problem: Ich brauche Schuhe. Dringend. Hier, wo so viele reiche Menschen wohnen, wird es auffallen, wenn ich barfuß laufe. Ich muss unbedingt welche finden, egal, wie sie aussehen.

Einbrechen und Stehlen stehen außer Frage. Der alte Leonell hätte das mit Sicherheit getan, aber der neue nicht mehr. Ich könnte es nicht.

Kaufen kann ich auch keine, weil ich kein Geld besitze, wovon ich in Miracle sicherlich einiges bräuchte, um welche zu erstehen, und weil um diese Zeit nirgendwo ein Geschäft geöffnet hat.

Ich schrecke zusammen. Da war ein Geräusch. Puh, es war nur ein Vogel. Sie fangen alle langsam an zu zwitschern.

Ich darf nicht vor jedem Geräusch zusammenzucken. Das ist zu auffällig. Trotzdem muss ich schleunigst weg aus diesem Garten. Die Eigentümer können jederzeit erwachen und wer hat schon gern wildfremde, verrückte Leute in der Hecke hocken?

Ich mache mich auf demselben Weg davon, auf dem ich auch hierher gelangt bin, und klettere über den Zaun auf den Gehsteig. Ich gehe in die Knie, um den Sprung abzufedern, trotzdem schlagen meine Füße hart auf dem Pflaster auf. Erneut wünsche ich mir, schmerzfrei zu sein oder Schuhe zu besitzen ...

Ich überlege. Was kann ich tun? Mir entfährt ein Seufzer. Ich werde den Müll durchwühlen. Was soll ich sonst machen? Ich muss schließlich auf irgendeine Weise an Fußbekleidung kommen.

Öffentliche Mülleimer gibt es nur wenige. Nur ein paar stehen in der Nähe des Strandes, vermutlich, damit dieser sauber gehalten wird. Aber darin ist nichts Nützliches, nur vergammeltes Obst und

Coffee-to-go-Becher. Nun bleibt mir nichts anderes übrig, als in privaten Abfalltonnen zu stöbern. Also muss ich mich wieder in die Nähe eines der Häuser begeben.

Resigniert schlendere ich wieder zu dem Haus mit der wohlbekannten Hecke. Jetzt muss ich weiter auf das Anwesen vordringen. Es ist mir schleierhaft, warum nirgends Kameras angebracht und Sicherheitssysteme installiert sind, wo doch alle reich und wohlhabend zu sein scheinen. Mein Glück. Ich schleiche auf leisen Sohlen direkt auf die schwarze Tonne zu und öffne sie. Angewidert greife ich hinein und finde zum Großteil wieder nur verschimmelte Nahrungsmittel und Verpackungsmaterial. Igitt. Ich kämpfe mich weiter vor, quasi zu den älteren, noch abartigeren Dingen. Ich muss mich sogar auf die Zehenspitzen stellen, um tiefer einzutauchen. Da erfühle ich etwas Verdächtiges und ziehe kräftig daran.

Als ich es zu Gesicht bekomme, hätte ich es beinahe wieder fallen lassen und laut aufgelacht. Es sind Jesuslatschen, Sandalen, die alte Männer mit weißen Tennissocken tragen. Außerdem sind sie über und über mit irgendeiner stinkenden Flüssigkeit übergossen und mir mindestens fünf Nummern zu groß. Uff. Na ja, besser als gar nichts.

Neben der Mülltonne steht ein Regenfass. Kurzerhand versenke ich die Schuhe darin. Eine andere Möglichkeit, sie zu säubern, habe ich gerade nicht. Ich schaue auf die Oberfläche des trüben Wassers. Das war nicht meine beste Idee. Dass die Dinger untergehen, hätte ich mir denken können. Jetzt macht mir nichts mehr etwas aus. Ich gehe in die Offensive, vertraue meinen strahlend weiß bleibenden Klamotten und tauche kopfüber ab. Platsch. Mit einem lauten Klatschen bin ich in der Tonne gefangen. Wasser. Panik überkommt mich. Es ist überall, umspült mich, ist über mir. Ich kann nicht mehr atmen, bekomme keine Luft mehr. Meine Lungen scheinen zu verkümmern, saugen sich mit der Flüssigkeit voll. Stopp. Ich muss mich beruhigen. Durchatmen ist gerade schlecht, aber ich versuche trotzdem, wieder runterzukommen. Angst bedeutet meinen sicheren Tod. Und ich darf nicht sterben. Es ist nur Wasser und befindet sich in einem Fass. Mir kann nichts geschehen. Wenn ich mich mit den Füßen abstoße, bin ich schon wieder draußen. Ich muss jetzt stark sein. Für Lilly und vor allem für Za. Gut, ich strecke meine Beine aus und setze alle Kraft in einen Ruck, der mich mit dem Kopf über die Oberfläche befördert. Panisch schnappe ich nach Luft. Frisch strömt sie in meine Lungen. Überrascht stelle ich fest, dass ich in der Tonne stehen kann. Sehr gut. Das vereinfacht die Sache.

Ich kratze den letzten Rest meines Mutes zusammen, hole tief Luft und gehe in die Hocke, sodass ich mit den Händen den Boden berühre und die Schuhe ertaste. Glücklich ergreife ich sie und zerre sie nach oben. Ich schleudere sie hinaus in das Gras. Dann stemme ich mich keuchend und triefend nass mit meinen Armen am Rand der Tonne hoch, schwinge das rechte Bein ebenfalls hinauf und springe leichtfüßig hinaus. Geschafft. Ich habe zwar den halben Garten mit meiner Aktion überschwemmt, aber man denkt nicht zuerst an einen Schutzengel, der alte Schuhe klaut und mit Regenwasser putzt, oder?

Flecken hat meine Kleidung nicht bekommen, aber nass ist sie trotzdem, Wasserfälle fließen daraus hervor.

Und auch meine Haare und mein Körper – pitschnass. Darüber kann ich mir jetzt aber keine Gedanken machen. Ich gehe Lilly suchen.

☙

Und hier stehe ich nun und blicke ihr hinterher, während sie nicht nur wütend vor mir wegrennt, sondern auch noch den Unterricht schwänzt, was ich vermutlich hätte verhindern sollen.

Ich werde sie verfolgen, ihr nachgehen. Was auch immer sie jetzt tun wird, ich bin mir sicher, dass es nicht das Richtige ist. Das Richtige wäre, wenn Lilly nun in der Schule säße und pauken würde, aber nein, sie rennt vor ihrer Zukunft und ihrem Beschützer davon.

Letzterer wird ihr allerdings folgen. Ich weiß zwar nicht, wo sie hinwill, und werde es nicht schaffen, sie einzuholen, aber ich finde sie. Intuitiv. So wie ich als Racheengel immer meine Opfer gefunden habe, einfach der Nase nach. Obwohl ich momentan kein Ziehen verspüre. Ich muss jetzt sachlich nachdenken, kalkulieren und Schlüsse ziehen, da ich Lilly aus den Augen verloren habe. Damit fange ich an. Einfach losstürmen ist nie die beste Lösung.

Nach Hause ist sie bestimmt nicht. Ich habe das Gefühl, dass sie nicht gut auf ihre Familie zu sprechen ist. Warum auch immer.

Bei Freunden ist sie auch nicht, weil ich nicht glaube, dass sie viele hat, da Lilly alleine und mit gesenktem Blick über den Parkplatz lief. Selbst wenn doch, wären diese normalerweise um diese Zeit in der Schule. Also gehe ich davon aus, dass sie selbst kein bestimmtes Ziel vor Augen hat, einfach nur allein sein will. Dieser Gedanke versetzt mir einen Stich. Ich scheine meinem Menschen ganz schön viel Angst einzujagen.

Ich werde abgelegene Ecken absuchen. Irgendwo in Miracle wird Lilly sein. Wo soll sie sonst hin?

Zuerst schlendere ich die Straßen entlang, die um diese Tageszeit sogar recht belebt sind. Autos – nein, Nobelschlitten – düsen an mir vorbei und auch der ein oder andere Fußgänger begegnet mir. Niemand guckt mich komisch von der Seite an oder beachtet mich. Ich bin in ihren Augen nur ein normaler Passant. Gut so. Dass Lilly aber nicht einfach wie bei einem Einkaufsbummel die Läden abklappert, hätte ich mir denken können.

Als Nächstes begebe ich mich zum Strand und den Jachten. Hier befinden sich schon weniger Menschen, da heute kein sonderlich warmer Tag ist und man zu dieser Jahreszeit auch nicht unbedingt schwimmen geht. Von Lilly aber keine Spur.

Da sie nicht auf einem der unbekannten Grundstücke sein wird, gehe ich weiter zum Stadtrand, wo Häuser nur noch vereinzelt auftauchen und sich ein kleines Wäldchen befindet. Glücklicherweise hat die Eintönigkeit hier draußen mehr oder weniger ein Ende gefunden. Irgendwann wird man verrückt, wenn man die ganze Zeit das Gleiche sieht.

Vielleicht versteckt sie sich in dem Wald. Mein Gefühl trügt mich selten. Ich überquere einen schmalen Streifen Wiese und dringe so tief in den Forst vor, bis die kleinen Bäumchen am Rand der Straße von mächtigeren abgelöst werden.

Plötzlich höre ich ein Schluchzen. Jemand weint. Nicht irgendjemand – vielleicht mein Jemand. Lilly.

Ich folge dem Geräusch. Es wird immer lauter und lauter. Es ist hundertprozentig Lilly. Ich entdecke sie schließlich hinter einem besonders dicken Baumstamm kauernd. Mir stockt der Atem.

Ihr linker Arm ist entblößt und von Striemen übersät. Er ist rot getränkt, wie bemalt, nur dass sie statt Farbe Blut verwendet hat. In der rechten Hand hält sie eine Rasierklinge mit scharlachroter Schneide.

„Oh nein", flüstere ich.

Lilly fährt herum und schreckt zurück, sie hat mich gehört. Ungläubig schüttelt sie den Kopf, kann nicht fassen, dass ich ihr gefolgt bin, sie in diesem intimen Moment gestört habe. Nun habe ich endgültig jede Chance verspielt, ihr Vertrauen zu gewinnen. Es tut mir ernsthaft leid, sie enttäuscht zu haben, aber es musste sein. Ich werde sie beschützen, ob sie sich dagegen sträubt oder nicht. Notfalls auch vor sich selbst.

## Lilly

Ich starre ihn ungläubig an. Das ist nur Einbildung, eine Halluzination. Er ist mir nicht gefolgt, definitiv nicht, das kann nicht sein. Nach einer Weile fällt mir auf, dass uns beiden der Mund offen steht und keiner etwas sagt. Ich schließe meinen und schlucke, sprechen werde ich dennoch nicht. Erklären lässt sich diese Situation ohnehin nicht und Leonell werde ich keinesfalls irgendetwas mitteilen. Ein Stalker. Also stimmt es doch, er verfolgt mich. Wenn ich ihn das erste Mal nachts unter meinem Fenster sehe, rufe ich die Polizei.

Panik erfasst mich. Wir sind allein. Wenn er mir jetzt etwas antut, hört mich niemand schreien. Dafür sind wir zu weit in den Wald vorgedrungen. Ich bin verloren. Na gut, früher oder später hätte ich mein Leben sowieso beendet. Wieso dann nicht gleich?

In diesem Moment wird mir bewusst, dass er ebenso überrascht starrt wie ich und überhaupt nichts tut. Aber Leonell glotzt nicht mich dumm an, sondern meinen linken Arm. Da fällt es mir wieder ein. Natürlich. Ich schiele nach unten. Vom Ellenbogen bis zur Hand ist alles blutüberströmt. Es tropft langsam und gleichmäßig auf den Boden, auf dem ich immer noch kauere, und durchtränkt meine ganze Kleidung. Wenn ich jetzt fliehe, sperren sie mich gleich in die Klapse. Ich sehe aus wie eine Massenmörderin, als hätte ich ein Massaker angerichtet. Habe ich ja auch ... an mir selbst.

„Leonell, was willst du?", bringe ich schließlich zwischen zusammengebissenen Zähnen hervor.

„Dir helfen", antwortet er. Super, und was heißt das jetzt schon wieder?

Ich habe die Frage anscheinend laut gestellt oder er kann Gedanken lesen, was mich auch nicht wundern würde, denn er sagt: „Ich würde dich gern wieder für die Öffentlichkeit tauglich machen." Kann er sich vielleicht noch rätselhafter ausdrücken? Ich verdrehe die Augen. Der Freak bekommt es mit und erklärt: „Dazu müsstest du erst mal dein T-Shirt auszuziehen ..."

„Sag mal, hast du sie noch alle?", unterbreche ich ihn entgeistert. Dieser Psychopath!

Ich bin noch nie in meinem Leben so schnell gerannt. Wie ein geölter Blitz springe ich auf und rase aus dem Wald heraus. Ich höre ihn noch irgendetwas von „Druckverband" und „Blutung" schreien, aber es ist mir egal. Ich laufe und laufe, an den ersten Häusern bin ich schon vorbei. Zu dieser Tageszeit sind sogar einige Menschen auf der Straße, die mir entgeistert hinterherblicken. Man sieht hier schließlich nicht alle Tage ein Mädchen, das blutüberströmt wie angestochen davonrast.

Ich achte weder auf meine Umgebung noch auf die gaffenden Leute ringsum. Deswegen pralle ich nun schon zum zweiten Male innerhalb von zwei Tagen mit jemand anderem zusammen. Rumms. Und ich liege rücklings auf dem harten Asphalt.

„Oh mein Gott, was ist denn mit dir passiert?", kreischt eine hysterische Stimme über mir. Gott sei Dank, es ist nur Kathlena. Sie kennt mich wenigstens halbwegs und wird mir aus dieser misslichen Lage helfen. Ich werde mich nicht erklären müssen.

„Das kannst du dir doch denken. Bring mich einfach weg", stöhne ich, noch auf der Straße liegend, unfähig, aufzustehen oder auch nur die Augen aufzuschlagen, um meine Freundin anzusehen.

Doch ich kann mich auf sie verlassen, denn sie beginnt schon mit ihrer Arbeit. „Weitergehen, einfach weitergehen", dirigiert sie wie eine Polizistin die Menschenmassen, die sich allmählich sammeln, um zu gaffen. „Hier gibt es nichts zu sehen. Los, verpisst euch!", schreit sie die an, die immer noch nicht gehen wollen, bis auch sie weg sind. Und an mich gewandt: „Komm schon hoch, Schatzi."

Ich hasse es, wenn sie mich so nennt, denn sie will mich damit nur provozieren. Ich tue Kaths nicht den Gefallen, darauf einzugehen, ignoriere es und fordere sie auf, als wäre nie etwas gewesen: „Zieh mich hoch!" Ich halte ihr meine linke Hand hin. Sie zögert. Dann erstarre ich, weil mir einfällt, dass das vermutlich keine gute Idee ist, ziehe sie wieder weg und halte ihr die rechte Hand hin. Kathlena ergreift sie und zieht mich wieder auf die Füße.

Mein Kopf tut weh. Ich bin wahrscheinlich damit aufgeschlagen, aber ich werde es wohl – leider – überleben. Mein Arm schmerzt bestimmt auch, doch ich genieße diese Art der Verletzung, spüre sie schon fast nicht mehr.

Kaths erklärt mir, dass sie gleich nach dem Matheunterricht die Schule verlassen hat, um mich zu suchen. Sie hat sich Sorgen um mich gemacht, vor allem nach der Begegnung letzte Nacht, von der ich ihr erzählt hatte.

Dann seufzt sie und fragt mehr sich selbst als mich: „Was machen wir nur mit dir?"

„Umziehen wäre ganz gut ... vielleicht noch etwas Verbandszeug ...", überlege ich laut.

„Du weißt, dass du am Arsch bist, wenn deine Eltern davon Wind bekommen." Das war eine Feststellung, keine Frage.

Natürlich weiß ich das. Ich bin nicht blöd, nur von innen heraus zerstört. Das ist ein gewaltiger Unterschied. Sie werden mich wieder zu dieser Psychologin schaffen, die mich dieses Mal endgültig einweisen lassen wird. Spätestens dann bin ich weg, liege irgendwo unter einer Brücke oder so.

Ich nicke beklommen. Kaths ist schon so etwas wie eine Freundin.

„Ja, deshalb würde ich vorschlagen, wir gehen zu dir", merke ich an. Diese Tatsache war aber auch vorher schon klar.

„Lilly, ich weiß, dass du Fragen hasst, und ich würde dich auch eigentlich niemals bedrängen ..."

„Gar nicht gut, oh nein, rede am besten gar nicht erst weiter", denke ich bei mir.

Doch sie tut es. „Aber könntest du mir eventuell erklären, warum du, während du aussiehst, als würdest du verbluten, durch halb Miracle hetzt, als wäre der Teufel hinter dir her?"

Uff, soll ich? Letzte Nacht habe ich sie auch sofort benachrichtigt, als ich diesem Trottel das erste Mal begegnet bin. Das ist mir rätselhaft, wenn ich im Nachhinein darüber nachdenke.

„Wenn du mir versprichst, dass du nicht tratschst, zu niemandem ein Wort", meine ich kleinlaut.

„Indianerehrenwort!", sagt sie wie ein kleines Kind und hebt ihre rechte Hand zum Schwurzeichen.

Also gut, ich werde nun einmal in meinem Leben einem anderen Menschen vertrauen. Schaden kann es nicht. Wenn doch, bin ich sowieso bald weg. Ich atme noch mal tief durch und fange an. Noch einmal ganz von vorne, letzter Nacht. Es kommt mir vor, als sei es viel länger her. Dann berichte ich von heute Morgen vor der Schule und von der Szene im Wald, bis hin zu meinem T-Shirt.

Während ich rede, vergesse ich die Leute um mich herum, die noch immer glotzen, ich registriere kaum den Weg, auf dem wir laufen. Ich weiß nicht, was plötzlich mit mir los ist, aber ich beginne, mich besser zu fühlen. Ein Stein fällt mir vom Herzen. Ich bin einfach nur erleichtert. Es ist befreiend, mit jemandem sprechen zu können, dem ich vielleicht vertrauen könnte und den ich nicht anlügen muss so wie diese Psychotante, die mir „nur helfen" will, indem sie Informationen aus mir rausquetscht.

Wenn ich alles ausspreche, fühlt es sich nicht mehr ganz so verrückt an, irgendwie realer, auch wenn ich mir wünschen würde, ich wäre so durchgedreht, dass ich mir das alles nur einbilde. Fast bin ich wieder für einen Moment glücklich, und zwar vor allem darüber, Kathlena zu haben. Aber nur fast. Ganz wird nicht mehr möglich sein.

Als ich geendet habe, merke ich, dass Kaths ebenfalls schweigt. Ungewöhnlich. Sie schnattert doch immer wie wild. Vorsichtig sehe ich sie von der Seite an und frage: „Alles okay?"

Daraufhin beginnt sie zu weinen, hemmungslos zu schluchzen, und sie fällt mir um den Hals, ungeachtet dessen, dass sie schmutzig wird, von meinem Blut besudelt. Ich weiß nicht, wie mir geschieht. Schon ewig habe ich mich von niemandem mehr berühren lassen. Völlig überrumpelt schließe ich meine Arme um Kathlena. So stehen wir da, mitten im Zentrum von Miracle – taktisch unklug, da mich viele Leute beobachten können – und knuddeln uns. Oh

Mist! Von diesen ganzen Menschen erkennt mich bestimmt jemand und petzt bei meinen Eltern.

Ich reiße mich von ihr los.

„Kaths, renn, komm einfach mit, okay?", schreie ich.

Total überrumpelt und perplex folgt sie mir. Ich rase aus der Innenstadt hinaus, auf Kathlenas Haus zu. Ihre Eltern sind nie zu Hause, weil sie viel arbeiten, Geschwister hat sie nicht, deswegen müssen wir uns keine Gedanken darum machen, dass uns jemand stören könnte.

Völlig abgehetzt bleiben wir vor der Eingangstür stehen und sie fragt: „Was ist?"

Ich erkläre ihr unsere ungeplante Flucht, mit der wir mit Sicherheit nur noch mehr Aufmerksamkeit auf uns gezogen haben.

„Verdammt", ist der einzige Kommentar, den sie übrig hat.

„Gut, und jetzt erklärst du mir, warum du zusammenbrichst. Das ist schließlich mein Job!", füge ich scherzhaft hinzu.

„Na ja, ganz ehrlich? Du tust mir einfach leid. Das, was du so alles durchmachst, verkraftet einfach kein normaler Mensch. Da muss man schlichtweg depressiv werden. Und ich bin stolz auf dich, dass du dich drücken lässt." Sie lächelt und versucht mich abermals zu umarmen, doch ich weiche zurück.

„Wir wollen es nicht gleich übertreiben", meine ich.

„Okay, tut mir leid", erwidert sie.

Kathlena versteht mich. Voll und ganz. Auch wenn sie tratscht wie keine andere, weiß ich doch, dass ich ihr in manchen Dingen bedingungslos vertrauen kann – hoffe ich jedenfalls. Ich empfinde in diesem Moment tiefste Zuneigung gegenüber meiner besten und einzigen Freundin. Trotzdem sage ich nichts dazu. Das macht ihr nichts aus, sie hat nichts anderes erwartet.

Wortlos sperrt sie die Tür auf und wir betreten den Flur. Die Häuser in dieser Wohngegend, also auch ihres und meines, sind von innen und außen exakt gleich aufgebaut. Luxuriös, keine Frage, und doch unterscheiden sie sich nur im Mobiliar. Miracle ist eine aus dem Boden gestampfte Mustersiedlung für Superreiche. Wir gehen die Wendeltreppe hinauf in Kathlenas Zimmer, welches sich an derselben Stelle wie meines befindet, um uns umzuziehen.

Leider ist sie größer und auch schlanker als ich. Deswegen passen mir ihre Klamotten nicht. Aber habe ich eine Wahl? Nein, die habe ich nie.

Außerdem hat sie einen Stil, den ich gar nicht mag. Pastelltöne, aber zum Glück keine Blumenmuster – na ja, nur auf der Tapete –, das wäre ja noch schöner. Leider auch Rüschen ...

All das passt zu Kaths. Dunkelblonde Locken umrahmen ihr Gesicht, fallen auf ihre Schultern, ohne Pony. Ihre Lippen sind zartrosa, dafür besitzt sie türkisblaue Diamanten als Augen.

„Ich würde vorschlagen, wir duschen zuerst", sagt sie.

Ich nicke zustimmend und gehe einfach ins Bad, ohne zu fragen. Ich bin hier quasi zu Hause, so wie ich es nie bei meinen Eltern sein könnte. Ich ziehe mich aus und beginne, meine Kleidung zu zerschneiden, damit sie niemals jemand findet. Danach werde ich sie in Kathlenas Kamin verbrennen. Sicherheitshalber. Die Blutflecken kann man nicht mehr auswaschen. Das weiß ich aus Erfahrung.

Panisch schlage ich meine Augen auf. Wo bin ich? Die Matratze, auf der ich liege, fühlt sich ungewohnt an ... und bin ich etwa nackt? Oh nein, dieser Psycho hat mich doch noch eingeholt und irgendetwas mit mir angestellt! Ich schaue mich vorsichtig um. Erleichterung. Ich erkenne Kathlenas Zimmer. Diese geblümte Tapete kann nur ihr gehören. So wenig Stil hat sonst keiner. Ich blicke direkt aus ihrem hohen Fenster, da fällt mir wieder ein, warum ich nackt bin. Ich musste meine Kleidung zerstören.

Ich kann mich nur noch dunkel daran erinnern, dass ich gestern gegen Mittag geduscht und meine Klamotten verbrannt habe. Danach herrscht gähnende Leere in meinem Kopf.

Ich wälze mich auf die andere Seite des Bettes und entdecke meine beste und einzige Freundin, die in ihrem bequemen Ohrensessel neben der Tür sitzt. „Wird aber auch Zeit, dass du aufwachst!", sagt sie.

„Wieso? Wie spät ist es denn?", will ich verwirrt wissen.

„Halb elf ... du hast fast 24 Stunden geschlafen!" Ich bin schockiert. Wahrscheinlich schaue ich echt verwirrt, denn Kathlena versucht zu erklären: „Nach deiner gestrigen Aktion musst du echt erschöpft gewesen sein und ich kann mir vorstellen, dass dich die Begegnung mit deinem Freak fertiggemacht hat. Du könntest dich

mal bedanken, ich hab für dich zwei Tage Schule geschwänzt."
Geht's noch?! Mir jetzt Forderungen stellen. Ich will schon etwas
Bissiges erwidern, als ich sie grinsen sehe. Haha, sehr lustig. Frus-
triert werfe ich eins ihrer vielen Kissen nach ihr. Ich hab ein weißes
mit roten Punkten erwischt. Wie passend, perfekt in meiner Situation – Blutstropfen auf unschuldig weißem Grund.

Ich seufze. „Also erstens ist es nicht mein Freak, sondern nur
ein psychopathischer Junkie, der mich stalkt. Und zweitens ist das
nicht das erste Mal, dass du schwänzt. Sag nicht, dass es dir nicht
gefällt. Es ist nur krass, dass deine Eltern es nicht merken. Wie bin
ich eigentlich in dein Bett gekommen?"

„Nachdem du vor dem Kamin zusammengebrochen bist, habe
ich deinen linken Arm desinfiziert und einbandagiert – was echt
kompliziert war, da ich irgendwie mit deinen drei Fingern klarkommen musste. Dann habe ich dich die Treppe hochgeschleift und
in mein Bett gelegt. Was meine Eltern angeht ... die sind wahrscheinlich einfach zu viel mit sich beschäftigt, perfekte Geldgeber
für mich, haben aber ansonsten keine Ahnung, dass ich existiere.
Stichwort Eltern. Deine scheinen sich für dich zu interessieren. Sie
haben ungefähr eine Million Mal auf deinem Handy angerufen und
circa fünfhunderttausendmal bei mir. Ich habe den Hörer nicht abgenommen. Du solltest dich vielleicht bei ihnen melden."

Oh nein, nicht das auch noch! Meine Eltern werden mich endgültig einliefern lassen, sobald sie davon Wind bekommen. Wenn
sie es nicht sogar längst wissen. Von den ganzen Leuten, die mich
gestern gesehen haben, hat mich bestimmt die Hälfte erkannt. Irgendwer wird es meiner Mutter oder, schlimmer noch, meinem
Vater erzählt haben. Und wenn es erst meine Therapeutin herausgefunden hat ... nicht auszudenken!

Kathlena schaut verunsichert. Ich muss ziemlich dumm aus der
Wäsche gucken.

„Kommt gar nicht infrage, dass ich meinen Eltern auch nur ein
Sterbenswörtchen erzähle. Und du auch nicht – Tratsch hin oder
her! Hast du mich verstanden?"

Sie nickt verlegen. Ich habe sie anscheinend ganz schön einge-
schüchtert. Egal. Entschuldigen werde ich mich nicht. Mach ich
nie.

„Aber glaubst du nicht, dass sie es schon längst wissen? Wir sind quasi einmal durch das ganze Kaff gerannt. So was fällt auf. Außerdem ist das hier wirklich nur ein Dorf, in dem überall getratscht wird", argumentiert diese blöde Kuh.

Ich raufe mir genervt die Haare. „Hältst du mich für komplett bescheuert? Natürlich weiß ich das alles. Ich kann nie wieder nach Hause. Dann werde ich eingeliefert, hat meine Psychotante selbst gesagt. Auf diese Konfrontation kann ich gut und gerne verzichten", fahre ich Kaths an.

„Aber wenn, dann musst du ja nicht sofort in die Klapse. Du kannst immer noch nach dem Gespräch abhauen. Deine Eltern werden dich schon nicht in deinem Zimmer einsperren. Abgesehen davon: Wo willst du hin? Zu mir kannst du nicht, da werden sie dich zuerst suchen."

Das stimmt natürlich. Ich seufze tief. „Na gut. Ich tu es ja. Aber dann sofort. Gib mir mal bitte Klamotten."

Eine halbe Stunde später trage ich ein schweinchenrosafarbenes T-Shirt, das unter den Achseln zu eng ist – es war das größte, das Kathlena besitzt –, und eine lange Jeans, in der ich aussehe wie eine Presswurst und deren Beine ich unten zweimal umschlagen musste. Wir sind auf dem Weg zu meinen Eltern. Ein leider nicht allzu langer Weg.

Da ist es schon – unser Haus. Es sieht genauso aus wie alle anderen in der Gegend. Dieser ganze Prunk und Protz. Ich könnte kotzen!

Ich atme noch mal tief durch. Ein flaues Gefühl macht sich in meiner Magengegend breit. Ich bin nicht bereit für das, was mir jetzt unmittelbar bevorsteht. Wenn ich in die Psychiatrie muss, würde mich das endgültig zerstören. Wobei ... ist nicht genau das mein Ziel?

„Kaths, warte hier. Ich zieh das allein durch!", fordere ich sie auf.

Ich sehe, dass sie etwas erwidern will. Meine Freundin kaut unschlüssig auf ihrer Unterlippe, lässt es aber doch bleiben und nickt mir auffordernd zu. Sie wird mich nicht umarmen, da klar ist, dass ich sie wegstoßen würde. Sowohl körperlich als auch emotional. Noch so eine Sache, die meine Eltern nie begreifen werden, besser gesagt meine Mutter. Leise öffne ich das Gartentor und versuche, möglichst selbstbewusst auf das Haus zuzugehen, das niemals meine Heimat sein wird.

Ich klingele, da ich nicht mehr weiß, wo sich mein Schlüssel befindet. Ist mir auch egal.

Meine Mutter öffnet die Tür. Sie haucht: „Gott sei Dank!" Mit Tränen in den Augen will sie mich in ihre Arme ziehen, aber ich weiche ihr geschickt aus und sie muss aufpassen, dass sie nicht die drei Stufen vor unserer Haustür kopfüber hinunterfällt. Hätte mich gefreut, aber was soll's? Das zu sehen, ist mir eben nicht vergönnt.

Meine Mutter fängt sich wieder und zieht zitternd die Luft ein. „Na, komm erst mal rein."

Ich setze einen Fuß über die Schwelle. Wenn ich gewusst hätte, was mich dort drinnen erwartet, wäre ich schreiend davongerannt, aber mit Sicherheit nicht weitergegangen.


Kaum bin ich in die Küche getreten, wünsche ich mir, ich hätte es sein lassen. Denn schon fährt mich mein Vater an: „Was hast du dir nur dabei gedacht?" Er kommt auf mich zugestürmt und klebt mir erst mal eine. Ich versuche, mit meinem Kopf dagegenzuhalten, aber es nützt nichts. Er fliegt trotzdem nach rechts.

„Schatz, beruhige dich!", versucht meine Mutter ihn zu beschwichtigen. „Das bringt doch keinem was."

„Sag du mir nicht, was ich zu tun hab!", brüllt er sie an und ist kurz davor, auch sie zu schlagen, hält sich aber gerade noch zurück. Stattdessen schaut er mich an. „Jetzt hast du dir dein Leben endgültig versaut."

Der sollte sich mal lieber selbst angucken, Frauenschläger!

„Willst du etwa eingeliefert werden? Legst du es drauf an?"

Überall ist es besser als hier, also scheiß drauf.

„Deine Therapeutin habe ich schon informiert. Sie wird jeden Moment hier sein." Fuck, vielleicht doch nicht besser.

Ich schaue mich hektisch um. Mein Fluchtinstinkt setzt ein.

Mein Vater hat es gemerkt. „Tja, keine Chance. Dir wird jetzt auf dem schmerzhaften Weg geholfen, ob du willst oder nicht. Auf dem einfachen wolltest du schließlich nicht."

Ich schaue zu meiner Mutter. Sie steht vor der Küchentür und versperrt den Ausgang. Wenn ich es drauf anlege, könnte ich vielleicht an ihr vorbeikommen. Aber ich muss schnell sein. Ich blicke ihr ins Gesicht. Es ist tränenüberströmt und sie versucht krampfhaft, nicht zu schluchzen und stark zu wirken. Vergeblich. Dann wäre da natürlich noch das Fenster ...

„Du schwänzt einfach zwei Schultage, kommst über Nacht nicht heim, gehst nicht einmal an dein Handy. Wo ist das Ding überhaupt?"

Ich ziehe es aus meiner Hosentasche, in die ich es nur mit Müh und Not hineinbekommen habe, und gebe es ihm.

„Dafür wirst du ab jetzt keine Verwendung mehr haben!"

Ohne große Verlustgefühle oder auch nur den Versuch, ihn abzuhalten, sehe ich ihm dabei zu, wie er es auf den weiß gefliesten, steril aussehenden Küchenboden schmettert und noch einmal kräftig zutritt. Pech. Hatte eh kaum Nummern gespeichert und nun können mich diese Penner von Eltern endgültig nicht mehr erreichen. Hat alles seine Vorteile.

„Und zu allem Überfluss ..." Er stockt und starrt auf meinen linken Arm. Scheiße, ich muss unbewusst begonnen haben, den frischen Schorf der Schnitte abzukratzen, und es hat angefangen zu bluten. „Hast du dich etwa wieder geritzt?!"

„Was geht dich das an? Du hast dich doch sonst nie für mein Leben interessiert. Lagst meine halbe Kindheit besoffen abwechselnd in der Ecke, im Krankenhaus oder im Pub! Du hast meine Mutter und mich nacheinander verprügelt und vergewaltigt! Was hätte ich denn bitte deiner Meinung nach sonst tun sollen, anstatt daran zu zerbrechen? Den ganzen Tag fröhlich rumhüpfen und munter lächeln? Wir können uns nicht leisten hier zu leben, weil du jeden Tag fleißig arbeitest. Nein, sondern weil meine Mutter Tag und Nacht schuftet, nachdem du das ganze Erbe versoffen hast! Ich habe nie verstanden und werde auch nie verstehen, wie und warum sie es so lange mit dir aushält!" Ich hatte mich noch nie getraut, so mit meinem Vater zu reden.

Er schaut verdutzt. Ich sehe die Gefahr, die sich anbahnt, nicht rechtzeitig und kann so trotz jahrelanger Übung nicht schnell genug ausweichen. Deswegen trifft mich der Fausthieb mit voller Wucht im Gesicht. Das wird mit Sicherheit ein blaues Auge werden. Nicht mein erstes. Ich werde mir keine Mühe geben, es zu überschminken oder zu vertuschen. Aus diesem Alter bin ich raus. Ich trage es stolz, stolz darauf, es noch mal ertragen zu haben, ohne wimmernd liegen zu bleiben.

„Rede nie wieder so mit mir, du dumme Gans! Du musst doch langsam mal verstanden haben, wer hier der Boss ist! Es reicht dir wohl noch nicht?"

Wieder will er mich schlagen, aber diesmal hechte ich nach links und er verfehlt meinen Kopf um mehrere Zentimeter. Ich versuche, zum Fenster zu springen, das sich über dem Herd befindet, da mein Vater zu nah an der Küchentür steht, als dass ich diesen Versuch wagen würde. Ich mache einen großen Satz auf den Tisch und stoße mich von dort Richtung Fenster ab. Ich fühle, dass ich sicher landen könnte, aber mein Vater reagiert schnell und packt mich brutal am rechten Bein. Mein Sprung wird abrupt beendet. Ich kann nirgends mehr Halt finden, rudere mit den Armen in der Luft, versuche irgendetwas zu greifen, aber vergeblich. Ich kann nicht verhindern, dass ich falle, wie eigentlich schon mein ganzes Leben. Ich lande aber nicht auf dem Fußboden, sondern schlage vorher noch heftig mit dem Kopf am Rand des Herds auf, bevor ich wie ein nasser Sack in schrecklich verkrümmter Haltung auf die Erde klatsche. Ich merke noch, wie mir Blut über die Schläfe läuft, höre meine Mutter erst schluchzen und dann leise wimmernd aufschreien. Ich weiß, was das bedeutet ...

Ich bekomme noch das Klingeln der Türglocke mit. Wie in weiter Ferne und in Nebel und Watte getaucht. Dingdong. Und mein letzter Gedanke, bevor ich ohnmächtig werde, ist: „Jetzt hat mein Leben wirklich ein Ende gefunden." Was hat es für einen Sinn, in meiner beschissenen Situation weiterzuleben? Gefangen in einer Welt, die nicht real erscheint, dafür aber einem Horrorfilm ähnelt? Meinem privaten, sehr realen Horrorfilm.

### Leonell

Ich hab es verbockt! Wütend schlage ich mit der geballten Faust gegen die Rinde des Baumes, an dem Lilly vor ein paar Minuten noch saß. Aua! Ich hätte es lieber nicht tun sollen. Schmerzresistent ist ein Schutzengel nicht. Was ich schon beim Entfernen meiner Flügel feststellen musste, obwohl ich da dachte, dass es an der Zauberkraft läge. Im Gegensatz zum Racheengel. Ich bin mir sicher, dass ich nicht nur innerlich komplett kalt war, sondern auch äußerlich fast unverwundbar. Die perfekte Killermaschine.

Lilly braucht dringend Hilfe und ich bin anscheinend wirklich zu blöd dazu, Schutzengel zu sein.

Ist das denn ernsthaft so schwer? Ich war doch auch der perfekte Racheengel, besessen davon, anderen Schmerz und Leid zuzufügen. Wäre ich in meinem damaligen Zustand zu Gefühlen fähig gewesen, hätte ich bestimmt Freude an meiner früheren Berufung gefunden. Kann man wirklich so krank im Kopf sein? Ich denke schon, aber vielleicht war diese Gefühlskälte auch nur ein Abwehrmechanismus, damit ich ununterbrochen meinen Job machen konnte, ohne zu zögern und ohne Reue? Ich weiß es nicht. Es ist erschreckend, wie wenig ich über mein früheres Leben, meine frühere Existenz weiß. War ich schon immer ein Racheengel? Wird man so geboren? Oder war ich davor vielleicht sogar ein Mensch? Es ist alles so verwirrend. Ich will doch nur diesem wunderschönen, aber zerbrochenen Mädchen helfen, aber stattdessen hat es mich schon als Junkie, Freak, Stalker und Psycho bezeichnet. Anstatt das Vertrauen meiner Schutzbefohlenen zu gewinnen, schlägt mir nur ihre Verachtung entgegen und das Einzige, worüber ich mir Gedanken mache, ist mein Unwissen! Ich sollte ihr wirklich hinterhergehen, aber dann sagt sie nur wieder, ich würde sie verfolgen, was genau genommen auch stimmt, aber sie weiß nicht, dass es meine Aufgabe ist, sie zu beschützen.

Ich seufze. Warum muss nur alles immer so kompliziert sein? Ich lehne mich mit dem Rücken an den Baumstamm und lasse mich daran hinabgleiten, bis ich im feuchten Gras sitze. Schockiert stelle ich fest, dass dies exakt die Stelle ist, an der vorhin auch Lilly gekauert hat.

Ich würde gern aufstehen, aber mir fehlt die Kraft. Ich bin sowieso unfähig, sie zu beschützen. Also, wieso sollte ich es noch einmal versuchen, nur um wieder zu scheitern? Ich bleibe einfach hier, dann komme ich eben wieder in die Verdammnis und bin kläglich gescheitert, habe meine letzte Chance vertan. Ich habe sie ohnehin nicht verdient wegen meiner verpfuschten Vorgeschichte. Und Za? Mein Liebling. Sie wäre bestimmt enttäuscht. Sie hat bereits so viel für mich getan, in der Verdammnis und auch in dieser Welt. Wenn ich jemanden nicht im Stich lassen will, ist sie das. Aber ich weiß nicht weiter.

Ich hole tief Luft und flüstere ohne große Hoffnung, dass es funktioniert: „Za, bitte hilf mir! Sag mir, was ich tun soll! Ich weiß nicht weiter!"

Mir wird schwarz vor Augen.

☙

Ich habe Angst, so schreckliche Angst. Um mich herum ist es dunkel, pechschwarz. Ich kann nicht mal meine Hand vor Augen erkennen. Es ist höllisch unbequem, obwohl ich weich sitze. Ich traue mich nicht, mich zu bewegen oder auch nur etwas lauter zu atmen. Es ist stickig hier drin. Ich habe Panik. Ich will atmen können.

Ich weiß nicht, wie lange ich schon hier sitze, mit dem Rücken gegen die harte Wand gelehnt, aber ich darf nicht aus meinem Versteck hervorkommen. ER darf mich nicht finden. Wenn er mit Mama fertig ist, bin ich an der Reihe. So ist es immer.

Leider höre ich nicht, was nebenan vor sich geht. Oder sind sie noch unten? Das wäre schlimm, denn dann müsste ich noch länger eingepfercht hier sitzen.

Und das alles nur, weil sie seinen Lieblingsschnaps vergessen hat einzukaufen. Dafür muss ER sie bestrafen und mich auch. ER will sicherstellen, dass so etwas niemals wieder vorkommt. Wird es bestimmt auch nicht. Obwohl ich mir sicher bin, dass es nur ein Versehen von Mama war. Absichtlich würde sie das nie tun, denn sie weiß ganz genau, was dann passiert, genau wie ich auch.

Ich habe plötzlich das Gefühl zu ersticken, keine Luft mehr zu bekommen. Ich bewege mich vorsichtig und greife mir mit der Hand an die Kehle. Ich muss hier raus. Keine weitere Sekunde halte ich es aus. Ich bemühe mich, mich leise in die Mitte zu schieben, und drücke vorsichtig die Flügeltüren von innen auf.

Ein Lichtstrahl dringt durch den schmalen Spalt und scheint mir mitten ins Gesicht. Er blendet mich schrecklich und ich muss meine Augen zukneifen. Ich warte kurz, bis sich meine Augen an das Licht gewöhnt haben, dann öffne ich die Türen ganz, unterschätze dabei aber meine Kraft. Ich habe viel zu viel Schwung. Die Türen knallen nach hinten und gegen die Wand. Ich kugele kopfüber mit einem lauten Rumms aus meinem Kleiderschrank und lande unsanft auf meinem Teppichfußboden. Wenn ER das nicht gehört hat, ist ER taub.

„Was war das denn bitte?!", höre ich IHN schon von unten wettern.

„Ich weiß es nicht, ehrlich", erwidert meine Mama kleinlaut.

„Halt's Maul!", fährt ER sie an.

Wimmern.

Dann höre ich IHN die Treppe hochpoltern. ER kommt geradewegs auf mein Zimmer zu. Die Schritte werden immer lauter. Energisch reißt er die Tür auf und kommt auf mich zu.

Sein Gesicht ist wutverzerrt, allerdings spiegelt sich auch ein perverses Verlangen darin wider.

Wieso? Wieso habe ich nur so einen Vater? Bevor er zu trinken begann, war er so liebevoll. Dann ging seine Firma den Bach runter und er fing damit an. Wieso? Und wie hält Mama es noch mit ihm aus? So etwas kann man doch nicht lieben!

Er reißt mich an meinen langen blonden Haaren hoch. Ich, seine zehnjährige Tochter, beginne zu schluchzen. Ich schließe meine Augen und warte auf das Unausweichliche.


Schwärze.


Ich renne. Mein Ziel ist nicht mehr weit entfernt. Weiter, immer weiter. Raus aus Miracle und rein in den Wald. Kühle Luft empfängt mich. Laub raschelt unter meinen Füßen. Ab und zu knackt ein Zweig. Ich höre das Zwitschern der Vögel. Weit oben in den Wipfeln sitzen sie. Sie haben das Privileg, ein unbeschwertes Leben führen zu dürfen. Ich nicht. Die Stimmung hier könnte so friedlich sein, aber sie kann meinen inneren Aufruhr nicht besänftigen. Anfangs hat mir die Atmosphäre noch geholfen, aber jetzt schon lange nicht mehr. Dafür sitzen meine Wunden zu tief.

Ich renne immer noch. Gleich geschafft. Da ist er. Ich bin weit in den Wald vorgedrungen und stolpere nun fast gegen mein Ziel, umarme es unfreiwillig und verschnaufe kurz. Mein Blutbaum. Diesen Namen hat sich der riesengroße Koloss vor mir redlich verdient.

Immer wenn ich von zu Hause abhaue, komme ich hierher, um mich abzureagieren. Mich an mir selbst abzureagieren. Ich bin so weit vorgedrungen, dass mich keiner findet. Zwar kann ich vor Menschen fliehen, wenn ich zu meinem Blutbaum komme, aber leider nicht vor meinen Gefühlen und meinem zerbrochenen Inneren.

Ich setze mich mit dem Rücken gegen den Stamm gelehnt hin und hole behutsam einen kleinen Gegenstand aus meiner Hosentasche. Er ist in Küchenpapier eingewickelt, welches ich nun langsam abzuziehen beginne.

Da ist sie. Meine wunderschöne, silberglänzende, noch nicht beschmutzte Rasierklinge. Ehrfurchtsvoll halte ich sie zwischen Zeige- und Mittelfinger meiner rechten Hand. Ich entblöße meinen linken Arm und sehe ihn mir an. Feine Striche zieren ihn bis hoch zum Ellenbogen. Manche sind nur noch Schatten ihrer selbst, genau wie ich auch, aber andere sind richtige, wulstige Narben.

Ich beginne, setze vorsichtig die Klinge auf meine Haut, kurz oberhalb der Hand nahe meinem Puls, und drücke zu. Schon beginnt Blut aus der frischen Wunde zu quellen und meine Hand herabzulaufen. Es ist so strahlend rot, glänzt richtig. Ich betrachte es so fasziniert, als hätte ich noch nie in meinem Leben Blut gesehen. Ich wundere mich fast, dass es nicht schwarz ist. Denn das müsste es sein, wenn es aussehen würde wie mein Inneres. Schwarz und leer und tot, völlig ausgebrannt.

Ich schneide weiter. Immer tiefer, immer heftiger. Ich will den Schmerz spüren, ihn nach außen kehren und anschließend von mir wegschieben. Wenn das nur so einfach wäre. Weiter. Es ist immer wieder faszinierend, dass man nur einen Schmerz auf einmal fühlen kann. Mit zwei verschiedenen gleichzeitig ist der Körper überfordert. Ich bevorzuge den Schmerz, den ich kontrollieren kann. Weiter. Dies ist meine Art, über mein Leben selbst zu bestimmen. Weiter. Meine Tränen laufen wie mein Blut. Ich schmecke Salz – und das Gefühl der Freiheit. Langsam wird mir schwindelig. Ich sollte aufhören, sagt mein gesunder Menschenverstand, aber ich kann nicht. Es ist so erleichternd!

Ich kann nicht mehr aufrecht sitzen.

Trotzdem weiter. Ich sacke in mich zusammen, liege zusammengekauert unter dem Blutbaum.

Weiter. Weiter. Ich kann meinen Körper nicht mehr spüren. Ich fühle mich, als würde ich über ihm schweben. Ich schließe meine Augen und weiß, dass ich jetzt ohnmächtig werde. Ist nicht das erste Mal, dass mir das in dieser Situation passiert. Ob ich zu tief geschnitten habe? Selbst wenn, egal. Dann bin ich diese Qual, die meine nie gelebte Existenz sein soll, endlich los. Es wäre so passend, wenn es an diesem Ort passieren würde. Sterben. Sterben mit vierzehn Jahren. Sterben unter meinem Blutbaum.

დ

Ich wache auf. In gekrümmter Stellung liege ich im Gras. Ich friere. Meine ganze Kleidung ist feucht vom Tau, der an dieser Stelle wahrscheinlich nie ganz verdunstet. Die Sonne reicht nicht bis zur Erde. Sie ist versteckt hinter dem Blätterdach.

Plötzlich schrecke ich hoch und sitze kerzengerade da. Das waren keine Erinnerungen, wie ich sie bisher hatte. Ich bin mir sicher, dass ich so etwas nie erlebt habe. Aber ich weiß, wem sie gehören. Und zwar Lilly. In der ersten war sie zehn Jahre alt, in der zweiten vierzehn. Za hat es irgendwie geschafft, mir zwei Visionen gleich nacheinander zu schicken. Und das, obwohl sie nicht einmal von mir stammen.

Ich habe wohl zwei der schrecklichsten Ereignisse aus Lillys Leben miterlebt. Nein, ich war nicht nur dabei, ich war sie. Ich konnte genau nachvollziehen, was dieses Mädchen gedacht und gefühlt hat.

Plötzlich entsinne ich mich wieder, wo ich bin. Der Blutbaum. Ich liege hier wie einst Lilly. Sie wollte sterben. Nein, nicht wollte – ich bin mir sicher, sie will es immer noch. Und es ist meine Aufgabe, sie davon abzuhalten. Sie aus ihrer – was hat sie gedacht? – Qual, die ihre nie gelebte Existenz sein soll, zu befreien.

Danke Za, danke für diese Erinnerungen! Jetzt weiß ich, was ich zu tun habe! Ich stehe auf. Ich kann nicht einmal ahnen, wo Lilly momentan ist. Ich weiß nicht, wo sie wohnt oder ob sie Freunde hat, bei denen sie sein könnte. Wie ich sie bisher kennengelernt habe, ist es eher unwahrscheinlich, dass es davon viele gibt.

Erst mal muss ich aus dem Wald raus. Lilly wird bestimmt so weit wie möglich von mir weggelaufen sein.

Ich müsste zwar so schnell wie möglich zu ihr, aber dafür sollte ich mich vorher etwas ... menschlicher machen. Es würde nichts bringen, wenn ich einfach drauflosstürme und beginne, sie zu suchen. Dieses Unterfangen war bereits vorhin – wow, ist es echt erst wenige Stunden her? – sinnlos, als ich sie nachts beziehungsweise morgens aufzuspüren versucht habe.

Ich bezweifle aber, dass sie morgen in die Schule gehen wird, also würde es auch nichts bringen, dort auf sie zu warten. Außerdem ist es morgen vielleicht schon zu spät.

Ich stapfe aus dem Wald heraus. Lilly hatte in ihrer zweiten Erinnerung recht. Es ist wirklich friedlich hier. Vögel zwitschern auch jetzt und die Frühlingssonne versucht verzweifelt, sich durch das Blätterdach zu drängen. So viel Grün und so viel geballtes Leben auf einmal.

Ich versuche, so still wie möglich zu sein, um diese Ruhe nicht zu stören. Trotzdem knacken immer wieder Zweige unter meinen Sohlen. Um das zu verhindern, müsste ich wahrscheinlich fliegen, aber ich werde jetzt bestimmt nicht meine Flügel mithilfe dieser qualvollen Prozedur wieder erscheinen lassen.

Ein paar Minuten später trete ich aus dem Wald hervor und blinzle gegen die Sonne. Es fühlt sich wundervoll an, sie auf meiner Haut zu spüren. Sie wärmt nicht nur mein Äußeres, sondern schafft es auch fast, mein Inneres erstrahlen zu lassen. In einem solchen Moment kann man die Vergangenheit zwar nicht vergessen, aber zurückdrängen.

„Lilly braucht mehr solcher Augenblicke", denke ich betrübt. Ich muss ihr exakt solche Momente schenken. Lebensfreude in ihrer kleinen schwarzen, zerstörten Welt. Ich habe meine Aufgabe verstanden. Dank Za und dank dem Frühling.

Gut, als Erstes brauche ich Kleidung, die Menschen tragen. Ich muss Lillys Vertrauen gewinnen. Dazu sollte ich nicht völlig fremd und wie ein Stalker-Junkie-Freak-Psycho oder so ähnlich wirken. Ganz in Weiß und mit ausgetretenen Opa-Sandalen. Das geht nicht.

Ich muss mir Kleidung kaufen. KAUFEN! Ich habe gar kein Geld! Und so schnell kann ich mir auch keins besorgen. Soll ich etwa stehlen? Kann ein Schutzengel das überhaupt? Keine Ahnung.

Ich werde einfach Za fragen. Ich hoffe, es funktioniert. Aber wie soll sie mir antworten? Mit einer Erinnerung wohl eher nicht. Ich probiere es einfach.

„Za, was soll ich tun? Hilf mir!", denke ich.

Plötzlich bin ich genervt und rolle mit den Augen. Gleich darauf fühlt es sich an, als würde mich jemand nach vorne schubsen. Ich verliere mein Gleichgewicht, rudere wie wild mit den Armen. Aber es nützt alles nichts, ich schlage der Länge nach mit dem Bauch auf der Wiese auf, die direkt an den Wald angrenzt und auf der ich mich nun befinde.

Was war das denn bitte? Soll das etwa eine Antwort von Za auf meine Frage gewesen sein? Eine Erinnerung hat sie mir nicht gesandt, aber es hat sich angefühlt, als wäre sie hier, bei mir. Ich seufze. Das ist typisch Zafrina. Unhöflich und bestimmend. Plötzlich werde ich traurig. Mir wird bewusst, dass ich sie vermisse. Diese eine Berührung ihres Geistes hat ausgereicht, um alle schrecklichen, aber eben auch alle schönen Erinnerungen, die uns verbinden, wieder aufleben zu lassen. Ja, ich liebe sie, liebe sie wirklich und nun sind wir auf ewig verbunden. Erst in dieser Welt, wo sie über mich wacht, und danach in der Verdammnis. Aber auch das können wir zusammen durchstehen. Ich bin mir sicher.

Allerdings habe ich keine Ahnung, was Za mir sagen wollte. Auf jeden Fall ist sie genervt, dieses Gefühl war so stark, dass ich es körperlich spüren konnte. Aber warum lässt sie mich stolpern?

Ich blicke auf. In der Richtung, in die ich schaue, liegt Miracle. Ich kann es von hier aus gut erkennen. Sogar ein paar Menschen, die geschäftig von Laden zu Laden gehen, kann ich von meinem Standort aus sehen. Ich rappele mich hoch und will den Dreck von meiner weißen Kleidung abklopfen, als mir auffällt, dass ich gar nicht schmutzig geworden bin. Blitzblank. Reinweiß. Genau wie unter der Hecke. Ich kann wirklich nicht dreckig werden.

Also gut, ich werde jetzt stehlen. Ich muss. Ein Schutzengel, der für alles Gute und Schöne steht, wird etwas Illegales tun. Fast muss ich laut loslachen.

Schließlich mache ich mich auf den Weg nach Miracle. Ich muss dazu nur die grüne Wiese überqueren und schon bin ich auf der Hauptstraße, die direkt hineinführt. Ich versuche, möglichst selbstbewusst und vor allem normal zu wirken.

Ich habe die ersten Häuser erreicht, die schon bald von edlen Nobelboutiquen abgelöst werden. Wenn ich in einen solchen Laden gehen würde, könnte ich darin niemals stehlen. Das würde definitiv auffallen und ich müsste schlimmstenfalls nach einer fetten Strafanzeige ins Gefängnis. Nein, ich kann das nicht.

Ein Schutzengel kann zwar lügen – zum Beispiel bei meiner ersten Begegnung mit Lilly, da hatte ich keine andere Wahl. Aber ich kann mir vorstellen, dass meine Unwahrheiten leicht durchschaubar sind, weswegen ich es lieber nicht öfter ausprobieren möchte.

Ich laufe einfach weiter, versuche, zwischen den ganzen reichen Schnöseln in Anzügen und Frauen mit teuren Designerhandtaschen und Hunden, die man nicht als solche bezeichnen kann, nicht aufzufallen. Ich bezweifle, dass es hier irgendwo einen Billigladen gibt.

Ich komme an einer Bäckerei vorbei und blicke durch das Schaufenster direkt auf die Auslage. Riesengroße, mehrstöckige Torten und edle Küchlein, soweit das Auge reicht. Ich warte auf ein Blubbern in meiner Magengegend, aber nichts dergleichen passiert. Ich habe in der Verdammnis nichts gegessen und auch nicht, seitdem ich hier bin. Engel essen also nicht ... gut zu wissen. Ein Problem weniger, denn kein Geld, kein Essen.

Ich wende mich von dem Angebot ab. Erstens, weil es sowieso nichts bringt, hier meine Zeit zu vergeuden, und zweitens, weil mich die Verkäuferin schon ganz misstrauisch beobachtet. Nein, ich sehe wirklich nicht normal aus und sollte gar nicht erst probieren zu klauen. Außerdem erinnern mich Stehlen und andere Straftaten an meine Zeit als Racheengel. So gewissenlos will ich nie wieder sein.

Resigniert schlendere ich durch Miracle. Hier sieht alles gleich aus. Protzhäuser wechseln sich mit Edelläden ab. Sehr groß ist diese Stadt nicht. Sehr viele können sich diesen Lebensstandard nicht leisten, aber trotzdem habe ich mich sofort verirrt. Ich werde Lilly nie finden. Anfangs, als ich sie das erste Mal sah, hat es mich wie ein Magnet zu ihr gezogen. Dies scheint jetzt nicht mehr der Fall zu sein. Ich fühle nichts dergleichen. Kein Ziehen, nicht das Wissen, dass ich sie finden werde.

Verzweifelt bleibe ich stehen. Ich bin wieder am Meer angelangt, vor mir befinden sich die Jachten, hinter mir die Häuser. Es ist wie ein Déjà-vu. Das Meer rauscht leise. Es weht ein schwacher Wind, durch den sich die Wasseroberfläche leicht kräuselt und der die Schiffe sanft hin und her schaukeln lässt. Irgendwo kreischt eine Möwe. Eine andere antwortet ihr umgehend. Ich rieche Salz, fühle mich hier nicht wohl. Bleiben kann ich so nah am Wasser nicht.

Betrübt stelle ich fest, dass es schon dunkel wird. Die Sonne, ein orangeroter Feuerball, schiebt sich dem Meer entgegen, spiegelt sich noch ein letztes Mal darin wider, taucht es in rote Farbe, bevor sie für die Nacht hinter dem Horizont verschwindet. Sosehr ich das Meer auch fürchte, dieser Anblick war einfach großartig. Diesen Moment muss Lilly auch erleben.

Es ist nur erschreckend, wie schnell der heutige Tag vergangen ist. Haben die Erinnerungen so viel Zeit gekostet? Wie lange war ich weggetreten? Oder bin ich die ganze Zeit in dieser Stadt umhergeirrt? Es ist egal. Jetzt ist es zu spät und nicht mehr zu ändern.

Ich werde in der Nacht nicht weitersuchen. Finden werde ich Lilly wahrscheinlich sowieso nicht.

Ich gehe wieder zu der Hecke, in der ich die letzte Nacht verbracht habe. Nur einmal um die Ecke und schon bin ich da. Ich schaue mich aufmerksam um, damit mich auch keiner bemerkt, und springe über den Zaun. Niemand da. Schnell husche ich zu dem schützenden Gestrüpp und krieche in die kleine Kuhle, die mein Körper letzte Nacht hinterlassen hat.

Bevor ich einschlafe, sind meine Gedanken bei Lilly, um die ich mir schreckliche Sorgen mache. Ich will meine letzte Chance nicht vertun, sondern ihr wirklich helfen. Sie darf nicht sterben. Ich will meine Fehler wiedergutmachen, nicht neue begehen. Außerdem denke ich an Za, die ich unendlich vermisse. „Za, ich liebe dich!"

Ich wache auf. Meine Brust schmerzt genau dort, wo sich das Herz befindet. Davon muss ich aufgewacht sein. Es ist ein schreckliches Ziehen, als würde es mich von meinem Platz wegreißen wollen. Ich richte mich, so gut es unter den Zweigen möglich ist, auf und krieche unter der Hecke hervor. Geduckt schleiche ich über den Rasen zum Gartentor. Niemand bemerkt mich. Was für ein Glück ich doch habe! Da fällt mir auf, dass in der Einfahrt unter dem Carport gar kein Auto steht. Hat es schon die ganze Zeit gefehlt? Gestern auch schon? Ich weiß es nicht mehr, es würde mich nicht wundern, aber einiges erklären, denn wem entgeht schon, dass ein Eindringling in seinem Garten schläft?

Ich klettere wieder über den Zaun und bin erleichtert, sobald ich auf dem Bürgersteig stehe. Ich will keine Anzeige wegen Hausfriedensbruchs. Im Gefängnis kann ich Lilly nicht mehr helfen.

Ich blicke nach oben, um mich an der Sonne zu orientieren. Ich will wissen, wie spät es ist. Heute ist kein so schöner Tag wie gestern. Etwas kühler und windiger. Ich brauche einen Moment, bis ich sie hinter den Wolken ausmache.

Kein Wunder, dass ich so lange suchen musste. Sie ist schon extrem hoch gestiegen. Ich habe sie viel weiter östlich vermutet. Es ist bestimmt schon Mittag! Wieso habe ich so lange geschlafen? Ich muss doch Lilly finden.

Da fällt mir das Reißen in meiner Brust wieder ein. Ich bin mir sicher, dass es etwas mit ihr zu tun hat. Aber warum habe ich es nicht schon gestern verspürt?

Ich gehe die Straße entlang und biege schließlich nach links ab. Das Ziehen wird eindeutig geringer. So wird mir zwar das Atmen erleichtert, aber andererseits bedeutet das mit Sicherheit, dass ich mich von Lilly entferne. Also wende ich mich nach rechts. Ich passiere fortwährend gleich aussehende Häuser und Gärten und merke deutlich, wie ich immer weitergezogen werde. Es ist beinahe wie Magnetismus. Ich bin der positive, mein Mensch der negative Pol und wir wollen zueinanderfinden. Ob Lilly es auch spürt? Ich werde sie fragen, falls sie mir jemals vertrauen sollte.

Mir begegnet auf meinem Weg kaum jemand. Dies ist eine reine Wohngegend ohne Geschäfte. Um diese Zeit werden die meisten Leute entweder arbeiten oder sich in der Innenstadt tummeln.

Gerade als ich denke, dass der Schmerz bald nicht mehr schlimmer werden kann, ich fast explodiere, sehe ich ein besorgt aussehendes Mädchen mit dunkelblonden Locken und strahlend blauen Augen, die fast so stechend sind wie meine und mit welchen es mich argwöhnisch mustert. Die Jugendliche scheint ungefähr in Lillys Alter zu sein.

Ich beschließe, sie anzusprechen und zu fragen, ob sie eine Lilly kennt. Ich habe nichts zu verlieren. Abgesehen davon, dass sie mir zu misstrauen scheint, was ich ihr bei meinem Erscheinungsbild nicht verübeln kann, sieht sie eigentlich sogar ganz nett, ja, beinahe lieb aus.

Ich stehe nun in leicht gebeugter Haltung direkt vor ihr. Ich kann mich nicht gerade aufrichten, denn dann werde ich wirklich von innen zerrissen.

„Hi", begrüße ich sie keuchend vor Schmerz, „wie heißt du?"

Das Mädchen beäugt mich einige Sekunden lang, bevor es antwortet. „Kathlena."

Da sie nicht daran interessiert zu sein scheint, wie ich heiße, fahre ich ungerührt fort. „Okay, Kathlena, kennst du eine Lilly?"

„Ja." Sie scheint immer misstrauischer zu werden. Innerlich jubele ich, aber äußerlich kann ich meine Freude wegen des Schmerzes nicht zeigen, andererseits will ich es vor ihr gar nicht.

„Gut, und weißt du auch, wo sie wohnt?"

Das Mädchen zögert kurz. Sie seufzt, doch dann erwidert sie: „In diesem Haus, gleich hier", und deutet mit dem Finger auf das Gebäude, vor dem wir stehen.

Ich bin unglaublich erleichtert. Ein Stein fällt mir vom Herzen. Jetzt kann ich meine Erleichterung nicht mehr verbergen. „Danke schön", rufe ich und springe mit einem Satz freudestrahlend über den Gartenzaun, meine stechenden Brustschmerzen ignorierend.

„Warte kurz", ruft mir Kathlena noch hinterher.

Ich drehe mich um. „Was ist denn noch?", will ich genervt wissen. Ich möchte endlich zu Lilly.

„Wer bist du überhaupt?"

„Leonell. Leonell Dratsab", antworte ich.

„Ach du Scheiße!", flüstert sie gerade so laut, dass ich es noch hören kann. Dem Mädchen steht der Schock ins Gesicht geschrieben.

Aus Angst, dass Kathlena mich aufhalten könnte, sprinte ich zur Haustür und drücke, bevor ich es mir anders überlegen kann, auf den kleinen Klingelknopf, der links davon angebracht ist. *Mahon* steht darüber. Ich erinnere mich wieder. Als wir uns das erste Mal begegnet sind, hat sie mir ihren vollständigen Namen gesagt. Lilly Mahon. Ich bin hier richtig.

Plötzlich höre ich Gepolter und Schritte im Haus.

„Das wird die Psychologin sein. Was machen wir denn jetzt?", vernehme ich eine kleinlaute Stimme.

„Na, wie wär's denn mit *die Tür auf*?!", wettert jemand eindeutig Männliches.

Keine Sekunde später wird die Tür brutal aufgerissen und vor mir steht ein extrem großer und Furcht einflößender Mann. Hinter ihm, auf der Wendeltreppe im Flur, kauert eine Frau mit Tränenspuren im Gesicht, die eindeutig nicht gesehen werden will. Das müssen Lillys Eltern sein. Ich bin so geschockt, dass ich vollkommen vergesse, etwas zu sagen. Der Mann nimmt mir diesen Part ab.

„Du bist nicht Lillys Psychologin. Du siehst nicht aus, als würdest du sie einliefern wollen, sondern eher, als wärst du selbst direkt aus der Klapse geflohen. Wer bist du überhaupt? Und was willst du hier? Wir kaufen nichts und spenden auch nicht!"

Ich finde meine Stimme wieder. „Nein. Nein, nein, ich will nichts verkaufen oder so. Ich möchte gerne zu Lilly … ähm … Ihrer Tochter, richtig?", setze ich noch hinzu, als ich seinen verrückten Blick erkenne. Vielleicht gibt es mehrere Mahons in Miracle und ich habe mich in der Tür geirrt.

„Lilly? Du willst also zu Lilly? Hat dieses Miststück etwa einen Freund, von dem ich nichts weiß?" Er schaut seine Frau an.

Diese zuckt zusammen, als hätte er sie geschlagen. „Nein, nicht dass ich wüsste", antwortet sie mit tränenerstickter Stimme.

„So, so, was willst du von Lilly?" Dann schaut er über mich hinweg und brüllt: „Hey, was willst du denn hier, du Schlampe? Mach, dass du wegkommst! Verpiss dich!"

Ich drehe mich um und beobachte, wie Kathlena die Beine in die Hand nimmt und die Straße entlangrennt. Ich blicke ihr nach, bis sie hinter der nächsten Ecke verschwunden ist. Anschließend wende ich mich wieder Lillys Vater zu, der mich abwartend und unverhohlen anglotzt.

Ich entsinne mich, dass er mir eine Frage gestellt hat. Was soll ich ihm nur sagen? Kann ich lügen? Ja, doch, kann ich. Hat ihr Vater nicht gerade etwas über die Psychiatrie gesagt?

„Ich ... ähm ... ich möchte Ihre Tochter gerne abholen. Wegen ... ähm ... der Psychiatrie. Genau. Ich soll sie dahin begleiten. Ich soll ... ähm, ja ... ich soll ihr helfen." Was für ein Gestotter. Wenn der mir das glaubt, muss er noch dümmer sein, als er aussieht. Wenigstens entspricht der letzte Teil der Wahrheit.

Plötzlich bricht er in schallendes Gelächter aus. Ein lautes Brüllen, das jedes Tier verscheuchen würde. „Der war gut, Kleiner. Noch so einer, bitte! So ein Spinner!"

„Nein, ernsthaft!"

Sofort hört er auf zu lachen und sagt gefährlich leise: „So, mein Freundchen, merk es dir gut! Ich. Werde. Nicht. Angelogen. Und jetzt los, verpiss dich! Nicht einmal dich würde ich zu dem kleinen Miststück lassen!"

„Stopp!" Ungeahnter Kampfgeist erwacht in mir und ich schiebe einen Fuß in den Türspalt, gerade als der Tyrann dabei ist, diese zuzuknallen. Ich verkneife mir einen Schrei. Mein Fuß tut höllisch weh. Noch dazu, weil ich nur alte Sandalen trage. Die Tür hat mich voll erwischt.

„Was war das gerade?", will mein Gegenüber drohend wissen, nachdem es die Tür wieder ein Stück geöffnet hat. Ich zweifle keine Sekunde daran, dass der Mann mich schlagen wird, wenn ich es noch weiter auf die Spitze treibe.

Ich weiß nicht, was ich darauf erwidern soll. Anlügen bringt nichts. Jedes Wort könnte mich weiter von meinem Menschen wegtreiben. An ihm vorbeizustürmen, schaffe ich nicht. Er würde auf mich einprügeln, bis ich am Boden liege. Lillys Mutter wird mir nicht helfen. Dafür hat sie viel zu viel Angst vor ihrem Mann und vielleicht auch vor mir. Ich frage mich nur, warum sich das Mädchen nicht blicken lässt. Ob es nicht da ist? Nein, unwahrscheinlich. Das hätten mir die Eltern bestimmt gesagt. Es muss etwas anderes sein. Ob Lilly etwas passiert ist? Ja, das wird es sein. Sie hat Schutz gebraucht und ich war schon wieder nicht für sie da.

Ich darf mir keine Vorwürfe machen, das ist im Moment überflüssig. Vielleicht kann ich alles wiedergutmachen, wenn ich nur wüsste, wie und was überhaupt geschehen ist. Möglicherweise erklärt sich damit das Ziehen in meiner Brust: Ich kann meine Schutzbefohlene nur orten, wenn sie in Schwierigkeiten steckt. Deswegen habe ich sie gestern nicht gespürt. Ich wette, es hat etwas mit ihrem Vater zu tun. Ihre Erinnerungen waren deutlich. Ich muss sie aus diesem sogenannten Zuhause wegschaffen. Nur wie? Za.

„Oh bitte, Za. Mein Mädchen, steh mir bei! Hilf mir noch einmal. Ich komme mit meiner Aufgabe nicht klar, kann es ohne dich nicht schaffen! Bitte!", denke ich.

Ich merke nur noch, wie ich vor den Augen von Lillys Eltern zusammenbreche, auf der harten Steintreppe vor dem Eingang aufschlage und ohnmächtig werde. Meine letzten Gedanken sind: „Ein Glück, dass ich die Treppe nicht hinuntergefallen bin!"

Und: „Za, was hast du nun wieder mit mir vor? Bitte quäle mich nicht weiter mit meiner Vergangenheit, die ich lieber vergessen will. Da war mir das Unwissen der Verdammnis so viel lieber!"

☙

Ich verstecke mich im Gebüsch, direkt neben der menschenleeren Straße. Mitten im Nirgendwo. Links und rechts davon ist weit und breit nur dichter Wald. Die nächsten Ortschaften kann ich nur erahnen. Und doch ist mir völlig klar, dass bald jemand vorbeikommen wird. Ein Jemand, der sich wünschen würde, er hätte es nicht getan. Ich weiß, wer dieser Jemand ist.

Ich habe einen Auftrag, nicht anders als alle davor und doch gibt es einen Unterschied.

Einen Unterschied, so gravierend, dass ich nicht tun kann, was ich ursprünglich wollte.

Ich bin ein Racheengel und muss töten, zu wem es mich zieht. Es ist ein tief in meiner Brust verankertes Ziehen, fast magnetisch.

Doch diesmal zieht es mich zu einer Person, die zu morden ich nicht imstande bin.

Dieser Mensch hat etwas geschafft, was ich nie für möglich gehalten hätte. Mir ist nicht klar, wie es geschah, aber es hält mich davon ab, gewissenlos zu sein. Plötzlich fühle ich. Ich spüre Dinge. Ich ekele mich vor mir selbst. Diese Person kann nicht mehr ich sein. Ich befinde mich nicht mehr in einem Zustand völliger

Trance, von Kälte eingenommen. Aber ich will das nicht. Ich muss töten, habe keine andere Wahl. Mich kann und darf nichts davon abhalten. Und doch geschieht es. Dieser Mensch, den ich umbringen sollte, hat etwas in mir verändert. Es würde mir leidtun, ich würde es bereuen. Einfach abartig. Erbarmen und Gewissen sind für mich Fremdworte. Und doch meldet sich immer wieder eine Stimme in meinem Kopf, die mir einreden will, dass falsch ist, was ich tue. Ich will nicht auf sie hören, kann sie aber auch nicht ignorieren. Sie hat mich so weit gebracht, dass ich beschlossen habe, nicht diesen Menschen, sondern andere zu töten. Ich werde dafür sorgen, dass mein Mensch Schmerzen erleidet, aber ich bringe es nicht übers Herz, ihn zu morden. Herz ... als würde ich so etwas besitzen. Albern. Und doch spüre ich nicht mehr nur einen Eisklumpen in meiner Brust, von dem das ständige Ziehen ausgeht. Ich merke einen Hauch von ... Leben. Warum? Ich will doch nur ungehindert meiner Tätigkeit nachgehen und rächen, wer verdient hat, gerächt zu werden, oder von mir aus auch Unschuldigen aus purer Mordlust das Leben nehmen. Ein paar Schutzengel killen, wenn sie mir im Weg stehen. Ein Klacks.

In diesem Fall ist kein anderer Engel die Schwierigkeit – sie sind ohnehin immer einfach zu beseitigen. Nein, mein Problem ist schwerwiegender.

Ich bin mir beinahe sicher, so schwer es mir auch fällt, dies zuzugeben, dass mein Herz dabei ist aufzutauen. Ich habe schon von diesem Phänomen gehört, aber immer ausgeschlossen, dass mir jemals so etwas passieren könnte.

Das Herz eines Racheengels taut nur auf, wenn ein Mensch es schafft, das Eis zu durchdringen, den Kern zu berühren, in dem kein Fünkchen Leben herrscht. Und es darf nicht irgendein Mensch sein. Es muss ein Opfer sein. Jemand, den der Engel töten muss. Dieser Jemand, mein Jemand, berührte mich tief. Den Tauprozess in Gang zu bringen, ist keine leichte Aufgabe.

Der Racheengel muss materiell sein. Gut, dieser Teil ist simpel. Aber das Schwierige ist, dass das Opfer sich in den Engel verliebt. Wie soll man denjenigen lieben können, der einen töten will?

Dies ist aber noch nicht das größte Problem, denn die Liebe muss so unbeschreiblich intensiv sein, dass dieses Gefühl, ja, das

Fühlen im Allgemeinen in den Engel vordringt. Liebe ist die einzige Emotion, die diesen Prozess in Gang setzen kann. Keine andere ist so allumfassend. Das Eis muss splittern. Der Panzer ist dick. Der Prozess ist erst vollendet, wenn der Racheengel diese Liebe mit gleicher Intensität erwidern kann.

Jetzt zu meinem Problem. Ich liebe meinen Jemand. Allerdings entbindet das Schmelzen meines Herzens mich nicht von meiner Aufgabe. Ich müsste die Liebe meines Lebens umbringen, jetzt da ich Gewissen und Schuld kennengelernt und meine Kälte verloren habe. Ich kann das nicht. Es ist schlichtweg nicht möglich.

Deswegen habe ich mir einen Ausweg gesucht. Es ist zwar nicht mit dem Tod meines eigentlichen Opfers gleichzusetzen, aber es ist eine Chance, da ich dem Jemand damit unendliche Schmerzen zufügen werde. Schmerzen, die ihn zerstören können. Schmerzen, die ich mir niemals werde verzeihen können. Aber alles ist besser als Zas Tod.

Ich wünsche mir manchmal, seit ich begriffen habe, dass mein Herz taut und ich in der Lage bin zu fühlen, dass ich nie ein Racheengel geworden wäre. Es hätte mir so vieles erspart.

Es ist geradezu einfach, einer zu werden.

Erste Bedingung: Man muss, während man sein menschliches Leben führt, eine andere Person so abgrundtief hassen, dass man ihr das Allerschlimmste wünscht.

Zweite Bedingung: Man muss sterben.

Dritte – und schwierigste – Bedingung: Der letzte Gedanke, der letzte Atemzug muss dieser verhassten Person gewidmet sein. Man muss bereuen, ihr nie etwas angetan zu haben, oder sich über das freuen, was man mit ihr Schlimmes angestellt hat.

Voilà, der Racheengel ist geboren. Sein erstes Opfer ist dieser Mensch. Dann geht es immer weiter. Wie ein Magnet wird man, werde ich, zum nächsten und zum übernächsten Opfer gezogen. Meist hat dieses etwas Schlimmes in seinem Leben getan, für das es bestraft werden muss. Dafür bin ich zuständig. Es kann jedoch auch sein, dass Racheengel zu völlig unschuldigen Personen gezogen werden. Es ist davon abhängig, wer sich gerade in der Nähe befindet. Gibt es weit und breit keinen Schuldigen, so hat ein armes Menschlein eben einfach Pech gehabt. Zur falschen Zeit am falschen Ort.

Bei diesen Menschen war das Töten noch befriedigender. Ich habe meine Mordlust und den puren Hass ausgelebt. So habe ich mich auch bei Angels Tod gefühlt. Widerlich! Wenn ich jetzt daran zurückdenke, überkommt mich Ekel. Dieses arme Kind hat keiner Menschenseele etwas zuleide getan. Ich spüre Reue. Absurd.

Es gibt viele von meiner Sorte. Wir können nur sterben, wenn wir von einem Schutzengel im Kampf um das Leben unserer Zielperson getötet werden, was sehr selten vorkommt, da wir keine Skrupel haben, die anderen aber schon. Deswegen stirbt meist der Schutzengel und es gibt viel weniger von ihnen. Es wird nur einer geboren, wenn sich eine Person durch eine Heldentat einen verdient. Menschen sind aber meist leider nicht selbstlos genug, um zu solch einer Tat fähig zu sein. Deshalb geschieht dieses Ereignis nur sehr selten. Was Angel Heldenhaftes getan hat, weiß ich nicht. Als Racheengel interessiere ich mich nicht für Schutzengelangelegenheiten.

Meine Gedanken schweifen ab, bis ich schon wieder etwas spüre. Aber es ist ein vertrautes Gefühl. Ich merke, dass sich meine Opfer nähern. Anders lässt es sich nicht beschreiben, es ist einfach eine Tatsache. Ich weiß es. Ich hole tief Luft und stoße sie in einem großen Schwall wieder aus. Mein Atem bildet eine weiße Wolke. Heute ist es kühl und nebelig. Das Wetter passt zu meiner Stimmung.

Vorsichtig luge ich hinter meinem Busch hervor und sehe in der Ferne tatsächlich, wie sich unscharf Autoscheinwerfer am Horizont abzeichnen. Die Straße ist gerade, sodass mir der Wald nicht die Sicht versperren kann.

Ich will nicht. Niemals hätte ich gedacht, dass mich Morden Überwindung kosten könnte. Egal. Eine Wahl habe ich nicht. Doch, habe ich. Entweder mein Mensch oder diese hier. Also bevorzuge ich die zweite Variante.

Wie soll ich es tun? Ein Autounfall ist eine gute Lösung. Aber wie soll ich ihn schnell in die Wege leiten? Es muss tatsächlich wie ein zufälliges Unglück aussehen. Niemand darf von der Existenz der Racheengel erfahren.

Ich werde auf jeden Fall meine Magie einsetzen. Wie fast jedes Mal. Zauberkraft steht Rache- und Schutzengeln gleichermaßen zu. Okay, dazu muss ich aufstehen, mich gerade hinstellen. Selbstbewusst. Im Gebüsch hockend werde ich nicht zaubern können. Also erhebe ich mich langsam und husche hinter den nächstbesten Baum. Sehen sollen sie mich schließlich trotzdem nicht.

Das Auto kommt immer näher. Ich muss nun beginnen.

In meinem Kopf suche ich nach den richtigen Worten. Ich muss, um meine Magie anwenden zu können, Latein sprechen. Eine machtvolle, alte, ausgestorbene Sprache, die dem Redner fast alles ermöglicht.

„Hör mir zu, mein Wille sei dein Wille. Zerschneide deine Wurzeln, halte dich, bis ich sage: Geh!"

Dabei fixiere ich einen besonders großen, schweren Baum auf der anderen Straßenseite, wozu ich allerdings ein Stück aus meinem Versteck hervorkommen muss.

Ich höre, wie die Zweige ächzen, der Stamm splittert, und spüre eine unendliche Last auf mir, als der Baum zu schweben beginnt. Ich ziehe an einem unsichtbaren Faden, der sich in der Luft zwischen ihm und mir spannt, damit er nahe der Straße leicht in Schräglage gerät. Nun müsste ich nur noch loslassen und „Geh!" auf Latein sagen.

Währenddessen kommt das Auto immer näher. Ihre Eltern dürfen den Baum auf gar keinen Fall sehen, aber ich bin sicher, dass er noch gut genug verdeckt wird.

Nun ist das Fahrzeug beinahe direkt unter meiner Falle. Ich muss loslassen, sonst ist diese einmalige Chance vertan. Ich muss mich überwinden. Mein Herz taut immer weiter. Mittlerweile beginnt sich eine innere Blockade aufzubauen, deretwegen ich mich gegen solche Gräueltaten sträube.

Nein, ich kann nicht. Ich denke gerade über passende Gegenformeln nach, da höre ich eine Stimme, wie sie vertrauter nicht sein könnte.

„Leonell?!"

Erschrocken wende ich meinen Blick von dem Baum ab. Allerdings habe ich mich so stark auf den Zauber konzentriert, dass mir unvermittelt ein Wort herausrutscht, wie es verhängnisvoller nicht sein könnte: „Geh!"

Ich merke erst gar nicht, was ich getan habe, weil ich voll und ganz von der Gestalt, die vor mir steht, gefesselt bin. Diese schlanke Figur mit den wundervollen, langen braunen Locken. Plötzlich werde ich aus meiner Trance gerissen. Ich höre das Quietschen von Autoreifen und einen lauten Knall. Metall und Holz splittern. Geschrei, das ebenso schnell verstummt, wie es eingesetzt hat.

Meinem Jemand steht der Schock ins Gesicht geschrieben. Wie konnte ich nur?

Za kann noch nicht einmal weinen. Entweder ist sie zu geschockt, oder sie will einfach keine Gefühle zeigen, beweisen, wie stark sie doch ist. Dabei hat sie gerade ihre Eltern verloren! Das hat nichts mit Stärke zu tun. Es wäre natürlich.

Ich bin mir sicher, dass sie tot sind, obwohl ich noch nicht hingesehen habe. Ich kann nicht. Aber man konnte hören, dass ich getroffen habe. So etwas zu überleben ist unmöglich.

Wie habe ich meine sich anbahnenden Gefühle nur bisher ausgehalten? Ich will wieder Kälte spüren!

Ich habe meine große Liebe gerade zu einer Waise gemacht. Sie ist doch erst sechzehn!

Nein, nein, was habe ich nur getan? Ich kann nicht einmal sagen, dass es ein Versehen war, denn ursprünglich hatte ich es ja wirklich vorgehabt.

Nein, es ist unverzeihlich.

Es tut mir leid. So fühlt sich also Reue an. Reue und Trauer und der Wunsch, alles wieder rückgängig zu machen. Aber das geht nicht. Dafür gibt es keinen Zauber.

Gefühle sind kein Segen. Wie halten Menschen das aus? Sie sind ein Fluch, und zwar ausschließlich ein Fluch!

Nein, es tut mir wirklich leid. Za, Za, nein, warum nur Za?

Ich beginne das erste Mal in meinem zweiten Leben zu weinen. Lautes Schluchzen dringt aus meiner Kehle, während ich zu Boden sinke.

Schwärze.

Ich habe es gespürt. Mir war klar, dass er hier ist und dass dieses Ereignis mein ganzes Leben verändern würde, obwohl ich nicht genau wusste, was passieren würde. Ich hätte niemals herkommen, dem Ziehen in meiner Brust keine Beachtung schenken, ihm nicht folgen sollen. Doch ich habe es getan. Ich war so dumm, ja, töricht. Ich hatte ein schönes Leben. Na gut, ich bin sehr eifersüchtig und wir hatten eben nicht so viel Geld, deswegen musste ich ab und zu nachhelfen und habe gestohlen, aber ansonsten waren wir die nahezu perfekte Familie.

Außerdem ist Leonell in mein Leben getreten. Seine anfängliche Kühle hatte sich mit der Zeit gewandelt. Er wurde zugänglich. Ich bin mir sicher, er erwidert meine Liebe.

Aus irgendeinem Grund habe ich gefühlt, dass mich das Ziehen geradewegs zu ihm bringen würde.

Er hat meine Eltern ermordet.

Nein, ihn trifft keinerlei Schuld. Hätte ich Leonell nicht abgelenkt, hätte er sie auch nicht getötet. Ich habe deutlich gesehen, dass er gerade dabei war, den Baum zurückzustellen.

Es ist alles meine Schuld! Meinetwegen sind meine Eltern gestorben!

Nur die Frage ist: warum? Warum hat Leonell auch nur daran gedacht? Und noch viel wichtiger: Was ist Leonell? Er kann kein Mensch sein. Sonst hätte er keine ... ja, was eigentlich ... Magie anwenden können?

Oh mein Gott, meine einzig wahre Liebe ist ein ... keine Ahnung.

Ich habe meine Eltern ermordet! Und ich kann momentan noch nicht einmal weinen. Ich bin zu geschockt. Nein, ich bin zu stark.

Ich blicke zu Leonell, aber er registriert es gar nicht, denn er wirkt, als wäre er zusammengebrochen. Ich brauche ihn. Ich brauche seinen Trost. Stumm setze ich mich mit dem Rücken an den Baum, hinter dem sich mein Geliebter gerade noch versteckt hat.

Ich lehne den Kopf dagegen, schließe die Augen und seufze. Ein Ausdruck purer Resignation.

Meine Gedanken sind: „Ich will sterben!"

Und gleichzeitig: „Leonell, ich liebe dich!"

# Teil 3: Verliebt

### Leonell

Za fragt sich, wie sie mit der Schuld leben kann, für den Tod ihrer Eltern verantwortlich zu sein? Allerdings würde dies erklären, warum sie an dem wahrscheinlich schlimmsten Tag meines zweiten Lebens von der Klippe sprang.

Absurd. Sie ist nicht beteiligt gewesen. Aber die Frage ist: Wie soll ich mit diesem Wissen weiterhin existieren? Ich habe Za, meine Liebe, die Person, die dafür verantwortlich ist, dass ich kein Tyrann mehr bin, in den Tod getrieben. Ich ermordete ihre Eltern! Und ich dachte schon, dass meine Erinnerung an Angels Tod schlimm war. Wie konnte ich mich nur so irren? Wieso hat mir Za ausgerechnet diese Bilder geschickt? Es muss für sie mindestens genauso schmerzhaft gewesen sein wie für mich. Wollte sie etwa, dass ich von meinem Gewissen geplagt werde?

Nein, sie denkt ja, sie ist die Verantwortliche. Warum konnte ich nicht einfach in der Verdammnis bleiben? Momentan würde ich mir nichts sehnlicher wünschen als Unwissen. Diese Informationen brauche ich nicht. Falsch, Za hätte sie mir nicht geschickt, wenn ich sie nicht benötigen würde.

Nur wozu? Ich habe begriffen, welch schlimme Dinge ich getan habe. Und was jetzt?

Ich überlege kurz. Erstens habe ich erfahren, dass meine Opfer das Ziehen in ihrer Brust ebenso spüren wie ich. Deswegen kann ich wahrscheinlich davon ausgehen, dass meine Schutzbefohlenen es ebenfalls wahrnehmen.

Plötzlich trifft mich die Erkenntnis wie ein Schlag. Natürlich! Ich kann zaubern! Das muss es sein. Ich besitze magische Kräfte, mit deren Hilfe ich Lilly aus ihrem Haus herausholen kann. Lateinisch. Diese Sprache beherrsche ich. Ich habe sie in diesem – anscheinend meinem dritten – Leben zwar noch nicht benutzt, aber ich fühle einfach, dass das Wissen in mir drin ist. Jeder Schutz- und Racheengel kann das. Und dabei selbstbewusst aufrecht stehen.

Stehen ...

In diesem Moment fällt mir wieder ein, wo ich bin. Ich liege immer noch zusammengekauert vor Lillys Haustür. Vorsichtig wage ich, meine Augen zu öffnen. Die Sonne scheint noch strahlend hell. Ich glaube kaum, dass viel Zeit vergangen ist.

Mein Gesicht zeigt in Richtung Tür. Aus diesem Grund sehe ich nicht mehr als helles Holz. Ich staune nicht schlecht, als ich begreife, dass Lillys Vater sie mir einfach vor der Nase zugeschlagen haben muss. Es scheint ihm egal zu sein, dass ein Junge ohnmächtig auf seinem Grundstück liegt. Ich rappele mich auf. Mir ist schwindelig, alles dreht sich. Ich falle fast die Stufen hinunter, rudere wild mit den Armen, bis ich mich wieder einigermaßen unter Kontrolle habe.

Die Psychologin scheint noch nicht da gewesen zu sein. Sonst hätte sie mich wahrscheinlich gefunden und auch gleich mitgenommen. Also ist wirklich nicht viel Zeit vergangen.

Ich muss mir einen Plan zurechtlegen. Mit Magie kann ich fast alles bewerkstelligen. Nur töten kann, will und werde ich Lillys Eltern nicht. Diesen Fehler werde ich nie wieder machen. Ich muss irgendwie an ihnen vorbeikommen und Lilly in diesem riesigen Anwesen suchen.

Jetzt hab ich es! Ich werde versuchen, ihre Eltern bewegungsunfähig zu machen. Dann können sie mich nicht mehr aufhalten.

Ich atme einmal tief durch und bin bereit, bewege meinen Finger Richtung Klingel und drücke. Dingdong. Schon wieder höre ich ein Trampeln. Ich lege mir noch einmal genau die Worte zurecht, die ich benutzen will.

„Das wird jetzt diese Psychologin sein! Die muss geradewegs über den asozialen Jungen auf der Treppe stolpern. Den soll die gleich mit einliefern!" Eindeutig die männliche Stimme.

Die Tür öffnet sich. Lillys Vater steht erst Verwirrung, dann Unglauben und schließlich rasende Wut ins Gesicht geschrieben. Er will gerade ansetzen, mich wüst zu beschimpfen und vielleicht sogar zu schlagen, doch ich komme ihm zuvor und stoße auf Latein hervor: „Eltern, mein Wille sei euer Wille: Bewegt euch nicht, bis ich sage: Geht!"

Die fremden Worte kommen mir leicht über die Lippen. Ich bin mir absolut sicher, welche Phrasen und Floskeln ich sprechen muss, damit der Zauber wirkt. Ich verwende meine Magie zwar in diesem Leben zum ersten Mal, aber davor habe ich sie schon unzählbar oft benutzt.

Ich weiß, dass es funktioniert hat. Ich schaue Lillys Vater an. Er ist mitten in der Bewegung erstarrt, hat den Mund noch offen, als würde er mich anschreien. Ich versuche, ihn nicht zu berühren, während ich mich neben ihm durch die Tür quetsche. Es wäre zwar nicht schlimm, wenn ich es täte, aber dieser Mann ist mir einfach zuwider.

Nun erst bemerke ich wieder mein fast zerrissenes Herz. Ich werde meinen Menschen nicht suchen müssen, sondern werde geradewegs zu ihm gezogen.

Ich durchquere den Flur, an der Garderobe mit unzähligen Schuhen und Jacken und der Wendeltreppe vorbei, bis ich zu der offen stehenden Tür am rechten Ende des Ganges gelange. Ich luge hinein. Die Küche. Sie sieht steril aus, ist aber geräumig. Kachelfliesen auf dem Boden, ein großer Esstisch mit sechs hölzernen Stühlen.

Und was ist das? Eine Frau, ich denke, es ist Lillys Mutter, kniet vor einer zusammengesunkenen Gestalt, um die sich eine Blutlache bildet. Die Frau bewegt sich nicht, sie ist erstarrt, genau wie ihr Mann. Mein Zauber hat auch bei ihr gewirkt.

Oh nein, das heißt, die Person am Boden ist Lilly. Ist ... ist sie tot? Nein, das hätte ich bestimmt gespürt. Wenn sie es wäre, wäre ich schon längst wieder in der Verdammnis. Mein Mensch ist bewusstlos. Ich haste zu ihr und knie mich neben sie, an ihrem Kopfende, direkt in das Blut. Es wird mich sowieso nicht beschmutzen.

Ihre Mutter befindet sich zu meiner Rechten. Sie ist erstarrt, während sie die Hände vors Gesicht schlägt. Man erkennt einzelne Tränen, die versuchen, sich zwischen ihren Fingern einen Weg zu bahnen. Aber auch diese sind bewegungsunfähig. Diese Frau liebt ihre Tochter und es tut mir weh, sie ihr jetzt wegnehmen zu müssen. Aber sie wird es verstehen, denn überall ist Lilly besser aufgehoben als bei ihrem Vater. Ihre Mutter weiß das.

Ich wende mich meinem Schützling zu. Das Blut stammt aus einer Platzwunde am Kopf und ist inzwischen nur noch ein kleines Rinnsal. Es tut mir weh, das Mädchen so kreidebleich und mit einem blauen Auge auf dem Fußboden liegen zu sehen. Einerseits symbolisiert dieses Bild mein Versagen, andererseits verdeutlicht es Lillys Verletzlichkeit.

Ich muss ihre Wunde verschließen. Dazu werde ich nicht erst die ganze Küche durchwühlen, um Pflaster zu suchen. Intuitiv weiß ich, was ich machen muss. Ich lege meine flache Hand sanft auf ihre Stirn. Dahin, wo sich die Verletzung befindet, und flüstere: „Sana!" *Heile!* Als Racheengel musste ich diesen Zauber nicht oft sprechen, aber jetzt erweist er sich als durchaus nützlich.

Unter meiner Handfläche fühle ich, wie sich etwas in Bewegung setzt. Die Wunde verschließt sich in Sekundenschnelle. Als ich meine Hand wieder wegnehme, sieht Lillys Stirn aus, als wäre dort nie auch nur ein Tropfen Blut zu sehen gewesen.

Ich wiederhole diesen Vorgang mit ihrem Auge. Das Ergebnis ist das gleiche.

Da es keinen Sinn haben würde, sie aufzuwecken, versuche ich, sie vorsichtig hochzuheben. Einen Arm schiebe ich unter ihren Nacken, damit ihr Kopf gestützt ist, den anderen unter ihre Kniekehlen. Ich richte mich sachte auf, um sie ja nicht aus Versehen zu verletzen.

In diesem Moment höre ich ein Auto die Straße entlangfahren und genau vor dem Haus halten, in dem ich mich befinde. Vom Küchenfenster aus kann ich es allerdings nicht sehen. Plötzlich erklingt das Trippeln von Stöckelschuhen. Es verstummt abrupt. Innehalten. Ein geflüstertes „Ach du Scheiße!". Vorsichtiges Heranschleichen. Erneut Innehalten.

In diesem Augenblick begreife ich, was vor sich geht. Die Psychologin ist angekommen, um Lilly mitzunehmen. Sie hat in der Einfahrt geparkt, ihren Vater erstarrt in der Tür stehen sehen – ich hätte sie schließen sollen – und ist auf dem Weg zu mir. Ich muss fliehen. Zurück und durch den Eingang kann ich nicht, ansonsten würde ich ihr direkt in die Arme laufen. Hektisch schaue ich mich um. Ich habe keine Wahl, ich muss durch das Fenster über dem Herd.

Sofort sprinte ich los. Egal, ob die Frau mich hört, sie wird sowieso herkommen. Zuerst setze ich mich auf die Kochstelle, drehe mich dann so, dass ich meine Füße ebenfalls auf den Herd stellen kann, knie mich hin und rappele mich anschließend hoch. Einfacher geht es mit Lilly in den Armen nicht. Ich probiere, mit meiner rechten Hand, die sich unter ihren Kniekehlen befindet, an den Fenstergriff zu gelangen. Obwohl ich mich extrem verrenken muss, schaffe ich es, ihn ruckartig nach links zu drehen und damit das Fenster zu öffnen.

„Oh mein Gott!"

Ich wirbele herum und sehe eine relativ kleine, circa fünfunddreißig Jahre alte Frau mit einem spitzen Gesicht, das mich an eine Maus erinnert, grauen Augen und kurzen braunen Locken in der Küchentür stehen. Sie ist sichtlich geschockt. Mit so einem Anblick hat sie bestimmt nicht gerechnet. Jetzt zweifelt sie bestimmt an ihrem eigenen Verstand, wird ihre psychische Krankheit selbst analysieren und sich dann einweisen lassen. Ich muss makabererweise schmunzeln.

Ich nutze die Chance, die sich mir durch ihre Schockstarre bietet, und springe aus dem Fenster, immer darauf bedacht, Lilly nicht zu verletzen. Ich lande leichtfüßig auf dem weichen, gepflegten Rasen des Gartens.

„Geh!", flüstere ich noch auf Latein, damit ihre Eltern nicht auf ewig in dieser Position verharren müssen.

Blitzschnell renne ich um das Haus herum. Ich habe nur eine Frage im Kopf: Wie bekomme ich Lilly schnellstmöglich und unauffällig von diesem Ort weg? Der Gedanke trifft mich wie ein Schlag ins Gesicht: Ich muss mir wieder Flügel wachsen lassen. Das ist zwar nicht unbedingt unauffällig, aber definitiv schnell.

Nur wie?

Ich renne, nachdem ich das Gebäude umrundet habe, einfach weiter. Vorbei an dem Auto der Psychologin und die Straße entlang. Nein, unauffällig ist diese Vorgehensweise wirklich nicht. Egal. Es geht um Lilly.

Ich werde einfach versuchen, den Zauber, der meine Flügel verschwinden ließ, rückgängig zu machen, umzukehren. Allerdings habe ich jetzt keine Feder zum Ritzen.

Fieberhaft denke ich nach. Ich werde Lilly ablegen müssen.

Als ich wieder an meiner Hecke angelangt bin, habe ich eine Idee. Diesmal öffne ich das Gartentor, klettere nicht. Wie soll ich das mit meinem Menschen in den Armen auch machen?

An dem schützenden Gestrüpp angekommen, lege ich meinen Schützling vorsichtig in die Kuhle, die durch mich entstanden ist. Ich sehe mich aufmerksam nach etwas Spitzem um, habe jedoch keine große Auswahl. Scharfkantig sind höchstens die Zweige der Hecke. Ich werde es probieren. Schaden kann es nicht.

Also zupfe ich ein besonders spitz aussehendes Zweigchen ab, begutachte es und setze es sachte auf die bereits vorhandene Narbe in meiner linken Handfläche. Ich steche, ohne zu zögern, zu und reiße sie der Länge nach auf. Diese Prozedur verursacht mir kaum Schmerzen. Nun muss ich noch „Kommt zu mir!" sagen und sie erscheinen wieder, meine weißen Flügel. Ich muss nicht hinsehen, ich spüre, wie sie wachsen, sich kraftvoll emporrecken. Ich fühle mich unendlich mächtig.

Auch dieser Vorgang verläuft schmerzfrei, aber meine Hand, besser gesagt das H-Symbol, zerreißt mich aufs Neue. Es ist nicht auszuhalten. Mit jedem Mal scheint es qualvoller zu werden. Das Zeichen verträgt sich wirklich nicht mit dem Engelssymbolzauber. Mit meiner normalen Magie scheint es allerdings keine Probleme zu geben. Wahrscheinlich können sich nur Runen – wie eben das „H" und die geritzte Engelsfigur – widersprechen. Zauber und Zeichen scheinen im Gegensatz dazu gut miteinander auszukommen. Wer weiß. Egal.

Die Ohnmacht naht. Aber ich darf nicht ohnmächtig werden. Ich. Darf. Nicht. Für Lilly, oh bitte, ich darf nicht!

## Lilly

Ich träume, ich fliege. Ein weißer Engel trägt mich. Seine Augen sind strahlende Diamanten, wie das Meer so blau. Er hat aschblondes, kurzes Haar und Schwingen, so weiß und rein wie die Unschuld selbst. Er ist wunderschön. Eigentlich fehlt ihm nur der Heiligenschein, dann wäre er perfekt. Diese Augen stechen in meine, durchdringen mich, bis mein hässliches schwarzes Inneres vor ihm ausgebreitet liegt. Über mir sehe ich den Himmel. Strahlend blau, wolkenlos. So nah war ich ihm noch nie. Es ist ein schöner, geradezu befreiender Traum, der erste seit unendlich langer Zeit, und ich wünschte, er würde niemals enden.

Was für ein Traum! Warum musste er schon enden? Er war einfach wundervoll. Irgendetwas muss mich wieder in die Realität gerissen haben.

Mein rechtes Auge tut weh. Ansonsten scheint es mir gut zu gehen. Ich denke nach. Das Letzte, woran ich mich erinnere, ist, dass ich versucht habe, aus dem Küchenfenster zu fliehen. Danach weiß ich nichts mehr. Nur dieser Traum schwirrt in meinem Kopf umher.

Seltsam. Das heißt, ich müsste noch auf dem Küchenboden liegen. Aber dem ist nicht so. Ich spüre keine Kälte unter mir. Es fühlt sich eher an wie ... warmer Sand, von der Sonne bestrahlt. Sand?! Wie soll der bitte in unser Haus gekommen sein? Sachte taste ich mit meiner rechten – vollständigen – Hand unter mir herum. Tatsächlich. Körner. Ich greife tief hinein. Je weiter meine Finger vordringen, desto kühler wird es. Es muss Sand sein.

Ich schlage meine Augen auf. Erst sehe ich alles verschwommen. Zu viel Licht. Als ich mich daran gewöhnt habe, erkenne ich eine riesige blaue Fläche. Das Meer. Jetzt rieche ich auch die salzige Luft und höre eine Möwe kreischen. Ich liege wirklich im Sand. Wie kam ich nur an diesen Ort? Ich versuche mich aufzusetzen, doch mein Kopf beginnt, sich pochend zu beschweren, also lasse ich es lieber und bleibe liegen. Hier ist es so friedlich. Ich könnte mich fast wohlfühlen. Aber nur fast. Dieses Gefühl gönne ich mir nicht. Es kann so trügerisch sein.

Ist es auch! An welchem Strand befinde ich mich? Es kann nicht der in unserem Kaff sein. Heute war mieses Wetter, hier aber ist es wunderschön. Es sei denn, ich war wirklich lange weggetreten, aber das halte ich für relativ unwahrscheinlich.

„Lilly, es tut mir leid."

Was? Geschockt wälze ich mich, meinen Kopf ignorierend, auf die andere Seite und blicke direkt zu meinem Stalker auf, der mit dem Rücken an einen Felsen gelehnt neben mir im Sand sitzt. Ich reagiere panisch. Jetzt hat er mich wirklich entführt.

Leonell deutet meine Gefühle richtig. „Pass auf, ich muss dir etwas erzählen!"

Wenn mir meine Gliedmaßen gehorchen würden, wäre ich schreiend weggerannt, aber so weit bin ich noch nicht. „Was willst du?", lalle ich, da auch meine Zunge nicht mir zu gehören scheint.

„Dir alles erklären. Ich habe dich von deinem Zuhause fortgebracht."

„Wo bin ich?", falle ich ihm ins Wort. Langsam funktioniert das mit dem Reden besser.

„Wir sind auf einer kleinen Insel mitten in der Ostsee, auf der nur ein paar Hundert Einwohner leben und die nur mit dem Schiff zu erreichen ist."

„Was?!" Mich wird keiner hören, wenn ich schreie. Ich fahre erschrocken hoch, mein Kopf wird jeden Moment explodieren. Was habe ich nur in meinem Leben falsch gemacht, dass ich so viel Leid verdiene? Ich hätte wirklich tiefer schneiden sollen.

„Ja, jetzt pass auf", fährt Leonell ungerührt fort, „wenn ich dich nicht aus dem Haus rausgeholt hätte, wärst du in der Klapse aufgewacht."

Ich schaue ihn ungläubig an. „Du hast mich aus der Küche geholt? Wie kamst du an meinen Eltern vorbei, also eher an meinem Vater?" Wieso unterhalte ich mich eigentlich mit meinem Entführer? Ich muss wahnsinnig sein.

„Das ist kompliziert ... Kannst du mir erst mal sagen, ob du auf unserer ... Reise etwas geträumt hast?"

Er weiß es. Er weiß alles. Er macht mir Angst. Ich schlucke schwer.

„Nein ...", versuche ich zu lügen, aber es ist zwecklos. Er durchschaut mich. Einfach krank.

„Lilly, sei ehrlich. Hast du vielleicht etwas gesehen?"

Jetzt kann ich die Wahrheit sagen, weil sie logisch ist. „Natürlich nicht! Ich war ohnmächtig, du Depp!"

Er muss über meinen Kraftausdruck schmunzeln. Wieso lässt er denn keine Beleidigungen an sich ran?

„Sahst du einen Engel?"

Ich bin perplex, er kann es doch eigentlich nicht wissen. Erschrocken keuche ich auf. Der Typ ist ein noch viel größerer Psychopath, als ich anfangs dachte. Wie bin ich nur in diese missliche Lage geraten? Jetzt fange ich auch noch an zu weinen. Das war es dann mit dem Starksein. Scheiß drauf. Hoffentlich geht es schnell, wenn er mich tötet.

An meiner Reaktion kann Leonell nun deutlich ablesen, dass er recht hatte. „Lilly, das war kein Traum!" Er wartet ab, was ich tun werde, aber ich sitze einfach nur schluchzend da. Die Genugtuung einer anderen Reaktion gönne ich ihm nicht. Ungerührt fährt er fort: „Du sahst einen Engel, der dich trug, während er flog. Nun bist du hier ...".

Oh mein Gott. Langsam dämmert mir, worauf er hinauswill. Das ist völlig absurd. Hält er sich etwa für einen Engel? Er ist schon bei unserer ersten Begegnung mit Flügeln herumgelaufen. Und die weiße Kleidung. Prüfend blicke ich ihn an, aber er hat keine Schwingen.

„Das meinst du nicht ernst, oder? Du nimmst mich auf den Arm. Der Engel sah so ... er war so ... nicht du! Außerdem, wo sind deine Flügel?", fordere ich ihn heraus. Meine Tränen sind nach dem kurzen Ausbruch wieder versiegt.

„Die kann ich dir jetzt nicht zeigen ... der Verwandlungsprozess ist sehr schmerzhaft."

„Was für ein Prozess?", frage ich. Ich habe nichts mehr zu verlieren, weiß nicht, wo ich bin, und werde wahrscheinlich von dieser Insel nicht wieder runterkommen. Also kann ich mich auch mit einem Möchtegernengel unterhalten. Ich gehöre wirklich in die Klapse.

„Der Prozess, der meine Flügel auftauchen und verschwinden lässt. Ich falle dabei jedes Mal in Ohnmacht."

Aha, natürlich, wie logisch. Dass ich nicht lache.

„Wenn das so wäre, was ich nicht glaube, wie willst du mich dann hierher gebracht haben? Du müsstest in Ohnmacht gefallen sein, bevor du hättest fliegen können. Das wäre ziemlich auffällig gewesen und wir wären bestimmt erwischt worden. Sind wir aber nicht."

Ich bin mir sicher, dass ich eine Lücke in seiner unglaubwürdigen Geschichte gefunden habe, und schaue triumphierend zu ihm hinüber, doch ich habe mich getäuscht.

„Ich wollte nichts sehnlicher, als dich zu beschützen und von dort fortzubringen, also habe ich den Schmerz ausgehalten, über mich ergehen lassen und dagegen angekämpft."

Jetzt muss ich laut loslachen. Ein Wechselbad der Gefühle. Erst weine, dann lache ich. Leonell will mir doch nicht wirklich weismachen, dass er mich beschützen will. Das würde bedeuten, um den Witz komplett zu machen, dass er mein Schutzengel wäre. Nein, unmöglich. Noch nie hat jemand irgendetwas für mich getan oder wollte mich gar beschützen. Wieso sollte nun ein durchgeknallter, dahergelaufener Freak damit anfangen?

„Ich bin dein Schutzengel!", gesteht er. Also wirklich. Ich lache immer lauter und unkontrollierter. Leonell schaut mich verständnislos an. Dann beginnt er zu erzählen. Ein Redeschwall, der lange Zeit nicht mehr endet und von dem ich nur die Hälfte verstehe. Aber das, was ich mitbekomme, ist einprägsam. Alles ist so bildhaft geschildert, dass es real sein könnte. Man kann sich gar nicht so viel wirres Zeug ausdenken. Dazu wäre das kränkste Hirn nicht imstande.

Er redet von Verdammnis, Racheengeln und einem Mädchen, mehreren Leben, einem Erinnerungsverlust und sogenannten Visionen, die ihm ebendieses Mädchen schickt, wenn er sie am dringendsten braucht, diversen Morden und einer nicht enden wollenden Qual, einem tauenden Herzen. Nach einer gefühlten Ewigkeit endet er mit alten, ausgetretenen Altherren-Sandalen, die neben einer Hecke in meinem Kaff stehen, dem Flug zu diesem zauberhaften Strand und meinem Traum, der eigentlich gar keiner war.

Ich weiß nicht, was ich glauben soll. Diese Geschichte ist so konfus. Es gibt nur wenige Dinge, die ich im Moment sicher weiß: Mein Name ist Lilly Mahon, ich bin sechzehn Jahre alt, mit meinem Schutzengel auf einer beinahe verlassenen Insel in der Ostsee, meine Eltern sind weit weg.

Und: Ich lebe noch!

## Leonell

Es fiel mir schwer und doch bin ich erleichtert, dass ich ihr alles gebeichtet habe. Dieses Geheimnis war wie eine Last, die ich mit mir herumschleppte und die mich zu Boden drückte, mich daran hinderte, aufrecht zu gehen. Ja, ich habe das Richtige getan. Es tut mir gut, mich jemandem – nein, nicht jemandem, sondern meinem Menschen – anvertraut zu haben. Sie muss es wissen. Früher oder später hätte Lilly es sowieso herausgefunden. Ich hafte ihr die ganze Zeit wie eine Klette an den Fersen und kann mich nicht unsichtbar machen. Also was soll es?

Ich merke, dass sie mir gerne glauben würde, es aber nicht vollständig fertigbringt. Das verstehe ich, denn ich könnte an ihrer Stelle auch nicht einfach so tun, als wäre es normal, dass mir ein Wildfremder Geschichten von Engeln erzählt. Alles, was ich Lilly gebeichtet habe, klingt so konfus und völlig wirr, als wäre ich wirklich durchgedreht. Ich bin mir sicher, sie wäre noch skeptischer, wenn sie mich nicht während unseres Fluges gesehen hätte. Lilly hat gedacht, es sei ein Traum. Ich muss unwillkürlich lächeln. Das wünsche ich mir manchmal auch. Einfach die Augen aufschlagen und schon ist alles vorbei. Puff, weg und nimmer wiederkehrend. Mein Leben ist so seltsam. Besser gesagt mein drittes Leben. Fast wie bei einer Katze. Diese sollen ja angeblich neun Leben haben, allerdings hoffe ich, dass dies mein letztes ist. Das wird es auch tatsächlich sein. Danach werde ich auf ewig in der Verdammnis schmoren.

Warum kann ich nicht in meinem Bett liegen, das ich in meinem ersten Leben bestimmt besessen habe, aufwachen und merken, dass ich Leonell Dratsab bin. Ein durchgeknallter Junge mit sehr real wirkenden Träumen, der sich wirres Zeug in seinem Kopf zusammenspinnt. Oder noch besser: aufwachen und neben Za liegen. Das wäre perfekt.

Wunschdenken.

Ich glaube manchmal, ich bin dieser Existenz nicht gewachsen. Wie lange werde ich Lilly noch schützen können? Vor anderen und vor allem vor sich selbst. Monate? Wochen? Nur Tage? Oder wird sie schon in wenigen Stunden die Klinge ansetzen? Ich hoffe nicht.

Nachdem ich ihr alles erzählt habe, ist sie direkt ans Meer gegangen mit den Worten: „Ich muss nachdenken, lass mich bitte allein. Ich brauche Zeit!"

Nun sitzt sie schon gut drei Stunden im Schneidersitz am Strand und lässt sich von den heranrollenden Wellen durchnässen. Das

Wasser scheint Lilly ruhig zu stimmen. Sie wirkt, als würde sie es gar nicht spüren, als wäre sie weit, weit weg. Fern von diesem Ort, fern von mir, aber vor allem fern von ihrem Leid. Sie sieht beinahe entspannt aus. Lächelt sie etwa? Aus dieser Entfernung kann ich ihr Gesicht nicht so gut erkennen, aber ich denke schon. Sie lächelt.

Woran meine Schutzbefohlene wohl gerade denkt? Was macht sie so glücklich? In ihrer Heimatstadt gab es nicht viel, was sie hätte fröhlich stimmen können. Höchstens Kathlena. Ob sie ihr fehlt? Ich weiß es nicht, aber ich werde sie auch nicht fragen. Lillys Gedanken sollen nur ihr gehören, außer sie möchte sie freiwillig mit mir teilen. Ich gebe ihr den Freiraum und die Privatsphäre, die sie benötigt.

Die weite blaue Fläche schüchtert mich immer noch ein. Und doch fasziniert sie mich. Eine Naturgewalt, mit nichts vergleichbar. Wunderschön und doch so zerstörerisch.

Wenn ich nur daran denke, wieder in diesem Boot festsitzen zu müssen, wird mir schon schlecht. Um mich herum eine schwarze Fläche, mit Wasser zu vergleichen, aber dazu geschaffen, verdammte Seelen zu beherbergen. Ein kalter Schauer läuft mir über den Rücken, wenn ich daran denke, irgendwann zu ihnen zu gehören. Aber ich habe keine Wahl. Früher oder später muss ich dorthin zurück. Wenn alles gut läuft, hat Lilly ein langes Leben, darf alt werden, und ich kann mit ihr auf der Erde verweilen. Als ihr unsichtbarer Begleiter oder aber lieb gewonnener Freund. Kommt ganz darauf an, wie sich die Dinge entwickeln.

Wie ich so vor mich hin sinniere, merke ich, dass es allmählich kühler wird. Ich blicke nach oben. Tatsächlich. Die Sonne beginnt unterzugehen, der Tag neigt sich dem Ende entgegen.

Ich bin ein Engel und kann somit nicht frieren, aber bei Lilly sieht das bestimmt anders aus. Ich habe keine Sekunde daran gedacht, dass wir – also sie – Proviant, Kleidung und einen Schlafplatz brauchen. Natürlich hatte ich in dem Moment, als sie blutend in der Küche lag und die Psychologin uns entdeckt hatte, keine Zeit, um großartige Überlegungen anzustellen, aber in der Nacht davor hätte ich das alles erledigen können. Ich könnte mich selbst ohrfeigen! Ich seufze resigniert, denn ich grüble über Dinge nach, die sich nicht mehr ändern lassen.

Wieder schaue ich nach oben und kann es einfach nicht fassen. Der Himmel ist nicht blau, sondern spiegelt Farben wie Rosa und Violett bis hin zu Rot wider. Es ist traumhaft. Ein Augenblick wie aus dem Märchenbuch.

Ich springe auf und renne über den Sand direkt auf Lilly zu. Meine aufsteigende Panik vor dem Wasser dränge ich zurück. Ich schreie schon von Weitem: „Lilly, Lilly!", und fuchtele wie ein Irrer mit den Armen in der Luft herum. Bei dem Klang ihres Namens wendet sie verwirrt den Kopf in meine Richtung. Sie sieht aus, als hätte ich sie von weit her geholt, zurück in die Realität. Wie sie zu mir herüberblickt, wirkt sie wie aus einem Hollywoodfilm herausgeschnitten. Ein Mädchen, das am Strand sitzt und sich von den Wellen umspülen lässt. Das Haar flattert in dem salzigen Wind, der vom Meer herüberweht. Lilly sieht wunderschön aus. So verletzlich und zerbrechlich. Ihr wahres Ich. Sie ist nicht so stark, wie sie immer vorgibt zu sein. Wie sie dort sitzt, wirkt sie schutzbedürftig und ich fühle mich gebraucht.

Kopfschüttelnd sieht sie mich an und reißt mich damit aus meinen Gedanken. Ich muss wirklich ganz schön bekloppt aussehen, wie ich mit den Armen fuchtelnd über den Strand renne.

Keuchend komme ich endlich bei ihr an. „Lilly, schau nach oben, schnell!" Perplex befolgt sie meine Anweisung. Sie darf diesen Moment einfach nicht verpassen. Sie darf nicht!

Zuerst wirkt sie verwirrt, doch dann breitet sich langsam Erkenntnis auf ihrem Gesicht aus, schließlich Begeisterung. „Oh mein Gott, ist das schön!", flüstert sie. Ich wusste, es würde ihr gefallen. Dieses gebrochene Mädchen braucht mehr von diesen Augenblicken, die ihm zeigen, dass das Leben schön sein kann, damit es sieht, dass es sich zu leben lohnt.

„Ja, nicht wahr?", antworte ich.

Lilly zuckt zusammen. Sie scheint vollkommen vergessen zu haben, dass ich noch neben ihr stehe. Sofort fängt sie sich wieder und setzt ihre gewohnte kühle Maske auf, lässt nichts mehr an sich ran.

Super, ich habe diesen einzigartigen Moment zerstört, nur weil ich meine Klappe nicht halten konnte. Egal, jetzt ist es zu spät.

„Wenn du mich schon an einen fremden Ort verschleppst, mir dann erklärst, du wärst ein Engel und auch noch erwartest, dass ich dir das abkaufe, dann hast du doch sicherlich daran gedacht, uns einen Schlafplatz zu suchen? Und andere Klamotten. Ich will endlich aus Kathlenas hässlichem Ramsch raus. Ach ja, und Hunger habe ich auch!", klärt mich Lilly auf.

Autsch! Da hat sie den Nagel auf den Kopf getroffen. Ein toller Schutzengel bin ich.

Ich muss wohl ziemlich zerknirscht aussehen, denn schon setzt sie hinzu: „Habe ich mir gedacht", und seufzt. „Na los, lass uns irgendeine Bleibe suchen. Geld habe ich keins und du sicher auch nicht", ergänzt sie.

Da hat sie recht. Wir werden schon etwas finden. Etwas finden müssen. Lillys plötzlicher Sinneswandel überrascht mich. Sie scheint sich dazu entschlossen zu haben, mich zu akzeptieren, vielleicht sogar anzufangen, mir zu vertrauen, aber ich sollte mir nicht allzu große Hoffnungen machen.

Wir laufen über den weichen Sand, der immer kühler wird, auf die nächste Straße zu. Pfad trifft es bei der enorm hohen Schlaglochzahl wohl eher. Nirgends ist ein Auto zu sehen. Wahrscheinlich wissen die Einheimischen, dass dieser Weg nicht zum Fahren geeignet ist. Links und rechts sind wir nun von Wald umgeben. Wir bewegen uns von dem Meer fort, was mich zwar beruhigt, aber dafür erinnert mich diese verlassene Straße an ein ganz anderes Leben. Ich versuche, diese Erinnerungen zu verdrängen. Glücklicherweise beginnt Lilly, mit mir zu reden. Das lenkt mich ab.

„Du kannst mich nicht einfach volllabern und erwarten, dass ich dir den Psychoscheiß sofort glaube", sie ist charmant wie eh und je, „aber man kann gar nicht so verrückt sein, als dass man sich all diese Geschichten ausdenken könnte. Du weißt wahrscheinlich inzwischen, dass ich kein schönes Leben und einen Arsch voll Probleme habe. Deswegen müsste dir klar sein, dass ich dir nicht blind vertrauen kann, will und werde. Dazu weiß ich nicht genug über dich. Du erwähntest, dass du in einer ... ähm ... Verdammnis warst und dass du viel Schlimmes in deinem – wie war das? – in deinem zweiten Leben angerichtet hast, bist aber nicht konkret darauf eingegangen. Erzähl mir davon! Mich kann nicht mehr viel schocken und ich werde auch keine Ruhe geben. Also sag mir lieber gleich alles. Ich finde es sowieso heraus."

So viel zum Thema Ablenkung. Jetzt hat Lilly mir genau diese verhängnisvollen Erinnerungen wieder ins Gedächtnis gerufen. Noch einmal werde ich es nicht durchleben können, ich würde zerbrechen, obwohl es meine Aufgabe ist zu verhindern, dass exakt dies mit meinem Schützling geschieht.

Lilly scheint meinen gequälten Gesichtsausdruck bemerkt zu haben, denn schnell spricht sie weiter: „Tut mir leid, ehrlich. Ich hätte nie gefragt, wenn ich ... ach, jeder hat seine Geheimnisse. Ich würde auch nie reden, wenn mich jemand dazu zwänge. Du musst nicht ..."

„Nein, nein, alles in Ordnung", unterbreche ich sie schnell, weil ich nicht will, dass sie sich ein schlechtes Gewissen einredet, obwohl ich mir sicher bin, dass sie mich wirklich niemals danach gefragt hätte, wenn sie wüsste, was ich alles zu erzählen habe. „Lilly, ich habe Menschen getötet. Zu viele, um sie zählen zu können, und noch mehr habe ich in nimmer endende Trauer befördert. Du weißt, ich war ein Racheengel. Es war meine Aufgabe, diejenigen zu bestrafen, die es verdient haben und auch ... ähm ... manch einen Unschuldigen zu töten. Ich hatte kein Gewissen."

Sie schweigt. Vorsichtig schiele ich zu ihr hinüber.

„Ich wusste, du bist ein Psycho", erwidert Lilly schwach lächelnd. Das sollte wohl ein Scherz sein. Sie scheint ehrlich nicht verwundert oder gar geschockt zu sein. Wahrscheinlich hat sie heute einfach nur zu viel gehört und erlebt, um noch irgendetwas merkwürdig finden zu können.

„Ich habe diejenige, die ich liebte, in den Tod getrieben!", ergänze ich.

„Moment mal!" Oh Gott, ich scheine es darauf anzulegen, sie zu reizen. Lilly ist ruckartig stehen geblieben und sieht mich unverhohlen an. „Sagtest du nicht, Racheengel können nicht lieben?"

Ich atme tief durch. Also das ist es nur. Erleichterung macht sich breit. Sie hat logische Schlüsse gezogen und stellt mir eine sachliche Frage. „Ja, aber ich habe dir auch gesagt, dass mein Herz, ehemals aus Eis, aufgetaut ist ... nur nicht, wie. Ich habe dir doch von diesem Mädchen erzählt, das mir hilft, wann immer ich nicht weiterweiß. Sein Name ist Za und sie ist mein Schutzengel. Der Engel eines Engels." Der Gedanke an sie versetzt mir einen Stich. Ich spüre sie nun intensiver als zuvor. Sie wacht über mich. Trotzdem fahre ich fort. „Ich war ihr Racheengel."

„Das heißt, du musstest sie töten." Ihre Sachlichkeit wirft mich vollkommen aus der Bahn und ich brauche ein paar Minuten, bis ich mich wieder gefangen habe und weiterreden kann.

„Ja, aber sie verliebte sich in mich. Deswegen taute ich auf und erwiderte diese Liebe. Aber ich war damit nicht von meiner Aufgabe entbunden. Da ich sie nicht töten konnte, ein Gewissen und Gefühle entwickelte, brachte ich ihre Eltern um und Za gab sich die Schuld dafür. Mehr will ich jetzt nicht sagen. Bitte." Tränen haben sich in meinen Augen gesammelt. Die letzten Worte waren ein paar Tonlagen zu hoch geraten. Ich wusste noch gar nicht, dass Schutzengel imstande sind zu weinen.

„Okay." Mehr sagt Lilly nicht dazu. Ich hätte erwartet, dass sie vollkommen austickt, vielleicht sogar, dass sie lacht und mich für total bescheuert erklärt, aber nicht diese allumfassende Gleichgültigkeit.

„Schau mal, da vorne ist ein Haus. Es brennt noch Licht. Zum Glück sieht es nicht luxuriös aus. Das würde ich jetzt nicht aushalten. Vielleicht ist es ein Bauernhaus mit netten Leuten, die Platz für zwei Streuner haben. Komm, lass uns nachsehen!", nimmt Lilly das Gespräch nach einem kurzen Schweigen wieder auf.

Ich verstehe dieses Mädchen nicht. Ich bleibe stehen und blicke ihm nach, beobachte, wie es mit hängenden Schultern auf das Gebäude zugeht. Lilly merkt, dass ich nicht hinter ihr bin, hält ebenfalls mitten auf der Straße inne und dreht sich zu mir um.

„Alles in Ordnung?", will sie wissen.

„Nein", denke ich, „du bist ganz und gar nicht in Ordnung!"

Laut antworte ich: „Ja, natürlich", und schließe zu ihr auf.

Schweigend gehen wir nebeneinanderher auf das Haus zu. Hoffentlich einem besseren Leben entgegen.

## Lilly

Ich kann nicht erklären, was mit mir los ist. Ich fühle mich einerseits wie nach einem Knock-out, andererseits erleichtert, Miracle endlich entkommen zu sein. Und ich spüre Verwirrung. Heute war alles zu viel. Wenn ich daran denke, dass es nur ein paar Stunden her ist, seit ich Kathlenas Haustür hinter mir schloss, und ich immer noch ihre Kleidung trage, bekomme ich sofort Kopfschmerzen. Es kommt mir vor, als wäre das Jahre her.

Nun laufe ich neben einem – nein, meinem – Schutzengel auf einer verlassenen Straße in einem fremden Ort auf ein Bauernhaus zu, in der Hoffnung auf einen Schlafplatz und Essen.

Ich kann nichts mehr fühlen. Nur Gleichgültigkeit. Leonell könnte mir auch erzählen, dass er sich öfter mal nur so zum Spaß in einen Esel verwandelt, und ich würde es kommentarlos hinnehmen.

Wir sind am Gartenzaun angelangt. Er besteht aus Holz und sieht alt und morsch aus, wie aus einem vergangenen Jahrhundert. Ich öffne das Tor, es quietscht leise in den Angeln, während es nach innen aufschwingt.

Ich versuche, selbstbewusst zu wirken, und schreite hindurch. Ich fühle, dass Leonell mir folgt. Wenn man sich erst einmal darauf eingestellt hat, kann man seine Anwesenheit spüren. Fast wie Fledermäuse, die sich über Echolot wahrnehmen.

Der Garten sieht verwildert aus, als würden sich die Eigentümer nicht viel darum kümmern. Das Gras wuchert, Unkraut verunstaltet das Bild. Jetzt fehlt hier nur noch ein Grabstein, dann wäre das Horrorszenario komplett. Ich erschauere. Ob es an der Kälte liegt oder an herannahender Panik, kann ich nicht deuten.

Zu der Haustür führen zwei Steinstufen, die in der Mitte schon durchgetreten sind. Moos beginnt die Herrschaft über sie zu gewinnen. Dann stehen wir direkt vor dem Haus. Die Tür ist aus dunklem Holz. Ein Klingelknopf ist nicht zu erkennen, dafür aber ein altmodischer Ring, der in der Mitte der Tür angebracht ist und mit dessen Hilfe man anklopfen kann. Der Name der Bewohner scheint nirgends zu stehen.

Ich hebe meine rechte Hand und will sie an den Ring legen, mache aber im letzten Moment einen Rückzieher. Ich traue mich nicht. Angst vor Fremden ist ein ständiger Begleiter in meinem Leben gewesen. Ändern kann ich diese Eigenschaft wohl nicht mehr.

„Warte, ich mach schon", sagt Leonell in diesem Moment leise, schiebt mich sanft beiseite und klopft einmal kräftig an. Ich bin ihm unendlich dankbar dafür. Er scheint meine Gefühle deuten zu können wie kein anderer. „Lass am besten mich reden ... Ich glaube, du bist dazu nicht mehr imstande. Spiel einfach mit", setzt er noch hinzu.

Ich nicke nur müde. Nein, lügen ist für mich nach diesem anstrengenden Tag zu einem Akt der Unmöglichkeit geworden. Ich brauche dringend Schlaf und Zeit zum Nachdenken.

Das Haus erwacht plötzlich zum Leben. Schwerfällige Schritte nähern sich der Tür. Ich höre, wie ein Schlüssel im Schloss gedreht wird. Schließlich öffnet sie sich einen Spaltbreit.

„Wer ist da?", tönt eine gebrechliche männliche Stimme von der anderen Seite her.

„Guten Abend, ich bin Leonell und meine Freundin hier ist Lilly. Wir ... wir wollten fragen, ob es möglich wäre, dass Sie ... ähm, na ja, dass Sie uns vielleicht etwas Essen oder einen Schlafplatz anbieten? Wir sind nicht von hier und haben rein gar nichts!", erzählt Leonell stockend.

Mit einem lauten Knall wird uns die Tür wieder vor der Nase zugeschlagen. Nicht einmal eine Antwort sind wir dem unhöflichen Hausbesitzer wert. Wie nett manche Menschen doch sind!

Seufzend drehe ich mich um und will gehen, als mein Engel mich aufhält. „Warte kurz!"

Er lauscht auf Geräusche im Haus, die ich eindeutig nicht vernehmen kann. Schutzengel haben also feinere Ohren als Menschen. Gut zu wissen.

Jetzt höre ich auch etwas. Das Trampeln von zwei verschiedenen Personen. Einmal das schwerfällige von gerade eben und noch ein leichtfüßigeres.

Einen Moment später wird die Türe erneut geöffnet. Dieses Mal so weit, dass wir hindurchgehen können.

„Kommt doch rein, mein Großvater ist manchmal ganz schön griesgrämig. Das tut mir leid. Ich verspreche euch allerdings rein gar nichts. Ich muss zuerst mit euch reden."

Die Stimme kommt von einer jungen Frau, etwa neunzehn oder zwanzig Jahre alt, die nun mit ernstem Blick vor uns steht. Sie hat ihr langes blondes Haar zu einem Zopf geflochten, der ihr über den Rücken fällt. Die Frau ist groß und schlank und trägt eng anliegende Jeans, dazu eine kurzärmlige blau-rot karierte Bluse und hellbraune Cowboystiefel. Ihr fehlt nur noch der Hut, dann wäre der Western-Look komplett.

Sie tritt zur Seite. Ich bin völlig perplex, weswegen Leonell mich sachte von hinten anrempeln muss, damit ich über die Schwelle trete.

Drinnen sieht es nicht viel anders aus als draußen. Alte, knarzende Holzmöbel, die nicht in die heutige Zeit passen, ebenso wie die kitschige Blümchentapete, die mich an Kathlenas Zimmer erinnert. Der Gedanke an sie stimmt mich trotz meiner andauernden Gleichgültigkeit traurig. Wenn ich irgendetwas aus Miracle vermissen werde, dann ist sie das.

Wir befinden uns im Flur. Links stehen wenige Paar Schuhe, rechts eine Garderobe, an der abgewetzte Jacken hängen. Der Raum ist quadratisch. Gegenüber dem Eingang befindet sich die einzige Tür.

Die Frau sagt etwas zu uns, was ich nicht ganz verstehe.

„Was? Wie war das?", will ich mit schwacher Stimme wissen, die gar nicht zu mir passt.

Sie wiederholt es. Die Worte dringen nicht zu mir durch. Ich kann mich nicht darauf konzentrieren. Keinen klaren Gedanken bekomme ich zu fassen. Alles verschwimmt. Ich blicke durch Nebel. Die Welt entgleitet mir, wie schon so oft und doch anders. Ich falle, spüre eine unangenehme Kühle unter meiner Wange. Stimmen. Schritte. Ich drifte weg, aber nicht wegen des Blutverlustes, oder? Nein, ich kann mich nicht erinnern, mich geschnitten zu haben. Aber was sind schon Erinnerungen? Was ist schon real?

Ich erwache. Wie häufig in den letzten Tagen weiß ich nicht, wo ich bin. An diesen Zustand sollte ich mich langsam gewöhnt haben. Wie oft kann ein Mensch innerhalb von achtundvierzig Stunden ohnmächtig werden? Ich stelle neue Rekorde auf.

Mich juckt es überall. Ich bewege mich, um mich zu kratzen. Unter mir raschelt es. Ich öffne die Augen. Gedämpft strahlt Licht durch ein kleines Fenster, sodass ich alles erkennen kann.

Ich liege in Bergen von Heu. Das darf doch nicht wahr sein! Leonell, dieser Arsch, hat mich in eine Scheune gebracht. Ich bin doch gegen Heu allergisch. Deswegen juckt mein ganzer Körper.

Ich schaue an mir herab. An allen freien Hautstellen haben sich rötliche Pusteln gebildet, an denen ich mich unbewusst kratze. Ich muss damit aufhören, sonst wird es nur noch schlimmer.

Leonell. Mit einem Mal sind alle Erlebnisse des letzten Tages wieder da. Er ist mein Schutzengel, hat mich vor der Klapse gerettet. Wir befinden uns auf einer fremden Insel und eine Bauerntochter hat uns aufgenommen. Danach erinnere ich mich an rein gar nichts mehr.

Mein Magen knurrt. Mit Schrecken fällt mir ein, dass ich seit der ersten Begegnung mit Leonell nichts mehr gegessen habe. Am Morgen darauf habe ich das Frühstück ausfallen lassen, bei Kathlena habe ich geschlafen, mein Vater schlug mich nieder und danach war ich hier. Ans Essen habe ich nicht mehr gedacht. Das würde auch mein plötzliches Umkippen und meine Mutlosigkeit erklären. Ich habe mich nicht geritzt, sondern bin nur völlig entkräftet.

Ich erhebe mich von meinem provisorischen Lager und wanke zur Tür der runden Scheune. Mein Kopf pocht bei jedem Schritt, sodass ich mich anstrengen muss, aufrecht zu gehen und nicht einfach umzufallen.

Ich zerre an der Holztür, von der die rote Farbe absplittert. Sie ist genauso schäbig wie alles andere auf diesem Grundstück auch. Ich muss all meine verbliebene Kraft aufwenden, um sie aufzuziehen. Allem Anschein nach wird sie nicht oft benutzt, sonst würde sie nicht so klemmen und erbärmlich wie ein verletzter Hund quietschen.

Den Bauch haltend schleppe ich mich über den verwilderten Rasen zu dem Bauernhaus. Die Scheune liegt direkt dahinter, sodass man sie von der Straße aus nicht sehen kann.

Ein großes Fenster zeigt in meine Richtung. Hinter diesem sehe ich die Frau von gestern in den gleichen Klamotten hantieren. Der dahinter liegende Raum scheint die Küche zu sein.

Sie bemerkt mich und winkt mir lächelnd zu. Dann ruft sie etwas in die entgegengesetzte Richtung und Leonell erscheint. In seinem Blick liegt Besorgnis. Er öffnet das Fenster, das sich als Terrassentür entpuppt, was ich hinter dem hohen Gras jedoch nicht hatte erkennen können, und hastet auf mich zu. „Wie geht es dir?", will er wissen. „Michelle macht uns gerade Frühstück. Ich glaube, das hast du bitter nötig." Frühstück. Mir läuft das Wasser im Mund zusammen. Schon wieder meldet sich mein Magen empört zu Wort.

„Michelle? Ist das die Frau von gestern?", frage ich.

„Ja, aber komm erst mal mit. Ich erzähl dir alles später, wenn du wieder bei Kräften und somit aufnahmefähiger bist." Leonell schleift mich mehr zu der Glastür, als dass ich hinlaufe.

Michelle kommt uns schon entgegen und hilft meinem Engel dabei, mich durch die Tür zu bugsieren, bis ich mich auf die unbequeme Holzbank fallen lassen kann.

Die Küche ist klein. Rechts von der Terrassentür steht eine Eckbank und davor ein massiver Holztisch. Beide wirken alt und abgegriffen. Die Bank ist mit verschiedenfarbigen Kissen ausgelegt, die alle nicht recht zusammenpassen wollen. Gemütlicher wird sie dadurch allerdings nicht. Unruhig rutsche ich darauf herum, um eine einigermaßen bequeme Position zu finden. Leider vergeblich.

Mir gegenüber, also links der Glastür, befinden sich eine kleine Arbeitsfläche, ein schäbiger Herd und ein Kühlschrank, der Geräusche von sich gibt, als würde er jeden Moment explodieren.

Aus dem Raum hinaus führt nur eine Tür, die leicht schief in den Angeln hängt und eine schwarze Schleifspur auf dem blau-weiß gefliesten Fußboden hinterlässt.

„Lilly, willst du lieber Ei und Würstchen oder etwas Süßes wie zum Beispiel Schokomüsli?", dringt Michelles Stimme zu mir durch.

Verwundert blicke ich auf. Ich war schon wieder in Gedanken versunken. Was soll ich nehmen? Ich könnte einen ganzen Bären verputzen.

„Ähm ... Ei und Würstchen bitte", antworte ich. Sie scheint mit dieser Antwort gerechnet zu haben, denn schon serviert sie mir eine Portion auf einem weißen Teller mit rosa Blümchenverzierung, der am Rand einen Sprung hat.

Ich werde von dem Geruch förmlich überwältigt. Es ist unfassbar schön, nach zwei Tagen wieder etwas zu essen zu sehen. Frühstück. Einfach fabelhaft. Gierig greife ich nach meiner Gabel, steche das Ei förmlich ab und schiebe mir den Bissen in den Mund. Ein Seufzer des Wohlgefallens entfährt mir. Ich schlinge die ganze Portion in Sekundenschnelle hinunter. Leonell und Michelle schauen mich mit offenen Mündern an. Wahrscheinlich haben sie noch nie jemanden so schnell Essen verschlingen sehen. Die beiden blicken sofort in eine andere Richtung, als sie bemerken, dass ich ihr Starren mitbekommen habe.

„Willst du noch mehr?", fragt Michelle gastfreundlich.

Ich überlege. Soll ich diese Gelegenheit ausnutzen? Ich horche in mich hinein, eigentlich bin ich satt. „Nein, danke." Doch da fällt mir etwas auf. „Warum esst ihr denn nichts?"

Leonell und Michelle werfen sich einen vielsagenden Blick zu, den ich nicht deuten kann.

Dann beginnt die Frau zu erklären: „Na ja, wir dachten wegen des B... aua!"

Leonell tritt ihr unter dem Tisch gegen das Schienbein. Ich schaue ihn verständnislos an. Was soll das alles? Ich verstehe gar nichts mehr. Michelle sieht betreten auf die Tischkante, als wollte sie schon immer mal wissen, wie viele Kerben sich in dem Holz befinden.

„Leonell, kommst du mal kurz mit?", verlange ich, stehe auf und gehe ohne ein weiteres Wort zurück in den Garten. Ich stehe mit dem Rücken zur Tür und doch merke ich, dass Leonell anwesend ist. Diese Verbindung beginnt mir zu gefallen und gleichzeitig Angst einzujagen.

Ich drehe mich ruckartig um.

„Was läuft bei euch ab? Was hast du ihr erzählt?", fahre ich ihn an.

„Scht, Lilly, leise. Komm, lass uns in die Scheune zurückgehen", schlägt er vor.

Seine sachliche Art macht mich rasend. Jetzt, da ich gestärkt bin, bin ich auch wieder in der Lage, Gefühle zu zeigen. Doch was ich fühle, gefällt mir nicht. Trotzdem füge ich mich widerwillig. Michelle und ihr unfreundlicher Großvater müssen nicht unbedingt mitbekommen, was wir besprechen.

Wir stiefeln durch das hohe Gras, stoßen die schwere Tür der Scheune auf, gehen hinein und schließen sie vorsorglich wieder. Leonell setzt sich ins Heu. Ich verzichte lieber.

„Allergie", erkläre ich, als ich merke, dass er komisch guckt, und deute auf meine Pusteln.

Er verzieht entschuldigend sein Gesicht. „Tut mir leid, das wusste ich nicht. Ich habe Michelle gesagt, dass sie sich keine Umstände machen muss und das hier als Unterkunft reichen würde." Mit der Hand vollführt Leonell eine allumfassende Geste.

„Ja, ja, das ist jetzt egal. Mich interessiert nur, was ihr besprochen habt", sage ich kühl.

Er seufzt. „Die Wahrheit logischerweise nicht. Michelle hätte mich für geisteskrank gehalten und vor die Tür gesetzt. Ich habe gelogen und sie hat mir geglaubt. Sie wollte, gleich nachdem wir dich in die Scheune getragen haben, wissen, warum wir ohne Hab und Gut einfach so bei ihr auftauchen und warum du wie aus heiterem Himmel zusammenbrichst. Ich hab ihr gesagt, dass ... na ja ...", stammelt er.

„Raus mit der Sprache! Spuck es aus!" Ich hasse es, auf die Folter gespannt zu werden.

„Ich sagte ihr, du seist schwanger."

Mir bleibt der Mund offen stehen. Ich bin sprachlos. Er hat was?! „Sag mal, spinnst du?", schreie ich ihn an, sobald ich meine Stimme wiedergefunden habe.

„Beruhige dich!", versucht er mich zu beschwichtigen.

„Sag mir nicht, was ich zu tun habe!", brülle ich. Ich bin außer mir. Das kann er doch nicht machen!

Leonell merkt, dass ich kurz davor bin abzuhauen. Deswegen erklärt er mir alles in rasender Geschwindigkeit und ohne Luft zu holen, damit ich gar nicht versuchen kann, ihn zu unterbrechen. „Ich sagte Michelle, du seist schwanger, damit sie sich um dich sorgt und vor allem um dich kümmert! Werdende Mütter sind hilfsbedürftig und unzurechnungsfähig, falls du auf dumme Ideen kommen solltest. Ich erzählte, du seist zu Hause rausgeflogen, als deine Eltern Wind davon bekamen, und wärst natürlich zu mir geflüchtet – dem Vater des Babys. Bei meinen Eltern konnten wir auch nicht bleiben, also sind wir zusammen abgehauen. Alles kam ganz plötzlich, sodass wir keine Zeit hatten zu packen. Wir wissen nicht, wohin wir gehen sollen und sind für jede Hilfe dankbar."

Meine Wut verfliegt so schnell, wie sie hochgekocht ist. Diese Idee ist clever. Sogar sehr clever. Das könnte funktionieren. Es hat schon funktioniert. Wir durften hier schlafen. Vielleicht sogar noch eine Nacht. Ich merke, wie sich ein sanftes, hoffnungsvolles Lächeln auf mein Gesicht stiehlt. Hoffnung. Wann durfte ich das zuletzt empfinden? Es fühlt sich an, als sei es Jahre her. Zusammen mit Leonell im Nirgendwo meine Zeit zu verbringen, ist eine verlockende Vorstellung, die mir ein Gefühl von Freiheit verschafft. Ich habe eine Chance, mein bisheriges Leben hinter mir zu lassen, eine Chance zu vergessen. Sie ist gering, aber vorhanden. Wer hofft, kann zwar schnell enttäuscht werden, aber Leonell gibt mir Kraft. Ob ich eine weitere Enttäuschung aushalten kann? Ich weiß es nicht. Es ist unmöglich, diese Frage jetzt zu beantworten.

Mein Engel bemerkt, dass sich meine Stimmung gewandelt hat, und beginnt ebenfalls zu grinsen. Ja, ein neues Leben könnte beginnen. Ein Leben, das nur uns beiden gehört.

## Leonell

Ich habe noch einmal mit Michelle gesprochen und sie gefragt, ob sie es uns erlauben würde, vielleicht noch ein paar Tage zu bleiben. Wir würden auch auf der Farm helfen, wo immer wir können.

Nach einigem Überlegen willigte sie schließlich ein. Sie könne keine Schwangere auf die Straße setzen. „Das arme, arme Kind." Sie gab uns sogar eine kleine Kammer im Haus, in der sich nur ein schmales Bett und ein Schrank befinden. Ansonsten ist der Raum weiß gestrichen und mit welligem Laminat ausgelegt. Jetzt muss Lilly nicht mehr im Heu schlafen und sich ununterbrochen kratzen. Das ist ein guter Anfang.

Ob ihr Großvater mit allem einverstanden ist, weiß ich nicht. Er lässt sich so gut wie nie blicken, und wenn doch, dann ignoriert er uns schlichtweg. Er scheint keine Wahl zu haben und uns tolerieren zu müssen, auch wenn er unsere Anwesenheit nicht akzeptieren kann.

Lilly und ich leben nun schon zwei volle Tage auf der Farm. Michelle hat ihr ein paar alte Kleidungsstücke gegeben, die meinem Schützling zwar etwas zu klein sind, aber besser als gar nichts. Mir bot sie ebenfalls andere Klamotten an, aber ich fühle mich in meiner Engelskluft zunehmend wohler und möchte sie nicht mehr ablegen. Selbst wenn Michelle misstrauisch wird, weil ich beim Arbeiten nicht schmutzig werde und mich nie umziehe, ist mir das egal. Sie muss verstehen, dass ich ihr keine Geheimnisse anvertraue. Sie würde mir ihr Privatleben auch nicht detailliert erzählen.

Seit wir hier leben und einen mehr oder weniger geregelten Tagesablauf haben, scheint Lilly immer entspannter zu werden. Die harte Arbeit auf dem Feld und mit den Pferden – ja, etwas abseits des Hofes gibt es tatsächlich Farmtiere und Gartenbau wird betrieben – lenkt sie ab und nimmt ihre ganze Kraft und Konzentration in Anspruch. Sie fällt abends nur noch todmüde ins Bett und hat gar keine Zeit, um nachzudenken. Sie verdrängt ihr altes Leben. Das ist das Beste, was passieren kann. Wenn sie nicht zu vergessen lernt, so schwer und qualvoll es auch ist – das weiß ich aus eigener Erfahrung –, wird sie niemals mehr glücklich sein können. Ich sollte ebenfalls versuchen, mich an diesen Grundsatz zu halten.

Michelle wollte Lilly zwar davon abhalten zu arbeiten. „Eine Schwangere sollte sich ausruhen, anstatt sich solchen Belastungen auszusetzen!" Aber Lilly und ich vertraten resolut die Meinung, dass sie selbst entscheiden solle, was das Beste für sie sei. Wenn sie arbeiten wolle, solle sie es auch tun. Und wie Lilly das will!

Es ist Samstag und Michelle hat uns freigegeben. Wir würden viel zu viel schuften und hätten uns noch gar nicht ausgeruht. Außerdem ist heute traumhaftes Wetter. Für April ist es überraschend warm und sommerlich. Die Sonne strahlt in ihrer ganzen Kraft und keine Wolke ist am Himmel zu sehen.

Lilly fragte mich vorhin, ob wir nicht zum Strand gehen könnten. Sie fand es dort so schön und es ist verdammt lange her, dass sie das Meer richtig genießen konnte. In Miracle war für sie kein Wohlfühlen möglich. Wie hätte sie sich in ihrer Heimatstadt entspannen sollen, wenn dort ständig die Geister der Vergangenheit in ihrem Kopf herumspukten?

Ich habe immer noch panische Angst vor dieser riesigen Wasserfläche und werde bestimmt nicht baden gehen. Dazu ist es außerdem nicht warm genug, aber ich habe Lilly zuliebe eingewilligt.

Michelle war von dieser Idee begeistert und hat uns mit allem Notwendigen ausgestattet, aber im gleichen Atemzug erklärt, dass sie leider nicht mitkommen könne, da sie sich um die Farm kümmern müsse. Ich bin froh darüber, sosehr ich sie auch mag und ihr dankbar für alles bin, was sie für uns tut. Es ist anstrengend, sie die ganze Zeit anlügen zu müssen.

Michelle gab uns Handtücher, Sonnencreme und einen abgenutzten Sonnenschirm. An all das Alte und Abgenutzte habe ich mich inzwischen gewöhnt. Es hat seinen ganz eigenen Charme und steht im krassen Gegensatz zu Miracle. Ich glaube, dass Lilly sehr glücklich über diese Tatsache ist. Auf diese Weise wird sie noch weniger an ihr altes Leben erinnert.

Außerdem hat Michelle uns einen Picknickkorb zusammengepackt. Ich finde das furchtbar nett von ihr und bekomme immer ein schlechtes Gewissen, wenn ich an sie denke, weil wir sie schamlos ausnutzen und belügen. In diesen Momenten wäre es wirklich besser, keines zu besitzen.

Wenn ich aber im nächsten Augenblick an Lilly denke, bin ich froh, Gefühle zu haben und ein Schutzengel geworden zu sein. Sonst hätte ich sie bestimmt niemals kennengelernt. Sie beginnt, mir zu vertrauen. Ich weiß, wie schwer es ihr fällt, einfach loszulassen. Umso glücklicher bin ich, dass sie es schafft.

Ich schrecke auf. Die Tür zu unserem kleinen, gemeinsamen Zimmer wird mit einem Ruck aufgerissen und knallt gegen die Wand, sodass der Putz an der Stelle, wo die Klinke dagegenschlägt, abbröckelt. Egal, hier ist sowieso nichts mehr neu und ordentlich. Eine weitere abgenutzte Stelle wird keinem auffallen.

„Kommst du?", will die lächelnde Lilly von mir wissen. Sie sieht um einiges jünger aus, seit wir hier sind, wirkt befreit, beinahe glücklich. Das ist wunderbar. Unwillkürlich muss auch ich lächeln, weil es mich fröhlich stimmt, sie so zu sehen.

„Natürlich", antworte ich, stehe von dem Bett auf, packe die Sonnencreme mit in den Picknickkorb und lege die Handtücher darauf. Lilly drücke ich den Schirm in die Hand.

Unser Zimmer liegt in der zweiten Etage, direkt neben unserem eigenen kleinen Bad. Deswegen müssen wir uns erst die schmale Treppe hinunterkämpfen, bevor wir nach draußen kommen. Da einfach nicht genug Platz ist, hinterlässt Lilly mit der Stange des Schirms noch ein paar weitere Schrammen in der ehemals weißen Wand, die uns einengt. Unten angekommen ist zu unserer Rechten die schwere Holztür, die in den schmalen Flur führt. Ich zerre sie auf und lasse Lilly vorweg gehen. Mein gentlemanartiges Benehmen war ein Fehler, denn nun versperrt sie mit ihrer Last den ganzen Raum. Sie kann den Schirm nicht ablegen, weil sie sonst die Haustür nicht aufbekommt, kann diese aber auch nicht öffnen, ohne den Sonnenschutz abzulegen. Und ich kann ihr nicht helfen, weil ich mich nicht von meinem Posten wegbewegen kann, ohne dass die Durchgangstür zufällt, die auf diese Art den Schirm einklemmen würde.

Lilly bemerkt unser Problem und beginnt, schallend zu lachen. Ich stimme mit ein, denn ich habe sie noch nie aus vollem Herzen lachen hören. Es klingt so schön und bedeutet für mich, dass ich eine kleine Etappe des Unterfangens bewältigt habe, das hoffentlich zu ihrer Rettung vor sich selbst und ihrer Vergangenheit führt. Selbst wenn sie in einer solch banalen Situation glücklich ist, ist es ein guter Anfang.

Ich höre Poltern im Haus, eine Tür schlägt zu, dann erscheint Michelle auf der Treppe, erfasst die Situation mit einem Blick und muss sofort mitlachen. Allerdings ist sie auch die Erste, die sich wieder fängt, und ergreift die Initiative. Lachtränen haben Spuren aus schwarzer Wimperntusche auf ihrem Gesicht hinterlassen, aber es kümmert sie nicht. Ich will gar nicht wissen, wie ich aussehe. Ich wette, mein Gesicht ist knallrot angelaufen.

„Lilly, komm mal bitte zurück. Und du, Leonell, hältst einfach die Tür auf!", kommandiert uns Michelle mit einem Lächeln auf den Lippen herum. Sie versucht krampfhaft, nicht erneut loszulachen.

Lilly probiert nun, rückwärts den Raum zu verlassen. Dabei reißt sie mehrere Jacken von der Garderobe und lässt noch einmal Putz rieseln. Aber schließlich ist es geschafft.

„Ich halte jetzt die Eingangstür auf und du trägst den Schirm nach draußen", erklärt Michelle an Lilly gewandt weiter.

Ein paar Minuten später ist es vollbracht und wir stehen alle drei wohlbehalten vor dem Haus. „Schön, bis heute Abend dann", verabschiedet uns die Frau.

Wir drehen uns um und gehen den Weg, den wir vor einigen Tagen gekommen sind, zurück. Es kommt mir vor, als wäre es eine Ewigkeit her. Viele Jahre könnten vergangen sein, seit ich Lilly nachts joggen sah, nachdem ich gerade erst aus meinem Boot gestiegen bin, so viel ist in der Zwischenzeit passiert.

Lilly war ein depressives Wrack, ohne Chance auf Besserung oder gar ein normales Leben. Dass sich das nun zur Gänze geändert hat, will ich nicht behaupten. Aber wir sind auf einem guten Weg. Irgendwann müssen wir weiter. Spätestens wenn das mit der Schwangerschaft auffliegt, können wir nicht mehr bleiben. Aber im Moment sind all diese Probleme unwichtig, nicht von Bedeutung. In diesem Augenblick zählt nur das Jetzt. Lilly und ich, wie wir schweigend nebeneinanderher zum Strand laufen, um einen entspannten Tag zu verbringen.

Vielleicht bin ich doch ein ganz guter Schutzengel.

## Lilly

Wir sitzen wieder mit dem Rücken an den Felsen gelehnt, so wie letztes Mal.

Leonell scheint aus irgendeinem Grund Angst vor dem Meer zu haben. Er hat es mir nicht erzählt, aber ich spüre es. Also gehe ich auch nicht näher heran. Ich bin gern bei ihm. Diese Tatsache macht mir Angst. Ich habe mich noch nie in meinem Leben bei einem anderen Menschen so wohl gefühlt wie bei ihm. Nein, er ist ja gar kein Mensch. Vielleicht ist dies der Grund, dass ich mich bei ihm leichter fallen lassen kann. Diese ganze Geschichte ist vollkommen surreal. Man könnte denken, es ist ein Traum. Weswegen sollte ich sonst so befreit, beinahe glücklich sein?

So wohl wie in diesem Moment habe ich mich noch nie gefühlt. Ich unterdrücke ein Seufzen. Mein Engel soll nicht merken, dass ich über meine Gefühlslage nachgrübele.

Mein Engel. Wie das klingt! Ich muss mich damit ein für alle Mal abfinden. Ja, ich habe einen Schutzengel. Er sitzt neben mir und ist sehr real.

Wenn ich daran denke, dass ich ihn anfangs für einen Stalker-Freak-Psycho oder so ähnlich gehalten habe, muss ich fast auflachen. Er musste in meiner Nähe sein, mich verfolgen, damit er mich beschützen kann, und natürlich sieht er alles andere als normal aus in seinen weißen, ewig sauberen Klamotten, aber so sind Engel nun einmal. Ich bezeichnete sein „Kostüm" als furchtbar schlecht. Wenn ich die Wahrheit gewusst hätte ...

Langsam ergeben alle Erlebnisse mit ihm Sinn, ob gute oder schlechte. Aber die Frage ist: Hat jeder Mensch einen Schutzengel oder muss man ihn sich verdienen? Falls man etwas dafür tun muss, wie soll ich das geschafft haben? In meinem Leben habe ich nichts Gutes getan. In keiner Sekunde.

Ich stelle die Fragen laut.

Leonell sieht mich verblüfft an. Ich habe ihn aus seinen Gedanken gerissen. „Ganz ehrlich, darüber habe ich auch gerade nachgedacht. Man muss ihn sich verdienen. Ich weiß nicht, was du Selbstloses getan hast, aber es muss etwas geben. Sonst wäre ich nicht dir, sondern jemand anderem zugeteilt worden, um meine letzte Chance zu nutzen", erklärt er. Reicht unsere Verbindung jetzt schon so weit, dass wir das Gleiche denken? Dieser Engel fasziniert mich.

Leonell schaut mich schief an. Da erst merke ich, dass ich ihn unverhohlen angeglotzt habe. Peinlich berührt drehe ich meinen Kopf weg und denke nach. Etwas Selbstloses. Soll das heißen, ich muss zu meinem eigenen Nachteil jemandem geholfen haben?

„Lilly, wie hast du zum Beispiel deine Finger verloren?", hilft Leonell mir auf die Sprünge. Diese Frage hat er mir auch bei unserer ersten Begegnung gestellt.

Natürlich. Ich habe das kleine Mädchen gerettet. Warum habe ich ihm das noch nie erzählt? Ganz einfach, weil ich ihm nicht vertraut habe. Tue ich es denn jetzt, ihm vertrauen? Ja, ich glaube schon. Also berichte ich ihm die ganze Geschichte, lasse kein Detail aus. Er hört mir genau zu, ohne mich ein einziges Mal zu unterbrechen.

Als ich geendet habe, sagt er nur: „Das ist der Grund. Deswegen bin ich bei dir!", und schließt mich in die Arme. Oh mein Gott. Er berührt mich. Aus alter Gewohnheit mache ich mich steif und will ihn von mir wegstoßen, doch dann besinne ich mich eines Besseren und lasse mich in die Umarmung fallen. Was passiert nur mit mir? Warum bin ich so anders geworden? Noch vor drei Tagen wäre ich schreiend und um mich schlagend weggerannt und nun fühle ich mich wohl und geborgen. Ich schmiege mich an ihn. Plötzlich fällt mir noch etwas ein.

„Was hat Michelle eigentlich zu meinen verlorenen Fingern gesagt?"

„Sie hat es bemerkt, als wir dich in die Scheune getragen haben. Fast hätte sie dich fallen lassen. Sie war ziemlich geschockt. Als wir dann wieder im Haus waren und uns in der Küche unterhalten haben, wollte sie sofort etwas über den Verbleib deiner Finger wissen. Ich erzählte ihr, dass es eine sehr schlimme Erinnerung für dich sei und dass sie dich lieber nicht darauf ansprechen sollte, ich es ihr aber auch nicht sagen würde, weil es privat sei. Nichts Konkretes. Ich erinnere mich noch zu gut an deine Reaktion, als ich dich nachts danach fragte." Leonell muss schmunzeln.

„Okay", murmele ich nur und lehne mich an seine Schulter.

Die warme Aprilsonne fühlt sich wundervoll auf meiner Haut an. Ich könnte ewig so liegen bleiben. Andererseits wird mir langsam warm.

„Magst du mit schwimmen gehen?", frage ich deshalb. Vielleicht täusche ich mich ja, was seine Angst angeht.

„Lieber nicht", antwortet er und verzieht entschuldigend das Gesicht. „Ich bin kein Fan von großen Wassermassen."

Ich wusste es.

„Gut, ich werde trotzdem gehen", verkünde ich. Zwar besitze ich keinen Bikini und Michelle kam nicht auf die Idee, mir einen zu leihen, aber das ist nicht schlimm. Ich ziehe mir einfach mein T-Shirt über den Kopf und lasse es in den Sand fallen. Dann schlüpfe ich noch aus den Schuhen und der Hose, bis ich in Unterwäsche dastehe.

Ich spüre Leonells Blicke. Sie liegen auf meinem Hintern. Wo sonst? Ich verdrehe gespielt genervt die Augen und sage, ohne mich umzudrehen: „Meine Frontalansicht kannst du dann später beglotzen, wenn du hinten fertig bist." Ich werfe einen Blick über die Schulter und bemerke, wie Leonell errötet und schnell woandershin schaut. Das bringt mich zum Grinsen.

Wir sind zwar nicht allein am Strand, bei diesem Wetter zieht es die Leute nach draußen, um die Sonne zu genießen, aber ich werde die Einzige sein, die ins Meer geht. Das Wasser muss noch ganz schön kalt sein. Gemütlich schlendere ich über den erwärmten Sand, bis die ersten Ausläufer der Wellen meine Füße umspülen.

Ich zucke zurück. Das Wasser ist wirklich kalt. Man könnte denken, man würde zu Eis, wenn man sich zu lange darin aufhält.

Ich möchte trotzdem schwimmen. Also überwinde ich mich und renne in das Meer hinein. Überallhin spritzt Wasser, während ich immer tiefer eintauche. Es fühlt sich schrecklich an, als würden Millionen Nadeln in meinen Körper stechen, aber ich bin jetzt drin, schwimme immer weiter hinaus. Ich fühle mich frei. So frei und lebendig. Leonell hat es geschafft, mir in der kurzen Zeit, in der wir uns kennen, zu zeigen, was Leben bedeutet! Diese Erkenntnis konnte mir vor ihm noch keiner bringen.

## Leonell

Wasser ist Lillys Element. Sie bewegt sich geschmeidig darin, als wäre sie dafür geboren. Es ist ihre Welt, ihr kleines privates Heiligtum, in welches ich weder jemals vordringen könnte noch wollte.

Ich habe panische Angst davor. Seit der Verdammnis. Seit ich in diesem Boot lag, von etwas umschlossen, das den unendlichen Weiten des Meeres ähnelt, ihnen aber nicht gleicht. Dort zu sein ist mein persönlicher Albtraum. Früher verursachte ich Albträume, war selbst einer, nun habe ich welche. Verrückt.

Lilly schwimmt wie eine Weltmeisterin, obwohl das Meer klirrend kalt sein muss mitten im April. Ich behalte sie im Auge, damit ihr nichts passiert, aber das bezweifle ich. Selbst wenn sie in Not gerät, kann ich ihr nicht helfen. So viel Überwindung könnte ich nicht aufbringen. Obwohl ich es tun müsste. Ich bin schließlich ihr Schutzengel.

Ich hätte sie vorhin, als sie sich ausgezogen hat, nicht so angaffen sollen. Das gehört sich nicht. Andererseits ist sie einfach bildschön und es war mir unmöglich, den Blick abzuwenden.

Plötzlich setzt das altbekannte Ziehen in meiner Brust ein. Oh nein, das kann nur bedeuten, dass mein Mensch Hilfe braucht. Erschrocken schaue ich mich um und erkenne Lilly, die panisch mit den Armen in der Luft rudert und versucht, über Wasser zu bleiben. Dann sehe ich sie nicht mehr. Angst ergreift mich. Was soll ich tun? Ins Wasser kann ich nicht, ohne selbst zu ertrinken. Auch Engel müssen atmen. Bleibt mir nur übrig zu zaubern. Ich bin aber nicht allein am Strand. Viele Leute sind zwar nicht da und keiner scheint die untergehende Lilly bemerkt zu haben, aber wenn ich mich wie ein Idiot direkt vor die Brandung stelle und anfange, irgendetwas auf Latein vor mich hinzumurmeln, werden es alle mitbekommen und ich werde wieder als Freak abgestempelt.

Hier bin ich allerdings zu weit von meinem Schützling entfernt. Der Zauber würde nicht wirken.

Ich könnte es wagen, wenn ich nur wüsste, wie ich mich unsichtbar mache. Ich muss Za um Hilfe bitten. Sie ist schließlich mein Schutzengel und wird mir beistehen.

„Komm schon, Za!", flüstere ich.

Dann sackt mein Körper in sich zusammen.

☙

Ich liege im Wald auf nassem Gras unter einem Baum. Ich spüre Zas Anwesenheit. Sie ist ganz in meiner Nähe. Ich durchlebe meine gerade begangene Gräueltat immer und immer wieder. Ich bin zusammengebrochen, aber schon eine Weile wieder wach. Ich will nicht, dass Za mein Erwachen bemerkt, denn mir ist nicht nach Reden zumute. Nur ich allein trage die Verantwortung für den Tod ihrer Eltern. Za ist mit Sicherheit am Boden zerstört. Ich kann mich nicht für meine Tat vor dem Mädchen, das ich zu lieben gelernt habe, rechtfertigen.

Sie war zur falschen Zeit am falschen Ort. Ich würde alles dafür geben, wenn Za den „Unfall" nicht hätte mit ansehen müssen. Ich würde so gerne die Zeit zurückdrehen, aber dafür gibt es keinen Zauber. Das können noch nicht einmal Engel bewirken.

Jetzt weiß ich wieder, wie unfair Gefühle sind. Ich wünschte, ich könnte meine Tat vergessen. Weinen laugt mich schrecklich aus. Verbitterung und Gewissensbisse sind nicht besser. Ich will nicht mehr. Ich hätte mich gefreut, wenn ich anstelle von Zas Eltern in dem Auto gesessen hätte. Obwohl mir das auch nichts gebracht hätte. Ich hätte es überlebt, da mich nur ein Schutzengel töten kann.

Vorsichtig öffne ich die Augen einen Spaltbreit, um zu prüfen, ob Za sich vor oder hinter mir befindet.

Vor mir ist sie nicht. In meinem Rücken aber kann ich den Baum spüren, hinter dem ich mich versteckt hatte. Za lehnt bestimmt daran. Ich habe sie schon oft dabei beobachtet, wie sie sich einfach in den Wald setzt, um nachzudenken. Dabei lehnt sie meist ihren Kopf gegen einen Stamm, schließt die Augen und tut gar nichts.

Leise, möglichst ohne Blätterrascheln, löse ich mich aus meiner unbequemen Haltung und drehe mich herum. Ich hatte recht. Sie sitzt in genau der Position da, die ich erwartet habe.

Ihre Augen sind geschlossen. Sehr gut. Ich werde mich davonstehlen, sie hier zurücklassen. Za wird den Weg nach Hause auch allein finden und mich suchen. Sie ist es gewohnt, dass ich in den schlimmsten Situationen abhaue. Ich weiß, mein Benehmen ist feige, aber trotzdem werde ich gehen. Ich lasse den Menschen, den ich zu lieben gelernt habe, allein im Wald sitzen.

Ich kann außerdem nicht einschätzen, ob Za lieber allein sein will, um nachzudenken, oder ob sie Nähe braucht. Ich hoffe Ersteres. Um davonzukommen, ohne dass sie es bemerkt, muss ich mich unsichtbar machen. Das ist einfach und funktioniert bei Rache- und Schutzengeln gleich. Ich muss einfach das lateinische Wort für „Luft" sagen und dabei an gar nichts denken.

Das mit dem Denken fällt mir leicht. Ich bin ein Racheengel. Denken ist wie Fühlen. Eigentlich nicht vorhanden, aber antrainierbar. Normalerweise handele ich wie eine Maschine, weiß einfach, was zu tun ist, und führe meine Arbeit sauber aus.

Nun noch das lateinische Wort flüstern: „Aer."

Fertig. Probeweise schaue ich auf meine Hände. Sie sind weg. Der Zauber hat gewirkt.

Um ihn rückgängig zu machen, müsste ich *Aer* rückwärts aussprechen – also *Rea* – und ein Bild von meiner Racheengelgestalt in meinem Kopf erschaffen.

Schnell ritze ich noch das Zeichen, das meine Flügel erscheinen lässt, mit meinen Fingernägeln in meine linke, nun unsichtbare Handfläche und spreche: „Kommt zu mir!"

Dies ist einer der wenigen Zauber, die nicht auf Latein ausgeführt werden. Er funktioniert schnell und ist wirkungsvoll.

Mit viel Schwung stoße ich mich vom Boden ab, breite meine pechschwarzen Schwingen aus und erhebe mich in die Lüfte. Plötzlich spüre ich wieder das Ziehen in meiner Brust, das mich zu meinem nächsten Opfer führen soll. Ich bin dieses Spiel so leid! Kann mich nicht endlich mal ein Schutzengel töten? Außerdem werde ich meinem Auftrag nicht nachgehen, sondern bei Za bleiben. Was dann wohl mit mir passiert? Ich habe noch nie von einem Racheengel gehört, der den Dienst verweigert hat. Egal, nichts ist schlimmer als diese Tätigkeit.

Mit Schrecken stelle ich fest, dass das Reißen schwächer wird, je weiter ich fliege.

Dieses Problem kann zwei verschiedene Ursachen haben. Entweder befindet sich mein neues Opfer in der entgegengesetzten Richtung, oder ich habe meinen Auftrag nicht erledigt und es zieht mich immer noch zu Za. Genau das befürchte ich. Es zieht mich zu Za, bis ich es beendet habe.

❧

Ich erwache so schnell, wie ich in meine Erinnerung versunken bin, und hoffe inständig, dass es noch nicht zu spät ist. Ich kann nicht sagen, wie viel Zeit vergangen ist.

Hektisch schaue ich mich um, kann Lilly jedoch nirgends entdecken. Sie muss immer noch unter der Wasseroberfläche treiben. Wie lange kann ein Mensch ohne Luft auskommen? Ich darf keine Zeit verlieren.

Ich kann mich nicht mitten am Strand unsichtbar machen. Schnell schlüpfe ich hinter den Felsen, hoffe, dass mich dort niemand sieht.

Ich denke nach. Erst jetzt wird mir der volle Ernst dieser Erinnerung bewusst. Ich hatte gar keine andere Wahl, als Za zu töten. Ich weiß nicht, ob ich es gekonnt hätte. Doch was, wenn nicht? Nein, ich hätte gemusst, mich zog es unwiderruflich zu ihr. Auf gewisse Weise kann ich froh sein, dass sie von der Klippe sprang und mich mit sich in die Verdammnis riss. Das war vielleicht die beste Lösung.

Aber daran darf ich jetzt nicht denken.

Ich hocke mich hinter den Felsen und versuche, an rein gar nichts zu denken. Das stellt sich als ganz schön schwierig heraus. Ich habe Za im Kopf, die ich im Wald zurückließ, und denke natürlich an Lilly. Lilly. Sie ist jetzt wichtiger als Za. Ich strenge mich an. Meine Lippen formen wie von selbst das Wort. „Aer." Mein Mund hat diese Phrase schon Millionen Mal gesprochen. Er weiß besser, was zu tun ist als ich.

Unsicher blicke ich an mir herab und sehe … Luft. Ich bin unendlich erleichtert und atme auf. Es hat funktioniert. *Aer – Luft* – sehr passend.

Ich laufe los, geradewegs zum Meer, bin mir sicher, dass mich keiner bemerkt.

Plötzlich fällt mir etwas ein. Ruckartig bleibe ich stehen und schaue über die Schulter zurück. Ich laufe durch Sand! Ich hinterlasse Fußspuren. Mir bleibt keine Zeit mehr, um erst meine Flügel hervorzuholen. Egal, das lässt sich jetzt nicht ändern. Ich kann nur hoffen und beten, dass Abdrücke ohne jemanden, der sie hinterlässt, niemandem komisch vorkommen.

Ich sprinte weiter. Direkt vor der Brandung halte ich an, gerade so weit vom Wasser entfernt, dass es mich nicht berühren kann. Ich versuche, die Stelle ausfindig zu machen, an der ich Lilly zuletzt sah, aber es ist unmöglich, das festzustellen.

Ich zaubere einfach auf gut Glück los. Ich muss nah genug dran sein. Ich muss!

„Ozean, mein Wille sei dein Wille: Lass frei, was du nahmst und bringe mir Lilly. Bis ich sage: Geh!"

Erwartungsvoll blicke ich hinaus auf das offene Meer. Ich kann sie nicht sehen. Nein, das kann nicht sein. Wenn sie tot wäre, würde ich bereits in der Verdammnis sitzen. Ich darf nicht versagen!

Noch einmal schaue ich mich aufmerksam um. Mit viel Fantasie kann ich einen schwarzen Punkt vor dem blauen Horizont ausmachen, der langsam, aber stetig größer wird. Ich hoffe, dieser Fleck stellt Lilly dar. Sie muss es sein.

Da fällt mir ein, dass ich ihr unsichtbar keine große Hilfe sein werde, wenn sie erst einmal am Strand ist. Also haste ich zurück hinter meinen Felsen und versuche dabei, meine Fußabdrücke so gut wie möglich zu verwischen. Mehr schlecht als recht gelingt mir diese Aktion. Wenn ich sichtbar wäre, würde es mit Sicherheit sehr affig wirken, wie ich herumhüpfe und mich um möglichst wenig Bodenkontakt bemühe.

Hinter dem Stein angekommen lehne ich mich mit dem Rücken dagegen und atme tief durch. Fast geschafft. Lilly wird nicht sterben. Nein, ganz bestimmt nicht.

Ich bemühe mich, ein Bild von mir in meiner neuen Schutzengelgestalt in meinem Kopf zu erschaffen. Langsam habe ich mich an das Weiß gewöhnt. Ich habe meine Erscheinung nun klar vor Augen und flüstere: „Rea."

Probeweise hebe ich meine linke Hand vor mein Gesicht und sehe ... exakt meine linke Hand. Sehr gut. Alles ist wieder wie vorher. Nun kann ich mich zeigen. Ich setze mich nochmals vor den Felsen, denn wenn ich jetzt schon zum Meer gehen würde, könnte ich gleich eine Leuchtreklame hochhalten, auf der steht: „Ich bin ein Spinner, der zaubert, damit seine Schutzbefohlene wieder vom Wasser ausgespuckt wird!" Keine gute Idee. Andererseits haben die Leute anscheinend bis jetzt noch nicht einmal gesehen, dass Lilly in Gefahr schwebt. Trotzdem scheint es mir sicherer, noch kurz hier sitzen zu bleiben und abzuwarten.

Nun kann ich Lilly sehen, sie ist es wirklich. Langsam kommt sie dem Ufer näher. Sie bewegt sich nicht. Schon wieder erfasst mich Panik. Aber sie kann nicht tot sein. Ich muss mir das immer wieder sagen, es mir einreden, bis ich es glauben kann.

Tatenlos im Sand herumzusitzen, scheint mir keine Lösung mehr zu sein. Das Mädchen hat den Strand fast erreicht. Ich springe auf und renne in atemberaubender Geschwindigkeit zu meiner Schutzbefohlenen. Ich würde es mir nie verzeihen, wenn ich noch einen Menschen getötet hätte. Wenn sie nun stirbt, weil ich mich nicht dazu überwinden konnte, ins Wasser zu gehen? Das darf nicht sein. Jeder hat Ängste. Es ist ganz natürlich, nicht alles zu können.

Nein, für einen Schutzengel nicht. Es ist meine Pflicht, Lilly zu retten. Ich darf keine Angst haben, wenn es um sie geht. Vor allem darf ich nicht schon wieder versagen. Ich. Darf. Nicht.

Lilly liegt nun bewegungslos im Sand, die Beine von Ausläufern der Wellen umspült. Inzwischen sind auch einige der anderen wenigen Badegäste auf sie aufmerksam geworden und gaffen, ohne zu helfen. Typisch. Pure Sensationslust gepaart mit Faulheit. Solch ein Benehmen regt mich auf, aber ich habe Wichtigeres zu tun, als mich um dumme Menschen zu scheren.

Ich bin bei Lilly angelangt und knie mich neben sie in den nassen Sand. Vorsichtig streiche ich ihr die langen, glitschigen schwarzen Haare aus dem Gesicht. Fast hätte ich meine Hand zurückgezogen. Ihre Haut ist eiskalt und bläulich. Ihre Lippen beinahe lila. Sie sieht steif aus, tot.

Nein!

Ich lege ein Ohr auf ihre Brust und lausche. Nichts. Ich höre keinen Herzschlag. Ich werde panisch und lege zwei Finger meiner rechten Hand auf ihre Halsschlagader, doch ich spüre rein gar nichts. Nein! Tränen beginnen sich hinter meinen Augen aufzustauen. Ich sehe alles wie durch Nebel. Meine Wangen werden nass. Ich muss meiner Trauer freien Lauf lassen, weil ich sonst daran ersticke. Es ist das erste Mal, dass ich in meinem dritten Leben weine.

Ich kann mich noch gut an meinen Zusammenbruch als Racheengel erinnern. Als ich Za im Wald stehen sah, neben mir Metall splittern hörte und wusste, es ist zu spät. Ja, in dem Moment habe ich auch geweint. Ich hasse dieses Gefühl. Trauer. Sie zerfrisst mich von innen heraus. Meine Seele und mein Herz zerfallen zu Staub. Ich will nie wieder aufstehen, einfach zusammengekrümmt neben Lilly liegen, ihre Nähe spüren, bis ich meine Augen in der Verdammnis wieder aufschlage, mit der Gewissheit: Es ist vorbei.

## Lilly

Ich höre undeutlich Stimmen, die etwas brüllen. Die Worte ergeben keinen Sinn. Als würde mich jemand auf Chinesisch anschreien.

Bin ich tot? Ist dieser Ort der Himmel? Habe ich mein ewig angestrebtes Ziel endlich erreicht? Dieser Gedanke versetzt mir einen Stich. Ich will nicht im Himmel – oder vielleicht der Hölle – sein, wenn Leonell nicht bei mir ist. Ich kann mir nicht vorstellen, ohne ihn jemals wieder lächeln zu können. Er hat Farbe in mein düsteres schwarzes Leben gebracht, mir gezeigt, was Freude ist.

Unfassbar, dass mir dieser Junge, den ich kaum kenne, so ans Herz gewachsen ist. Vor einer Woche kannte ich ihn noch gar nicht. Zu dieser Zeit bestand mein Leben noch aus Trauer und Gewalt. Als ich ihn kennenlernte, war er für mich der größte Psychopath, den ich mir vorstellen konnte. Ich hatte Angst vor ihm. Und nun? Ich kann nicht ausdrücken, wie sich mein Leben verändert hat oder was ich fühle. Das Einzige, was ich sagen kann, ist, dass ich ohne Leonell nicht mehr sein kann. Er ist wie eine süchtig machende Droge. Ich komme nicht mehr von ihm los. Und das Beste ist, dass er mich bis zu meinem Tod begleiten wird. Es kann nicht anders sein, denn er ist mein Schutzengel.

Falls ich nicht schon tot bin ...

Ich versuche, meine Augen zu öffnen, doch es gelingt mir nicht. Meine Lider sind bleischwer und gehorchen meinen Befehlen nicht. Meine anderen Gliedmaßen wollen ebenfalls nicht tun, was ich für richtig halte. Na gut, bleibe ich eben liegen.

Plötzlich spüre ich einen Druck auf meinem Brustkorb. Rhythmisch. Immer und immer wieder wird auf mir herumgedrückt. Nein, ich bin nicht tot. Ich fühle mich nicht, als wäre ich im Jenseits.

Aber was geschieht mit mir?

Jetzt wechselt sich der Druck mit einem Luftstrom ab, der in meinen Rachen gepumpt wird. Meine Lunge bäumt sich auf und fällt wieder zusammen. Druck. Luft. Druck. Luft.

Auf einmal klappen meine Lippen ohne fremdes Zutun auf und ich atme zischend ein. Meine Brust hebt sich von selbst. In diesem Moment muss ich furchtbar husten und mein Mund füllt sich mit salzigem Wasser. Ruckartig werde ich auf die rechte Seite gedreht. Die Bewegung wurde keine Sekunde zu früh vollzogen, denn schon spucke ich einen Schwall Wasser aus, der mir das Atmen erschwert hat.

Jetzt habe ich wieder die Kontrolle über meinen Körper. Ich öffne meine Augen und nehme die Stimmen um mich herum das erste Mal bewusst wahr.

„Ich hab sie wieder! Hey, Junge, schau, da ist sie. Die Augen sind offen", sagt eine fremde Männerstimme sanft.

Ich versuche mich aufzusetzen, doch eine starke Hand hält mich zurück. „Warte, Vorsicht, Mädchen. Bleib lieber liegen!", weist mich die gleiche Person zurecht. Ich bin zu schwach, um zu widersprechen, also lasse ich mich zurück in den Sand sinken und schließe die Augen.

Da fallen mir die Ereignisse wieder ein, die vor wenigen Minuten passiert sind. Ich bin mit Leonell zum Strand gegangen. Das Wasser war arschkalt, aber ich bin trotzdem weit hinausgeschwommen. Zu weit. Ich habe mich überschätzt. Normalerweise bin ich eine geschickte Schwimmerin, aber das Meer war einfach zu frostig. Ich bekam einen Krampf in meiner rechten Wade, gerade als ich umkehren und zum Strand zurückwollte. Es tat höllisch weh. Ich hatte mich und meinen Körper nicht mehr unter Kontrolle und bin untergegangen, da ich mich vor Schmerz nicht mehr bewegen konnte. So etwas ist mir noch nie passiert. Das Wasser war wahrscheinlich wirklich viel zu kalt. Diese Möglichkeit scheint logisch zu sein und ein anderer Grund fällt mir auch gerade nicht ein.

Zu jeder anderen Zeit hätte ich mir den Tod gewünscht. Ertrinken ist für mich eine angenehme Art zu sterben, weil ich dann bei etwas umkommen würde, das ich liebe. Schwimmen. Wasser ist mein Element.

Aber als ich aufgegeben hatte, gegen das Ertrinken anzukämpfen, hat das Meer mich ausgespuckt und zurückgetragen. Seltsam. Hätte es mich nicht weiter hinaustreiben müssen?

Das Ungewöhnlichste aber ist, dass ich leben wollte. Nur aus einem einzigen Grund. Leonell.

Wo ist er? Ich will zu ihm.

Verzweifelt versuche ich, mit meinem Mund seinen Namen zu formen. Es klingt allerdings nicht nach meiner Stimme, ich erkenne sie gar nicht wieder. Meine Zunge ist tonnenschwer und klebt mir am Gaumen. Ich schmecke nichts als Salz.

Trotzdem scheint mich jemand gehört zu haben. Es ist wieder der Fremde. „Junge, heißt du Leonell?"

„Ja", antwortet eine kratzige Stimme, die Leonells nur entfernt ähnelt. „Lilly", er räuspert sich, „ich bin bei dir!"

Langsam klingt er wieder normal. Er ist bei mir, ganz nah. Sofort fühle ich mich heimisch und schlage meine Augen auf. Ich will ihn sehen. Mehr Bedürfnisse habe ich im Moment nicht.

Zuerst ist alles verschwommen, doch meine Pupillen stellen sich rasch auf das Gesicht über mir ein. Besser gesagt die zwei Gesichter. Das eine gehört Leonell. Das andere muss der Mann sein, der die ganze Zeit redet und mich wiederbelebt hat. Er ist etwa Mitte vierzig, hat kurzes braunes Haar und einen Dreitagebart in der gleichen Farbe. Seine Nase ist, nett formuliert, sehr prägnant. Dieser Fremde schaut mich mit seinen grünen Augen unverhohlen an. Ein Lächeln breitet sich auf seinem Gesicht aus.

„Na, da bist du ja wieder! Du solltest dich, denke ich, noch von einem richtigen Arzt untersuchen lassen. Lilly, richtig?" Ich nicke schwach. „Gut, Lilly, du hast mit Sicherheit eine Unterkühlung erlitten. Bei diesen Temperaturen sollte man noch nicht schwimmen gehen. Die Sonne ist trügerisch. Durch diese starke Kälte hattest du einen Krampf, oder?", fragt er weiter. Wieder nicke ich. „Dachte ich es mir doch. Du musst lange unter Wasser gewesen sein, hast einen riesigen Schwall ausgespuckt, nachdem ich dich reanimiert habe."

Ich bringe ein schwaches „Danke!" zustande.

„Na, das ist doch kein Problem. Als ich dich sah, wie du an den Strand gespült wurdest, und dein Freund neben dir zusammenbrach, war mir klar, dass ihr Hilfe braucht. Ich kenne all diese Techniken noch aus meinem Erste-Hilfe-Kurs", antwortet der Fremde.

Aha, das hat mich jetzt zwar nicht interessiert, aber ich bin trotzdem heilfroh, dass er mich gerettet hat. Mir ist nicht nach Reden zumute, aber der Typ sieht aus, als würde er mich gerne noch weiter belabern. Aufmerksamkeitsdefizit. Ich möchte jedoch nur mit Leonell zusammen sein, mich von den gerade erlittenen Strapazen erholen und nichts tun. In seiner Gegenwart kann ich schweigen, ohne dass sich irgendwer dabei unwohl fühlt. Ich liebe diese Momente.

Was hat der Fremde gesagt? „Als dein Freund zusammenbrach." Mein Freund. Eine berauschende Vorstellung. Ich hatte noch nie einen, wollte ich gar nicht. Ich habe geglaubt, eine Beziehung nicht verkraften zu können, habe immer gedacht, ein Junge könnte es nicht mit mir aushalten und ich wäre nur eine Last für ihn. Was soll man auch mit einem depressiven Nervenbündel wie mir anfangen?

Leonell aber scheint meine Gegenwart zu ertragen, ja, geradezu zu genießen. Schafft er das nur, weil er bei mir sein muss? Mag er mein gebrochenes Inneres? Oder habe ich mich so stark verändert, dass meine Gesellschaft keine Qual mehr ist? Ich kann es mir nicht erklären. Ich sehe an dem Fremden vorbei und geradewegs in Leonells leuchtend blaue Augen. Wunderschöne Augen. Sie spiegeln das Leben und den Glanz wider, den meine verloren haben. Ich blicke ihn bittend an, hoffe, er versteht, was ich meine. Ob Gedankenübertragung zwischen uns wirklich funktioniert? Mein Engel scheint zu begreifen, was ich will, und zieht mich an sich.

Seine Haut fühlt sich an, als würde sie glühen, aus brennendem Metall bestehen. Aber wahrscheinlich ist meine nur eiskalt. Ich muss mich dringend abtrocknen und mir etwas anziehen.

Die Sonne hat sich hinter die aufkommenden Wolken verzogen und schlagartig weht ein kühler Wind aus Richtung des Wassers. Mich fröstelt. Leonell ergreift die Gelegenheit, um den penetranten, gesprächigen, aber zum Glück hilfsbereiten Fremden loszuwerden, der immer noch neben uns hockt.

„Ähm, danke. Wir werden jetzt gehen. Zu einem Arzt, denke ich. Irgendwohin, wo es warm ist. Also, ähm, tschüss dann und danke noch mal. Ohne Sie wäre Lilly jetzt nicht mehr hier."

„Keine Ursache. Soll ich euch begleiten? Ich kann euch zu dem einzigen Krankenhaus auf dieser Insel fahren, wenn ihr wollt", drängt sich der Mann erneut auf.

„Nein, danke, das ist nicht nötig. Wir schaffen den Weg allein. Tschüss dann", wimmelt Leonell ihn ab und versucht, mich auf die Füße zu ziehen, was sich als komplizierter herausstellt als gedacht. Meine Beine wollen mich nicht tragen. Mein „Tauchgang" hat mich müde gemacht. Außerdem bin ich steif gefroren und glitschig von dem Meerwasser.

Leonell packt mich unter den Achseln und steht auf. Langsam spüre ich Halt unter den Füßen, aber mich auch nur einen Schritt vorwärts zu bewegen, geschweige denn den langen Weg zu Michelles Bauernhaus zurückzulegen, kommt mir schier unmöglich vor. Mein Schutzengel stützt mich, schleift mich mehr, als dass ich laufe, aber schwankend kann ich einen Fuß vor den anderen setzen, obwohl ich mich fühle, als würde ich jeden Moment wieder zu Boden sinken.

„Soll ich nicht doch helfen?", fragt der Fremde schon wieder. Er beobachtet meine Laufversuche.

„Nein, nein, geht schon. Alles in Ordnung!", sagt Leonell betont fröhlich.

Ich bin fast ertrunken, aber ansonsten ist alles gut. Anders als mit dieser Lüge werden wir meinen Helfer wahrscheinlich nie los. „Na, tschüss dann", ruft er uns noch hinterher. Ich atme auf. Er wurde mir mit der Zeit unheimlich und sein ständiges „Na", mit dem er jeden zweiten Satz einleitet, geht mir auf die Nerven.

Wir sind bei dem Felsen angelangt, an dem wir zuvor saßen. Leonell legt mir beide Handtücher um die Schultern und nimmt den Picknickkorb in die linke Hand, während er mich mit dem rechten Arm stützt. Das war es dann wohl mit dem ursprünglich so schönen Tag am Strand und dem geplanten Picknick. Und wer hat alles kaputt gemacht? Ich. Wer sonst? Natürlich. Mit mir kann man keinen unbeschwerten Tag erleben. Ich habe Leonell nicht verdient.

Den Sonnenschirm lässt er liegen. Der macht sowieso nur Probleme. Ich denke an die Situation heute Morgen zurück. Jetzt kann ich nicht einmal mehr darüber lächeln. Es scheint absurd, dies je wieder zu tun.

In diesem Moment flüstert Leonell: „Vade!"

Was? Wade? Er müsste doch eigentlich gemerkt haben, dass mir gerade nicht nach Reden zumute ist. Trotzdem antworte ich, weil ich es süß finde, dass er sich um meine Wade sorgt.

„Danke, meiner Wade geht es jetzt wieder besser. Die Nachwirkungen des Krampfes sind kaum noch zu spüren. Aber wir gehen doch nicht etwa wirklich in ein Krankenhaus, oder? Ich darf hier eigentlich nicht sein, aber mein Vater und so ... und ..."

Er wirkt überrascht, dann lächelt er. „Oh, freut mich. Nein, keine Angst, wir meistern diese Situation auch so, aber ich sagte Vade, nicht Wade", erklärt er. Für mich klingt beides vollkommen gleich. Leonell erkennt meine Verwirrung und spricht weiter. „Vade ist Lateinisch und bedeutet: Geh! Ich benutze dieses Wort, um Zauberformeln aufzuheben, die ich gesprochen habe."

„Was? Du kannst zaubern?", frage ich verdutzt. Das hätte ich nun wirklich nicht erwartet. Er ist Engel, kein Magier.

„Ja, ich habe dem Meer befohlen, dich freizugeben."

Ich bin völlig perplex. Leonell ist also wirklich ein wahrer Schutzengel. Er hat mich gerettet, wie die Ritter die Prinzessinnen in den alten Kinderbüchern. Mich überkommt eine tiefe Zuneigung gegenüber diesem Jungen. Unwillkürlich muss ich lächeln, obwohl ich noch vor wenigen Augenblicken glaubte, dies nie wieder tun zu können. Das Gefühl ist mehr als bloß Wohlgefallen und Sympathie. Es ist schrecklich intensiv und wunderschön. Ich habe es noch nie zuvor gefühlt. In meinem zerstörten Leben war zwischen all dem Leid und der Qual gar kein Platz dafür.

„Leonell, ich liebe dich!" Oh nein, habe ich diesen Satz etwa gerade laut gesagt? In diesem unpassenden Moment? Was, wenn er es nicht erwidert? Ich bin so blöd!

Er schaut mich mit schräg gelegtem Kopf an, aber ein Lächeln umspielt seine Lippen und löst mein Unbehagen auf. „Ich liebe dich auch, Lilly. Ich liebe dich auch!"

## Za

Ich brenne. Besser: Meine Seele brennt, denn einen Körper besitze ich nicht. Meine Wut und mein Hass verzehren mich. Besäße ich eine Hülle, würde sie zu Staub zerfallen. Einfach pulverisiert werden. Ich fühle mich, als würde ich explodieren. Zunder befindet sich in mir, ein Funken hat ihn getroffen, der sich immer weiter ausbreitet, und nun lodert ein alles verzehrendes Feuer.

Meine Seele wird schwarz, düster. Ich bin nicht mehr ich selbst. Ich spüre, wie ich mich verwandele. Eine große Veränderung geht mit mir vonstatten.

Wie kann sich dieses Miststück nur so etwas erlauben? Als ihr Eigentum zu bezeichnen, was sie mir stahl? Und er? Er ist mein, wie ich sein bin! Wie kann er wagen, sie zu lieben?

Ich bin außer mir. Nicht mehr lange und er wird zu mir zurückkehren. Zu mir zurückkehren müssen. Leonell hat gar keine andere Wahl. Die Verdammnis und somit auch unweigerlich ich sind sein Schicksal. Dann wird er sie niemals wiedersehen und verstehen, was er mir antut!

Meine Augen sind förmlich grün vor Neid, aber ich merke, wie sie sich schwarz färben. Das Innere meiner schwarzen Seele kehrt sich nach außen, übermannt mich. Was gerade noch loderte, kühlt ab, erstarrt. Kälte und Eis umfangen mich. Mein Herz erkaltet. Es stirbt zusammen mit meinen Gefühlen. Wut, Hass und Eifersucht verfliegen so schnell, wie sie gekommen sind. Allerdings weichen auch Gewissen, Erbarmen, Trauer und Liebe. Alles, was ich je für

Leonell empfunden habe, ist weg. Es ist lachhaft, dass mich so ein Unfug einmal erfüllt hat.

Nun werde ich von Eiseskälte und purem Kalkül regiert.

Meine alte Aufgabe existiert von nun an nicht mehr. Wieso sollte ich diesen erbärmlichen Jungen beschützen? Ich sollte froh sein, wenn er stirbt. Falsch, er schützt eine Missgeburt, ein geborenes Opfer. Ich muss ihn töten, wenn ich an sie herankommen will. Und das werde ich auch!

Mein alter Fluch von wegen „Da ich dir dieses Unheil gebracht habe, ist es nun meine Pflicht, dich zu beschützen" ist schwach. Lächerlich, dass ich mich dagegen nicht wehren konnte.

Mein neues Schicksal ist unwiderruflich besiegelt, der Bann ist stark und noch viel unbarmherziger als der alte. Wenn ich Gefühle hätte, würde ich Macht verspüren. Leben und Tod liegen in meinen Händen.

Ich bin neugeboren. Erschaffen, um Unheil zu bringen, ein Geschöpf, welches in Albträumen zu Hause ist, Teil des Wahnsinns, ohne Gewissen, ohne Erbarmen. Ich verübe Rache. Ich bringe den Tod. Ich bin immer bei meinem Opfer, bis es durch meine Hand sein Ende findet.

Ich schaue über den Rand des Bootes, auf dem ich mich noch immer befinde. In der Verdammnis. Was sich auf der Oberfläche, die Wasser stark ähnelt, spiegelt, ist mein neues Ich. Mein zweites Ich in meinem zweiten Leben.

Lange schwarze Locken fallen auf meine Schultern. Meine Augen sind schwarze Höhlen, unendliche Tiefen ohne Grund und Gefühl. Meine zierliche Gestalt ist geblieben, aber ich trage ein eng anliegendes rabenschwarzes Hemd, bei dem die Ärmel bis zum Ellenbogen hochgekrempelt sind und oben zwei Knöpfe offen stehen, was mein Dekolleté zur Geltung bringt. Außerdem erkenne ich eine viel zu lange Hose in derselben Farbe, die auf dem Boden des Bootes aufschlägt und meine nackten Füße verdeckt. Ebenso prägnant ist das dunkle Zeichen, das sich auf meinem linken Handrücken befindet und dem von Leonell gleicht. Ich bin mir aber sicher, dass ich es vor meiner Metamorphose schon besaß. Es zu berühren, verursachte mir als toter Mensch Schmerzen.

Probehalber fasse ich es an. Es glüht rot auf, schlägt kurz Flammen. Es brennt, aber ich merke nichts. Ich bin nicht mehr länger schmerzempfindlich. Genugtuung würde mich erfassen, wenn es denn möglich wäre.

Am auffälligsten an meiner Gestalt sind meine schwarzen Flügel. Sie spannen sich stark, breit und kräftig an meinem Rücken. Diese Schwingen verleihen mir unendlich viel Macht.

Meine Seele ist nun bereit, diesen Ort zu verlassen. Die Verdammnis liegt für immer hinter mir. In meinen alten Körper kann ich nicht zurückkehren, aber mir wurde soeben ein neuer geschenkt, der besser ist als der andere. Es ist die Hülle einer Killerin ohne Herz. Ich lächle kalt und herablassend.

Ich habe gelebt, bin gestorben. Meine weitere Existenz nach meinem Tod brachte ich in diesem Höllenloch zu. Während dieser Zeit hasste ich eine Person abgrundtief, wünschte ihr das Allerschlimmste. Ich musste nicht erst sterben, da ich schon tot war.

Der letzte Gedanke, der letzte Atemzug meiner verdammten Existenz, bevor ich wurde, was ich nun bin, war diesem einen Menschen gewidmet. Ich würde mich auf alles freuen, was ich ihm antun werde, sofern ich mich erinnern könnte, wie sich Freude anfühlt.

Mich wird es nun zu dieser Person ziehen. Unwiderruflich.

Ich lege mich hin und schlafe ein, denn ich weiß: Morgen früh werde ich an einem vollkommen anderen Ort aufwachen.

### Leonell

Ich habe mich in die Scheune zurückgezogen, denn ich muss nachdenken. Nun liege ich dort im Heu, in dem ich Lilly schlafen ließ, ohne zu wissen, dass sie allergisch darauf reagiert.

Dieses Ereignis scheint ewig her zu sein. Wie lang kenne ich sie jetzt? Ich denke an unsere erste Begegnung zurück, kann aber beim besten Willen nicht einschätzen, vor wie vielen Tagen diese stattfand. Ich weiß nur, dass in extrem kurzer Zeit unbegreiflich viel passiert ist.

Ich kann nicht fassen, was sie zu mir gesagt hat. Sie liebt mich. Und ich habe ihr geantwortet, dass ich sie auch liebe. Vorsichtig horche ich in mich hinein. Ja, ich habe wirklich Gefühle für Lilly entwickelt. Dabei dachte ich doch immer, dass Za mein Mädchen ist. Was sie wohl gerade in der Verdammnis tut? Ob sie an mich denkt? Traurig über meine Entscheidung ist? Wütend? Oder kann sie es verstehen? Nein, sie ist schrecklich eifersüchtig. Ich habe sie schon mehrmals in diesem Zustand erlebt. Verstehen wird sie mich nicht. Aber sie hat keine andere Wahl, als das Geschehene zumindest zu tolerieren. Dieses Mädchen ist mein Schutzengel und wird damit klarkommen müssen. Za kommt darüber hinweg, sie wird nur ihre Zeit brauchen.

Dass sie mein Geständnis mitbekommen hat, steht außer Frage. Sie begleitet mich schließlich die ganze Zeit mental und weicht nie von meiner Seite.

Ich seufze. Mein Leben ist schrecklich kompliziert, dabei könnte es so einfach sein. Ich hätte Za treu bleiben können, wäre nach dem Tod meines Schützlings in die Verdammnis zurückgekehrt und hätte die Ewigkeit mit meiner Liebe verbracht. Lilly wäre ich niemals nahegekommen, vielleicht hätte sie mich weiterhin gehasst. Allerdings hätte sie sich wahrscheinlich irgendwann umgebracht, weil sie definitiv in der Psychiatrie gelandet wäre, wenn ich sie nicht aus ihrer privaten Hölle befreit hätte. Dadurch wäre ich sehr schnell in die Verdammnis zurückgekehrt, hätte ein weiteres Mal versagt. Mein neu erlangtes Gewissen hätte mich jedoch daran gehindert, somit kam diese Möglichkeit nie ernsthaft infrage.

Bleibt also nur noch die komplizierte Variante, in der ich mich momentan befinde. Lilly liebt mich, ich liebe sie, Za hasst mich und wahrscheinlich auch meinen Menschen. Ich kann meinem Schutzengel nicht mehr als Sympathie entgegenbringen, denn meine Liebe ist verblasst.

„Tut mir leid, Zafrina, wirklich!", denke ich wehmütig. Das ist die reine Wahrheit. Ich bedauere meine Gefühle für Lilly, wenn ich an Zafrina denke. Sie soll nicht meinetwegen leiden. Ich verdanke ihr so unglaublich viel. Ein Herz zum Beispiel, oder Gefühle, nicht zu vergessen meine letzte Chance, dass ich überhaupt hier bei Lilly sein darf.

Aber im nächsten Moment könnte ich mich dafür ohrfeigen, dass ich auch nur einen winzigen Augenblick lang Reue empfand, weil Liebe nichts sein sollte, für das man sich rechtfertigen muss. Aber so es ist nun einmal. Ich habe mich in dieses gebrochene Mädchen verliebt, dieses wunderschöne, depressive Wesen, das sich mit all seiner Kraft gegen das Leben wehrt und Unglück magisch anzuziehen scheint.

Aber womit hat Lilly dieses Pech verdient? Ist es ihr Schicksal oder ihre Strafe, wofür auch immer?

Za fragte mich in der Verdammnis, ob ich an Schicksal glaube. Ich weiß es immer noch nicht. Ich antwortete ihr, dass ich nur daran glauben würde, wenn es bedeutete, es gäbe keinen anderen Ausweg. Aber diese Aneinanderreihung schrecklicher Erlebnisse kann gar nicht Lillys einzige Möglichkeit sein, oder? Ist doch alles nur Zufall? Eine Reihe dummer Zufälle? Ich kann diese Fragen nicht beantworten.

Allein die Sache im Meer. Mein Mädchen wäre fast gestorben! Lilly bewegte sich so geschmeidig im Wasser. Ich hätte nie geglaubt, dass sie wegen eines Wadenkrampfes fast ertrinkt. Wäre der aufdringliche Fremde nicht gewesen, dann wäre Lilly jetzt tot und ich in der Verdammnis bei Zafrina. Wir hätten nie gesagt, dass wir uns lieben. Das wäre eine einfache Möglichkeit gewesen, aus der komplizierten Situation zu entkommen, aber ich hätte mir bis in alle Ewigkeit nicht verziehen, dass ich mich wie ein Baby neben ihr zusammengerollt habe und sie hätte sterben lassen. Nicht noch einmal!

Als wir bei dem Bauernhaus ankamen und diese Geschichte erzählten, weil nicht zu übersehen war, wie schwach Lilly ist, rastete Michelle vollkommen aus. Sie wollte meinen Schützling sofort in ihr Auto setzen und ins zwanzig Kilometer entfernte Krankenhaus fahren. „Sie ist schwanger und fast ertrunken! Geht es dem Baby gut? Sie muss unbedingt untersucht werden!"

Ich gab mir alle Mühe, dies zu verhindern, indem ich die Situation herunterspielte und erklärte, Lilly wäre nur ganz kurz unter Wasser gewesen, hätte allerdings einiges davon geschluckt, bevor ich sie nach oben ziehen konnte. Ihr sei nur unglaublich kalt, weil sie vorher schon länger im Eiswasser geschwommen wäre.

Daraufhin hat Michelle Lilly in gefühlte hundert Decken gewickelt, sie in unsere gemeinsame Kammer geschafft und ihr befohlen zu schlafen. Anschließend ist Michelle wütend zum Strand gefahren und wollte den Schirm holen. Allerdings ist mir unklar, wie sie ihn in ihrem kleinen, zerbeulten Auto unterbringen will. Michelle ist bis jetzt noch nicht zurück, wobei ich mir sicher bin, dass schon Nacht ist, soweit ich das durch das kleine Fenster in der Scheune beurteilen kann. Sie wird sich abreagieren und nachdenken. Genau wie ich.

Ich seufze. Ob ich zurückgehen und meinem Mädchen Gesellschaft leisten soll? Ich denke schon, auch wenn ich mich einem Gespräch mit Lilly eigentlich nicht gewachsen fühle. Vielleicht schläft sie ja wirklich. Oder ist gar kein Gespräch nötig? Möglicherweise denkt Lilly gar nicht so viel über diese Geschehnisse nach und alles ist für sie völlig klar.

Ich rappele mich hoch und will Heu von meiner Kleidung entfernen, als mir wieder einfällt, dass sie gar nicht schmutzig werden kann und Dreck abperlt wie Wasser auf einer geölten Fläche.

Ich gehe zum Scheunentor und zerre es auf, stiefele durch kniehohes Gras zur Terrassentür, die ich vorhin nur angelehnt habe, und betrete die Küche. Von da aus quetsche ich mich die enge Treppe nach oben und wähle die Tür, die in unsere Kammer führt.

Sachte öffne ich sie einen Spaltbreit und luge hinein. Es brennt kein Licht mehr. Lilly liegt ausgestreckt auf der schmalen Matratze und schnarcht leise. Sie beansprucht den ganzen Platz für sich, aber das macht mir nichts aus. Ich werde sie keinesfalls wecken, denn Schlaf hat sie dringend nötig.

Decken in allen Farben liegen im ganzen Zimmer verteilt. Ich kann froh sein, dass ich die Tür aufschieben kann und sie nicht von Stoffknäueln blockiert wird.

Ich schleiche auf Zehenspitzen ins Zimmer und setze mich auf den Bettrand. Ich werde mich nicht zu ihr legen, damit sie nicht zufällig durch meine Bewegungen aufwacht. Der Schlaf wird mich diese Nacht sowieso nicht holen. Dazu drehen sich meine Gedanken zu stark im Kreis. Es ist mir unmöglich, mich bei so viel Unklarheit zu entspannen.

Ich bleibe einfach sitzen und betrachte Lilly. Im Schlaf sieht sie so friedlich aus. Fernab von allen Problemen. Und mir fällt wieder auf, wie hübsch sie doch ist. Ihre vollen kirschroten Lippen sind ein Traum und ihre langen schwarzen Haare, die sich über das Kopfkissen auffächern, einfach unglaublich. Sie sieht ein bisschen aus

wie Schneewittchen. Haut so weiß wie Schnee, Lippen so rot wie
Blut und Haare so schwarz wie Ebenholz. Keine Ahnung, woher ich
dieses alte Märchen kenne. Es muss irgendwo tief in meinem Kopf
vergraben gewesen sein.

Unwillkürlich muss ich lächeln. Eigentlich ist mein Leben perfekt. Das beste von den dreien, die ich geführt habe. Ich habe Lilly.
Das ist alles, was zählt.

Durch sie habe ich die Chance, all meine Fehler wiedergutzu-
machen und zu vergessen, was ich Schlimmes in meinem Leben
angerichtet habe.

### Lilly

Ich wache auf. Das Erste, was ich sehe, sind Leonells leuchtende
Augen. Ein Blau, so tief und strahlend wie der Ozean. Seltsam, dass
er Angst vor Wasser hat, da seine Augen es doch widerspiegeln.

Er muss sich neben mich gesetzt haben, während ich schlief. Geweckt hat er mich nicht. Ich habe geschlafen wie ein Stein und hatte
dies auch bitter nötig. Jetzt fühlen sich meine Finger und Zehen
nicht mehr so an, als würden sie jeden Moment abfrieren, und ich
kann wieder sprechen, ohne dass meine Zähne klappernd aufeinan-
derschlagen. Generell fühle ich mich relativ fit.

„Guten Morgen", sagt Leonell lächelnd. Allein der Klang seiner
Stimme zaubert ein Grinsen auf meine Lippen. Ich bin glücklich
wie schon lange nicht mehr. Ich verdanke ihm so viel. Unter anderem mein Leben, aber vor allem meinen Lebenswillen. Wenn ich
ihn ansehe, scheinen meine Depressionen absurd weit entfernt. Es
ist fast lächerlich, dass ich jemals welche hatte.

„Morgen", grüße ich zurück und setze mich auf, sodass ich mit
dem Rücken an der Bettstütze lehne. Ich ziehe meine Knie unter
der Decke an und schlinge meine Arme um das entstandene Knäu-
el. „Wegen gestern ...", will ich ansetzen, doch Leonell unterbricht
mich.

„Alles in Ordnung, Lilly. Du musst dich für nichts schämen oder
gar entschuldigen. Ich liebe dich wirklich. Das war nicht nur so
dahergeredet", erklärt er. Mein Herz macht einen Satz. Mein Engel
hat wirklich gesagt, dass er mich liebt. Ich bin völlig sprachlos und

ein Funkeln stiehlt sich in meine Augen, von dem ich dachte, dass ich es für immer verloren hätte.

„Oh Leo!", flüstere ich, drehe mich zu ihm herum und werfe mich in seine Arme. Ich drücke ihn an mich, als ob mein Leben davon abhinge. Ich erkenne mich selbst kaum wieder. Wann habe ich das letzte Mal freiwillig jemanden umarmt? Und wann ging diese Umarmung von mir aus? Ich kann mich nicht mal mehr daran erinnern. Leonell macht einen anderen Menschen aus mir. Und ich habe ihn Leo genannt.

Er ist anscheinend genauso verdutzt wie ich, denn es dauert ein paar Sekunden, bis er meine Umarmung erwidert. Doch als er es tut, ist seine Geste voller Liebe und Zuneigung, als würde er mich nie wieder loslassen wollen. „Mein Schneewittchen", säuselt er in mein schwarzes Haar.

Ich denke kurz über diesen Spitznamen nach und muss feststellen, dass er wirklich zu mir passt. Haut, Haare und Lippen. Ich schmunzele. Leo und Schneewittchen. Klingt niedlich. Vor einer Woche hätte ich so etwas wie Kosenamen oder Pärchen überhaupt als Kitsch und total unnötig abgestempelt. Zu dieser Zeit wusste ich aber auch noch nicht, wie erfüllend die Gesellschaft eines Menschen – oder eben Engels – sein kann, der in dein Leben tritt und alles auf den Kopf stellt. Meine Denkweise wurde dank ihm komplett umgekrempelt.

Widerwillig löse ich mich von Leo, da wir uns nicht bis in alle Ewigkeit festhalten können. Aber ich kann mich mit dem Gedanken trösten, dass er wenigstens, solange ich existiere, an meiner Seite sein wird.

Ich entferne mich nur so weit von ihm, dass ich ihm ins Gesicht blicken kann. In sein vollkommenes Engelsgesicht. Unsere Nasenspitzen berühren sich fast.

„Leo, ich ...", beginne ich.

„Scht, dieser Moment bedarf keiner Worte!", flüstert Leonell in mein Ohr und strahlt mich an. Sein Atem streift mein Gesicht, so nah sind wir uns.

Er hat recht. Jeder Buchstabe wäre überflüssig und hätte gar nicht die Fähigkeit, diesen unbeschreiblichen Augenblick zu erklären. Es ist der perfekte Moment. Meine Intuition sagt mir, dass es gleich passieren wird. Langsam bewegen wir unsere Gesichter aufeinander zu, ich neige meinen Kopf nach rechts, er seinen ebenso, ich schließe meine Augen, dann ist es so weit. Unsere Lippen berühren sich. Erst zaghaft, unsicher, wie weit sie gehen dürfen. Doch schließlich immer forschender und fordernder. Wir verlieren uns ineinander, ein Prickeln durchfährt meinen ganzen Körper. Jetzt bin ich vollständig. Es fühlt sich an, als hätte immer ein Stück von mir gefehlt, das letzte Puzzleteil. Doch nun ist es aufgetaucht und hat endlich seinen Platz gefunden und eingenommen.

Ich habe noch nie davor einen Jungen geküsst, obwohl ich schon sechzehn bin. Als hätte ich gewusst, dass es sich lohnt zu leben, zu warten, geduldig zu sein, bis diese bestimmte Person in mein Leben tritt, mit der ich alles und jeden um mich herum vergessen kann, die mit mir gegen meine Vergangenheit ankämpft.

Ich dachte, glücklicher als vorhin könnte ich gar nicht mehr werden, aber ich habe mich geirrt. Was ich hier erleben darf, ist der Höhepunkt alles bisher Geschehenen.

Wir machen weiter, bis wir beide keine Luft mehr bekommen, doch selbst dann reicht es uns noch nicht.


Es ist nicht zu übersehen, wie es mir geht. Ich strahle wie die Sonne höchstpersönlich und fühle mich, als würde ich jeden Moment vor Glück platzen. Ich muss es einfach herauslassen und denke ernsthaft darüber nach, laut zu singen. Gleichzeitig stelle ich mir jedoch vor, wie alle Menschen in meinem Umfeld davon Gehörschäden erleiden. Also verwerfe ich den Gedanken wieder.

Auch Michelle bemerkt logischerweise, dass ich mich verändere. Sie spricht mich aber nicht darauf an, sondern schmunzelt nur in sich hinein. Sie wird es auf das angebliche Baby schieben. Stimmungsschwankungen.

Leonell und ich wohnen inzwischen schon zwei weitere Tage in dem Bauernhaus. Ich frage mich, wie lange wir unsere Lügen noch aufrechterhalten können, denn irgendwann wird Michelle erfahren, dass ich gar nicht schwanger bin. Bis dahin bleibt hoffentlich noch viel Zeit, denn ich beginne, mich an diesem Ort heimisch zu fühlen. Mir geht es jetzt besser, als ich mir in Miracle jemals hätte vorstellen können. Das Einzige, was ich vermisse, ist meine Freundin

Kathlena, aber ich habe nun Michelle. Mit ihr komme ich ebenfalls ganz gut klar. Ich könnte mir sogar vorstellen, mit ihr befreundet zu sein, wenn ich sie nur nicht ständig belügen würde.

Ob meine Eltern mich suchen? Nein, wahrscheinlich nicht. Mein Vater wird froh sein, dass ich weg bin und er mich nie wiedersehen muss, und meine Mutter wird sich nicht trauen, auf eigene Faust zu recherchieren. Höchstens meine Psychologin könnte mich „vermissen", aber mein Vater wird sie bestochen haben, mit dem Geld, das er nicht selbst verdient hat, damit sie den Mund hält.

Aber Kathlena werde ich fehlen. Sie hat immer zu mir gehalten, und obwohl sie zu viel quatscht, mag ich sie. Egal. Was passiert ist, lässt sich nicht mehr rückgängig machen. Außerdem ist alles gut, so wie es gekommen ist.

Leonell. Ja, er ist einfach umwerfend. Er empfindet für mich, was ich für ihn empfinde. Was ist eigentlich mit diesem Mädchen, von dem er mir erzählt hat? Das ihn in seinem zweiten Leben wachrüttelte? Er liebt mich, also kann er diese Za, oder wie auch immer sie heißt, nicht mehr lieben. Oder doch? Nein, was er mir entgegenbringt, kann man nicht vorspielen. Ich lächele.

In diesem Moment merke ich, dass ich so in Gedanken versunken war, dass es draußen inzwischen dunkel geworden ist.

Ich stehe wie zu einer Statue erstarrt mit dem Striegel in der Hand neben Fox, einer roten Stute, im Pferdestall, etwas abseits des Hauses.

Ich kann nicht sagen, wie lange ich schon bewegungslos verharre, aber meine Beine schmerzen vom Stehen und meine rechte Hand, in der ich die Bürste halte, die noch immer auf dem Pferderücken liegt, ist eingeschlafen. Sie beginnt zu prickeln, als ich versuche sie zu bewegen. Ein unangenehmes Gefühl, aber da muss ich jetzt durch.

Ich werfe Fox einen prüfenden Blick zu. Sie sieht eigentlich sauber aus, ihre Box habe ich schon ausgemistet. Das war das letzte der drei Pferde, die zu dem Hof gehören. Um die anderen beiden habe ich mich schon davor gekümmert.

Ich öffne den Riegel, der die Boxentür zuhält. Er quietscht schrecklich, was Fox mit einem nervösen Schnauben und Hufscharren quittiert.

Genervt drehe ich mich noch einmal zu ihr um, tätschele ihren Kopf und rede ihr sanft zu, bis sie sich beruhigt hat. Dann trete ich aus dem Tor, verschließe es hinter mir und stehe nun im Mittelgang des Stalles, in dem nur drei von sechs Boxen belegt sind. Vorne und hinten befindet sich je eine Tür. Ich entscheide mich für die vordere, weil die hintere von Eimern, Sätteln und Pferdebürsten blockiert wird und ich keine Lust habe, diese beiseitezuräumen. Das Stalltor ist sehr hoch und besteht wie der Rest des Gebäudes aus Holz. Allerdings ist es einer der wenigen Durchgänge, der sich problemlos ohne Quietschen, Knarren oder übertriebenen Kraftaufwand öffnen lässt.

Ich trete nach draußen und atme die frische Nachtluft ein. Für Ende April ist es zwar relativ warm, aber trotzdem fröstelt es mich ohne Jacke. Etwas entfernt kann ich schon die Scheune sehen, in der ich meine erste Nacht auf dieser Insel verbracht habe. Von dort ist es nicht mehr weit bis zum Haus. Auf dem gesamten Weg befindet sich allerdings kniehohes Gras, für dessen Beseitigung sich niemand zuständig zu fühlen scheint. Hinter mir erstreckt sich kilometerweit Wald, der sich bis zu der Küste zieht. Würde ich ihn durchqueren, käme ich allerdings nicht an einem Sandstrand an, sondern würde zu meterhohen Klippen gelangen. Der Badestrand befindet sich weiter östlich.

Ich will mich gerade Richtung Scheune in Bewegung setzen, als ich ein komisches Gefühl in der Magengegend spüre. Ich fühle mich, als würde ich in diesem Moment nichts dringender wollen, als in den Wald zu gehen. Aus diesem Grund drehe ich mich um hundertachtzig Grad, gehe um den Stall herum und blicke ehrfürchtig zu den Wipfeln empor.

Die Blätter scheinen meinen Namen zu flüstern, der Wind mich zu rufen. Es ist mein größter Wunsch, tief in die Natur einzudringen und sie zu erkunden. Ich kann nicht deuten, woher dieser Drang kommt, aber ich weiß, dass ich ihm nachgeben werde.

Mein Gehirn sagt mir, ich solle umdrehen und so schnell wie möglich zu Leonell zurücklaufen, die Beine in die Hand nehmen und mich in Sicherheit bringen, aber selbst wenn ich wollte, könnte ich diesem Befehl nicht Folge leisten. Wie eine Marionette, ferngesteuert und an Fäden gezogen, setze ich einen Fuß vor den anderen. Langsam gehe ich in den Wald hinein, bis er mich umfängt und alles Licht zu verschlucken scheint. Der Mondschein kann die Wipfel nicht durchdringen, sodass ich nicht mehr erkenne, wohin ich trete und schon bald völlig orientierungslos umherirre. Ich weiß nicht mehr, wo ich bin, aber diese Tatsache beunruhigt mich nicht. Im Gegenteil. Ruhe durchströmt mein Inneres. Meine Gedanken kann ich nicht mehr beieinanderhalten.

Plötzlich vernehme ich im Gebüsch zu meiner Linken ein Rascheln. Dann geht alles ganz schnell. Eine kräftige Hand packt mich von hinten. Ich will schreien, werde aber von einer weiteren Hand, die sich brutal auf meinen Mund presst, daran gehindert.

Mein Angreifer geht schnell und komplett skrupellos vor. Er zieht mich in die Büsche, ohne dass ich mich wehren kann.

# Teil 4: Verloren

### Leonell

Ich wusste, dass etwas nicht stimmt. Lilly war viel zu lange bei den Pferden. Sie hätte schon vor einer Stunde fertig sein müssen. Michelle sagte immer wieder, dass sie sicherlich gleich käme und vielleicht nur etwas mehr Arbeit anfalle als sonst. Ich wollte ihr glauben, konnte jedoch nicht. Was sollte denn mehr zu tun sein als sonst?

Aber jetzt habe ich Gewissheit. Das Ziehen in meiner Brust hat wieder eingesetzt. Ich spüre deutlich, dass Lilly in Gefahr schwebt.

Die letzten Tage waren die schönsten meines dritten Lebens. Michelle kam vorgestern Morgen wieder zurück, nachdem sie sich nachts wer weiß wo abreagiert hatte, und wirkte eigentlich ziemlich gefasst. Natürlich können Lilly und ich nicht ewig bei Michelle und ihrem Großvater leben, aber wir wollten uns eine kurze, schöne, Zeit machen.

Doch jetzt sitze ich in der Küche auf der Bank, genau an der Stelle, wo Lilly an unserem ersten Morgen nach der Flucht Platz genommen hatte, und Panik erfasst mich. Ich mache mir wesentlich mehr Sorgen um sie als am Strand, denn dort konnte ich sehen, was vor sich ging, und dementsprechend handeln, sie retten. Aber in diesem Augenblick weiß ich rein gar nichts. Ich bin mir nur sicher, dass etwas wirklich Schlimmes geschehen wird.

Michelle, die mir gegenüber an dem Tresen lehnt, merkt, dass in mir etwas brodelt und fragt: „Hey, alles in Ordnung?"

„Nein", antworte ich und springe auf. „Es ist überhaupt nichts in Ordnung. Ich werde jetzt gehen. Frag nicht und folge mir nicht. Es kann sein, dass du mich und auch Lilly niemals wiedersehen wirst. Vielen Dank für alles, was du für uns getan hast. Ich will gar nicht daran denken, was aus Lilly und mir geworden wäre, wenn du uns nicht aufgenommen hättest. Bleib einfach hier drinnen. Mach dir keine Sorgen. Ciao."

Schon stürme ich los. Ich reiße die Terrassentür auf, will nur noch weg von hier und kann nicht auf weitere Fragen warten. Wenn ich versuchte, Michelle alles zu erklären, dann würde sie mich entweder für total verrückt halten, einsperren und in die Klapse befördern oder aber mitkommen wollen und damit ihr Leben aufs Spiel setzen. Außerdem habe ich keine Zeit dazu, erst noch ein derartiges Gespräch zu führen. Lilly schwebt in Lebensgefahr. Ich darf sie nicht im Stich lassen. Ich wiederhole meine Fehler nicht, sondern lerne aus ihnen.

„Warte", brüllt Michelle mir hinterher und versucht, mich am Arm zu packen, was ihr zum Glück nicht gelingt. „Du kannst mich doch jetzt nicht einfach so stehen lassen!"

Ich würdige sie keines weiteren Blickes, sondern renne immer weiter, während das Ziehen stärker wird. Eigentlich hat Michelle diese Behandlung nicht verdient, aber was soll ich sonst tun? Sie mit einem Zauber belegen? Das käme mir noch unfairer vor. Außerdem glaube ich kaum, dass ich zurückkehren könnte, um den Bann aufzuheben. Die Folgen wären verheerend.

Ich muss darauf vertrauen, dass sie mir nicht folgt. Ich hoffe, sie ist vernünftig, obwohl ich mir dessen überhaupt nicht sicher bin. Ich kenne sie noch nicht lange genug, um sie richtig einschätzen zu können.

Ich laufe durch das hohe Gras, ohne aus der Puste zu kommen. Ist diese Eigenschaft für Engel typisch? Ist mir vorher noch nicht aufgefallen. Das Ziehen verwandelt sich in ein Reißen, je weiter ich mich dem Wald nähere.

Oh nein, der Wald. Dahinter befinden sich die Klippen. Aber Lilly wird doch nicht versuchen ... Nein, dazu wirkte sie zu glücklich. Ihre Gefühle waren nicht gespielt. Ich habe ihr wirklich Glück beschert. Eigentlich müsste mich dieser Gedanke fröhlich stimmen, aber in dieser Situation schafft er es nicht. Ich habe zu viel Angst, um Freude verspüren zu können.

Ich dringe nun in den Wald ein. Sofort legt sich sanfte Kühle auf meine Haut und ein Schauer überrollt meinen ganzen Körper, obwohl ich nicht frieren kann. Überall höre ich das Rascheln von

Tieren im Unterholz. Ich kann nicht zuordnen, ob es von oben, unten, links oder rechts stammt. Es sind zu viele Geräusche. Der Wald lebt. Zu jeder anderen Zeit hätte ich diesen Moment genossen, aber ich habe Wichtigeres im Sinn.

Kleine Zweige knacken unter meinen nackten Füßen, obwohl ich versuche, mich lautlos zu bewegen.

Ich weiß nicht, wo ich mich befinde oder wohin ich laufe. Dafür weiß es mein Herz umso besser. Es leitet mich, schmerzt immer stärker und wird mich geradewegs zu Lilly führen. Ob sie bei den Klippen ist? Bewege ich mich darauf zu? Halte ich womöglich nicht rechtzeitig an und falle? Dann wären wir wenigstens beide tot. Wobei mich der Sturz nicht umbringen würde, sondern höchstens Lillys Sprung. Aber ich bezweifle, dass sie dort ist. Weiter, immer weiter tragen mich meine Füße.

Plötzlich höre ich ein unterdrücktes Wimmern und weiß: Es ist Lilly. Sie wagt keinen weiteren Selbstmordversuch, aber was geschieht hier? Was, wenn ich der Situation nicht gewachsen bin? Das spielt jetzt keine Rolle mehr. Ich habe keine Wahl. Ich umrunde ein paar weitere Bäume und presche aus dem Wald hervor. Ich bin so überrascht, plötzlich wieder etwas zu sehen, da Mondlicht zu mir vordringt, dass ich ruckartig und geblendet stehen bleibe. Erst mal muss ich meine Hände vor die Augen schlagen und reiben, damit ich etwas erkennen kann. Ich versuche, mich zu orientieren, und stelle fest, dass ich mich auf einer Lichtung befinde, auf der ich nie zuvor gewesen bin.

Erst da fällt mir auf, was sich in deren Mitte abspielt. Ich bin so geschockt und fassungslos, dass ich wie erstarrt am Waldrand verharre, ohne etwas zu unternehmen. Mir steigen Tränen in die Augen, weil ich die Szenerie, die sich vor mir abspielt, nicht ertragen kann. Mein Mädchen so zu sehen, ist einfach grausam.

Lilly liegt inmitten der Lichtung im Gras, den Kopf mir zugedreht. Sie weint leise. Ihr Oberkörper ist bekleidet, aber untenrum ist sie nackt. Ihre Hose liegt mit umgestülpten Beinen neben ihr, ebenso wie ihr zerrissener Slip, der aussieht, als wäre er brutalst von ihren Beinen heruntergerissen worden. Ihre Arme und Beine werden festgehalten, ja, geradezu am Boden fixiert, damit sie sich nicht wehren kann.

Über Lilly kniet ein Mann, der mich anscheinend bemerkt hat, denn er lässt ganz langsam von ihr ab. Vorsichtig erhebt er sich, zieht sich in aller Seelenruhe wieder an und stellt sich, zu mir gewandt, gerade hin.

Oh nein. Ich bin geschockt. Ich glaube, diesen Typen zu kennen. Er sieht aus wie Lillys Vater. Jedenfalls seine Statur und auch sein Gesicht, aber ein Detail ist anders. Diese Kleinigkeit überzeugt mich davon, dass er es nicht sein kann. Ich komme nicht sofort darauf, was es ist, aber es irritiert mich.

Wir sehen uns eine ganze Weile unverwandt an, ohne uns zu bewegen. Selbst Lilly rührt sich nicht, obwohl sie freigegeben wurde. Ich weiß nicht, ob sie zu schwach und ausgelaugt dazu ist oder ob sie abwartet, was als Nächstes passieren wird.

Plötzlich trifft mich die Erkenntnis wie ein Schlag. Seine Augen. Es sind nicht die von Lillys Vater, nicht mal die eines Menschen, denn es ist rein gar nichts Menschliches, kein Funken Gefühl in ihnen. Nein, diese Augen sind schwarze, leere Höhlen.

Mir ist klar, was das bedeutet. Ich will schon meine nächsten Schritte planen, falls es zum finalen Kampf kommt, doch in diesem Moment dreht sich dieses Monstrum einfach um und stolziert gemächlich davon. Kurz bevor es den Waldrand erreicht, verschwindet es einfach. Puff. Weg. Ohne irgendwelche Spuren zu hinterlassen. Als wäre es nie da gewesen. Wie vom Erdboden verschluckt.

Das plötzliche Verschwinden von Lillys Peiniger weckt mich aus meiner Starre und ich eile zu ihr, lasse mich neben sie fallen und streiche ihr sanft das Haar aus dem Gesicht.

„Oh Lilly, es tut mir schrecklich leid, ich hätte eher kommen sollen. Als du nicht rechtzeitig von der Arbeit zurückkamst, war mir schon klar, dass etwas nicht stimmt. Wobei ich wirklich nicht mit so etwas gerechnet hätte", beginne ich.

„Leonell, wie konnte ich nur so töricht sein und glauben, dass mir Glück vergönnt sei? Ich vertrage mich nicht gut mit Fröhlichkeit. Wie soll ich nur in einem Leben, das von Leid geprägt ist, weiterexistieren können? Leonell, bitte. Bitte bring mich um!", klagt Lilly. Tränen laufen ihr über die Wangen und bei den letzten Worten bricht ihre Stimme, sodass ich sie nicht deutlich verstehe.

Trotzdem bin ich mir sicher, dass sie mich darum gebeten hat, sie zu töten.

Ehrlich gesagt überrascht mich ihr Wunsch nicht, ich kann ihn beinahe verstehen. Trotzdem kränkt sie mich mit dieser Bitte.

„Ich bin kein Racheengel mehr. Ich kann und will niemanden töten und das werde ich auch nicht. Dich schon gar nicht. Du weißt, dass ich dich liebe", antworte ich, weswegen Lilly einmal laut aufschluchzt, um anschließend leise und mit leerem Blick weiterzuweinen. „So, und jetzt hörst du mir gut zu!", weise ich sie an und warte kurz, bevor ich fortfahre, damit ich sehe, ob sie mich verstanden hat.

Als Lilly merkt, dass ich innehalte, klärt sich ihr Blick, sie hebt den Kopf und sieht mich an. Mein Mädchen schaut mir tief in die Augen, nein, durch sie hindurch und direkt in meine Seele. Teils bittend, teils hoffend wartet mein Schützling auf meine nächsten Worte und nickt.

Ich atme tief ein und wieder aus. Was nun folgt, ist unfassbar kompliziert und selbst für mich schwer begreiflich. Ich will gar nicht daran denken, wie meine folgenden Worte auf Lilly in dieser Situation wirken müssen. Aber da es unvermeidbar ist, beginne ich. „Dieser Mann war nicht dein Vater, Lilly!"

Ungläubig sieht sie mich an, aber ich lasse sie nicht zu Wort kommen. Nicht jetzt.

„Warte, lass es mich erklären. Hast du seine Augen gesehen? Nein? Okay, sie waren kohlrabenschwarz!"

„Was?!", entfährt es ihr. „Er hat graue Augen, ganz sicher!"

„Siehst du?", fahre ich fort. „Er war es nicht. Es ist viel schlimmer. Lilly, diese Person war nicht einmal ein Mensch. Sie war dein Racheengel!"

Ich warte eine Reaktion ab. Lillys Mund klappt auf, doch sie überlegt es sich anders und schließt ihn wieder. Man sieht ihr die Fassungslosigkeit an. Lilly ist einem Zusammenbruch nahe. Sie ist kreideblich geworden, sieht mehr denn je aus wie Schneewittchen. Eine Sekunde später schelte ich mich selbst für diesen unpassenden Gedanken.

Es ist alles zu viel für sie. Lilly wurde gerade vergewaltigt, von jemandem, der aussah wie ihr Vater, und ich erzähle ihr, sie besäße einen Racheengel! Aber es muss sein. Und es muss jetzt sein. Ich spüre, dass der finale Kampf kurz bevorsteht. Sie muss jetzt alle Informationen bekommen, bevor es für uns beide zu spät ist.

„Du schaffst das, auch wenn es gerade nicht danach aussieht, und wenn wir Pech haben, sterben wir beide sowieso bald. Also hör mir zu. Ich habe dir erklärt, wie Racheengel entstehen. Da du jetzt einen hast: Kannst du dir eventuell vorstellen, dass jemand aus deinem Bekanntenkreis gestorben ist, der dich abgrundtief gehasst hat? Vielleicht dein Vater, na ja, ich weiß nicht ... Die Augen sind der Spiegel der Seele, sagt man. Die Seele der Racheengel ist schwarz. Schwarz, kalt und gefühllos. Es könnte schon sein, dass ..."

„Mühe dich nicht ab. Ich wäre froh, wenn alles vorbei wäre. Wie konnte ich vor wenigen Stunden noch glauben, meinen Platz gefunden zu haben? Meinen Platz an deiner Seite und damit ein erfülltes Leben führen zu können. Wenn es mein Vater ist, kann das nur positiv sein, denn dann ist meine Mutter endlich frei, auch wenn der Fluch weiter auf mir lastet. Wenn er es nicht ist, weiß ich nicht, wer es sein könnte. Aber hast du nicht gesagt, dass ein Racheengel weiterzieht? Vielleicht ist es nur irgendein x-beliebiger, der mich jetzt heimsucht", versucht Lilly wacker zu widersprechen, bemüht, währenddessen nicht ohnmächtig zu werden. Sie ist wahrlich dem Zusammenbruch nahe.

Ich befürchte, dass ich ihr nicht noch mehr zumuten kann, trotzdem fahre ich fort. „Wenn es nur irgendeiner wäre, hättest du etwas Schlimmes in deinem Leben anrichten müssen, damit er dir deine gerechte Strafe bringen kann ... oder du hattest einfach Pech und der Racheengel hat sich grundlos an dich geheftet. Das wäre eine Möglichkeit, denn du bist nicht böse, auch wenn du dir das gerne einredest. Du bist der liebenswürdigste und schutzbedürftigste, aber gleichzeitig zerbrechlichste Mensch, den ich kenne. Einen Racheengel kannst du dir nicht auf diese Weise verdient haben, ehrlich nicht!" Ich versuche, Sanftmut und Vertrauen in meine Stimme zu legen und ein Lächeln aufzusetzen, das sie ermutigen soll.

Lilly verzieht nur resigniert die Lippen und schaut mich mit Schlieren im Gesicht an. Sie versucht unermüdlich stark zu sein, nicht erneut zu weinen. In diesem Moment erinnert mein Mensch mich an Za, die es nicht mal bei dem Tod ihrer Eltern fertiggebracht hat, sich gehen zu lassen. Erst am Grab hatten ihre Gefühle freie Bahn.

Za. Das ist es. Ich werde sie fragen, was zu tun ist.

„Lilly, du weißt doch, dass Zafrina so etwas wie mein Schutzengel ist. Ich werde ihre Hilfe erbitten. Wenn ich kurz wie weggetreten neben dir liege, ist das ganz normal. Dann schickt sie mir eine Erinnerung. Versuche bitte nicht, mich da rauszuholen. Es ist sehr wichtig. Ich komme ganz bestimmt in wenigen Augenblicken wieder zu mir!", mache ich dem vor mir liegenden Mädchen klar.

Lilly nickt nur schwach und verunsichert. Sie hat nicht mehr die Kraft, etwas anderes zu tun. Ihr Anblick, wie sie derart verloren auf dieser Wiese liegt, versetzt mir einen Stich. Sie ist vollends zerbrochen. Ihr Racheengel ist dabei, ihr den Rest zu geben. Der Kampf zwischen Freude und Trauer, Schutz- und Racheengel, Leben und Tod hat schon längst begonnen.

Ich gehe in mich, schließe meine Augen und denke: „Za, ich kann meinen Gegenspieler nicht töten. Ich weiß nicht, wie. Bitte hilf mir!" Ich horche in mich hinein. Stille. Hallo?! Wieso schickt Zafrina mir keine Erinnerung? Sie muss es tun. Za hat gar keine andere Wahl, als mir zu helfen. „Za, wo bist du?", frage ich sie mental. Nichts. Keine Reaktion. Ich öffne meine Augen wieder. Lilly sieht mich erwartungsvoll an.

„Und?", will sie wissen. Hoffnung liegt in ihrer Stimme.

Betrübt blicke ich zu ihr hinab. „Sie ist nicht mehr da", antworte ich.

Entkräftet lässt Lilly ihren Kopf zurück ins Gras fallen. Gleich darauf versucht sie, sich wieder zu fangen, und fragt: „Wie ist das möglich? Du kannst doch auch nicht einfach nicht mehr mein Schutzengel sein, oder?"

„Nein, ich kann nicht wählen, was mein Auftrag ist. Genauso wenig wie Za. Ich kann dir auch nicht sagen, warum sie mir nicht mehr hilft", gestehe ich.

Ich sehe Lilly an, dass sie beginnt zu grübeln und eine Lösung finden will. Da sie allerdings noch weniger über die Welt der Engel weiß als ich, wird sie zu keinem schlüssigen Ergebnis kommen.

„Aber, Leonell", säuselt eine bekannte Stimme in meinem Kopf, „ich bin doch hier!" Meine Gesichtszüge entgleisen.

„Lilly, ich habe sie wieder in meinem Kopf gehört, aber sie klingt anders. Irgendwie verändert. Bösartig und hinterlistig. Total irre", stammle ich. Zas Geflüster jagt mir kalte Schauer über den Rücken. Dieses tote Mädchen macht mir Angst!

„Ich ... ich ...", schluchzt Lilly.

„Was ist denn?", will ich besorgt wissen.

„Zas Stimme war nicht in deinem Kopf. Ich habe sie auch gehört!"

„Was?!", entfährt es mir.

„Leonell, ich höre sie auch und sie klingt absolut gruselig!", kreischt Lilly panisch.

Ich bekomme Angst, noch mehr, als ich ohnehin schon habe. Was hat das zu bedeuten? Ich stelle die Frage laut.

„Zermartere dir nicht dein hübsches Köpfchen darüber. Frag mich doch einfach. Ich werde es dir erklären, wenn du ganz lieb bitte, bitte sagst", erklingt Zas Stimme erneut in süffisanter Tonlage.

Lilly beginnt nun, laut zu schluchzen. Mir ist ebenfalls danach. Noch kann ich mich aber zusammenreißen. Ich weiß nicht mehr weiter. „Wenn du wirklich da bist, dann zeig dich!", fordere ich Zafrina auf.

„Du hast was vergessen ... wie wäre es mit bitte?", fordert sie mich arrogant auf.

„Spiel einfach keine Spielchen mit mir, Za. Es ist ernst, zeig dich!", verlange ich.

„Na gut", gibt sie nach.

Ich schaue mich um, kann sie jedoch nirgends entdecken. Gerade will ich wieder ansetzen, um zu fragen, was das Getue soll, als ich Lillys erschrockenen Gesichtsausdruck wahrnehme.

„Le... Leo ... schau bitte mal hinter dich", stottert meine Schutzbefohlene und schaut panisch an mir vorbei. Ich folge ihrem Rat und drehe mich um.

Unmittelbar hinter mir steht sie. Za. Ich hätte sie kaum wiedererkannt, so stark hat sie sich verändert. Es ist beinahe unbeschreiblich. Sie jagt mir Angst ein, allein durch ihr Erscheinungsbild. Wie konnte ich diese Person nur jemals lieben? Es ist mir unbegreiflich.

Zas Figur ist zwar noch dieselbe, aber sie trägt schwarze Kleidung, die gleiche, die ich als Racheengel trug, und keine Schuhe. Ihre

langen, ehemals braunen Locken sind nun pechschwarz und um-
fließen ihr schmales, bleiches Gesicht. Zafrinas Mund ist zu einem
süffisanten und hinterlistigen Grinsen verzogen, das ich noch nie
vorher an ihr gesehen habe. Sie wirkt auf mich vollkommen fremd.
Ihre Augen aber stellen den gravierendsten Unterschied dar. Sie waren einmal haselnussbraun, doch nun starren sie mich tiefschwarz,
dunkel und abgrundtief böse an. Die Kälte darin erschreckt mich.
Ich weiß, was sie ist, will es aber nicht wahrhaben.

Mit offenem Mund glotze ich die große Liebe meines zweiten
Lebens an.

„Oh Leonell. Ich merke, du erkennst, wer – oder besser was – ich
jetzt bin. Du begreifst es aber nicht, oder? Warte, vielleicht hilft dir
das hier auf die Sprünge", sagt das verwandelte Mädchen und reißt
mit seinen bloßen Fingernägeln eine Narbe in seiner linken Handfläche auf, während es flüstert: „Kommt zu mir!"

Dabei lodert ein Zeichen auf Zas linkem Handrücken auf. Ich
kann es nicht genau erkennen, doch glaube ich zu wissen, dass es
meinem exakt gleicht. Es sieht etwa aus wie ein H und brennt ihr
förmlich die Hand ab, doch sie zuckt nicht mit der Wimper. „Sie
spürt es nicht!", schießt es mir durch den Kopf. „Sie ist schmerzresistent."

Jetzt wird mir erst das gesamte Ausmaß dieser Situation bewusst,
denn ich sehe Zas schwarze, ausgebreitete Flügel. Diese besaß auch
ich einst. Außerdem bin ich mir nun sicher, dass sie das gleiche
Symbol besitzt wie ich, weil mich ebenfalls ein Feuer verzehrt, wenn
ich den Zauber für meine Flügel beschwöre. Mir kann der Schmerz
etwas anhaben, ihr nicht.

„Dieses Zeichen – H – steht übrigens für Hölle. Aus dieser stammen wir und dahin wirst du zurückkehren, nachdem ich das hier
beendet habe", erklärt Zafrina mit einer allumfassenden Handbe-
wegung. Sie muss wohl bemerkt haben, dass ich ihre brennende
Hand anstarre, die langsam wieder erlischt.

Za ist ein Racheengel. Auch wenn sich alles in mir dagegen
sträubt, dies zu glauben, so ist es doch wahr. Und sie ist nicht nur
irgendein Racheengel, ihr Opfer soll Lilly sein.

Jetzt ergibt vieles einen Sinn. Zafrina nahm durch Magie die Gestalt von Lillys Vater an, weil sie wusste, was mein Mädchen am

meisten verletzen würde, da sie mir Lillys qualvolle Erinnerungen gesandt hat. Ihre Augen aber konnte sie nicht verbergen, denn dann hätte sie ihre Seele ebenfalls verstecken müssen. Das ist eines der wenigen Dinge, die Magie nicht bewirken kann. Die Seele ist, was eine Person ausmacht, und die Augen sind ihr Spiegel.

Es erklärt ebenso, warum mir Za nicht mehr hilft. Sie bekam eine neue Aufgabe. Ein neuer Fluch breitete sich über ihr aus, der stärker ist als der alte. Nun ist sie nicht mehr mein Schutz-, sondern Lillys Racheengel.

Allerdings ist mir immer noch schleierhaft, warum Zafrina meinen Menschen so sehr hasst. Ich stelle ihr diese Frage, woraufhin sie boshaft und freudlos lacht. Natürlich. Freude kann sie nicht mehr empfinden, wie alle anderen Gefühle auch. Liebe ebenfalls nicht. Aus irgendeinem Grund versetzt mir dieser Gedanke einen Stich. Za hat mich aus der aussichtslosen Existenz meines zweiten Lebens befreit, es geschafft, mich zu lieben, wie ich war, mein Herz aufzutauen. Und ja, ich habe sie ebenso geliebt. Nun haben wir die Rollen getauscht. Ich verstehe ein Stück weit, wie sich von Racheengeln befallene Menschen fühlen müssen. Schutzlos und vollkommen ausgeliefert.

„Oh Leonell. Kannst du dir das nicht denken? Nein? Wie schade. Ich dachte immer, du seist relativ clever, aber anscheinend lag ich falsch. Der Grund ist so offensichtlich", verhöhnt mich Lillys Racheengel.

„Leo, sie hat es auf mich abgesehen, weil ich dir meine Liebe gestanden habe und du sie erwiderst", mischt sich Lilly überraschend ein.

Ich fahre herum. Mit einer Antwort ihrerseits hätte ich niemals gerechnet. Ich dachte, sie sei noch eingeschüchterter von Za als ich. Aber nein, sie scheint sich gefasst zu haben und kämpfen zu wollen. Dieses Mädchen ist erstaunlich. Erneut wallt tiefe Zuneigung für sie in mir auf. Ich muss lächeln.

„Der Kandidat erhält hundert Punkte. Bravo. Und später hast du sie auch noch geküsst! Du hättest mich damals auch mit einem Kuss retten können, Leonell. Ein einziger Kuss und ich wäre nie gesprungen", spottet Zafrina.

So einfach wäre ihre Rettung gewesen? Ich halte das nicht mehr aus. Einerseits würde ich gerne aufstehen, um mit dem Racheengel auf Augenhöhe zu sein, andererseits bezweifle ich, dass Lilly fähig ist, es mir gleichzutun, und ich will sie nicht schutzlos auf dem Boden liegen lassen.

Ich weiß zwar, dass Za von Natur aus sehr eifersüchtig ist, aber ich hätte es nie für möglich gehalten, dass diese Eigenschaft so ausartet. Ich hätte mir wenigstens Toleranz erhofft. Ich kenne diese junge Frau weniger, als ich dachte. Obwohl ich ihre Kaltschnäuzigkeit verstehen kann – sie hat keine andere Wahl, weil sie ein Racheengel ist –, tut es mir in der Seele weh, sie so zu sehen.

Jetzt ergibt jedoch wirklich alles einen Sinn. Zafrina war schon tot. Bedingung Nummer eins erfüllt. Sie hasste nach ihrem Tod einen Menschen so sehr, dass sie ihm das Schlimmste wünschte. Bedingung Nummer zwei erfüllt.

Ihr letzter Gedanke, nicht ihres Lebens, aber ihrer Existenz in der Verdammnis, galt dieser Person. Dritte und letzte Bedingung erfüllt. Nun steht sie als Racheengel vor mir.

Das Höllenmädchen betrachtet gelangweilt seine Fingernägel, übertrieben genervt von meiner kurzen Denkpause.

„Bevor wir hier noch Wurzeln schlagen, würde ich vorschlagen, dass wir es zu Ende bringen. Keine Sorge, wenn du dich nicht wehrst, wird es schnell gehen und beinahe schmerzlos sein. Versprochen", säuselt sie übertrieben freundlich und verzieht ihre Lippen zu einem aufgesetzten Kussmund. Mit einem Seitenblick auf Lilly fügt sie hinzu: „Für euch beide."

Jetzt erhebe ich mich doch. Der finale Kampf steht unausweichlich bevor. Zafrina ist aus mehreren Gründen im Vorteil. Einerseits kann sie ihre Flügel jederzeit schmerzfrei beschwören. Meine sind momentan nicht sichtbar, was heißt, dass ich sie auch nicht erscheinen lassen kann, ohne vor Qual ohnmächtig zu werden. Diesen Fauxpas darf ich mir nicht erlauben. Dann wären Lilly und ich sofort verloren.

Der zweite Vorteil ist, dass Za ein Racheengel ist. Das ist insofern unfair, weil sie wie alle anderen ihrer Art kein Gewissen besitzt und mich skrupellos killen kann. Ich würde zögern. Immerhin habe ich sie einst geliebt. Za weiß jedoch nicht einmal mehr, was Liebe ist.

Ich atme ein letztes Mal tief durch, sammle mich.

Ein Schutzengel tut alles, um seinen Menschen vor dem Sterben zu bewahren, und ein Liebender tut alles, um seine Liebe zu schützen. Bessere Voraussetzungen kann ich für mich nicht schaffen.

Ich bin bereit.

## Lilly

Ich verstehe gar nichts mehr. Den heutigen Tag würde ich gerne aus meinem Leben streichen. So viel Verwirrung und vor allem so viel Schmerz.

Ich kann kaum fassen, dass dieser Kerl, der wie mein Vater aussah, tatsächlich dieses dunkle Mädchen ist, welches Leonell einst liebte. Zafrina. Sie soll also mein Racheengel sein, und das nur, weil ich Leo meine Liebe gestand und er sie erwiderte? Ich begreife das nicht.

Wieso bin ich nur in den Wald gegangen? Damit habe ich diese furchtbare Ereigniskette in Bewegung gesetzt. Ich bin mir sicher, Za hat mich gerufen. Mit schwarzer Magie. Mein Racheengel hat ebenso Macht über mich wie mein Schutzengel.

Ich kauere immer noch halb nackt im Gras mitten auf der Lichtung.

Kurz überlege ich, ob ich wegrennen und mich doch von der zweifellos nicht weit entfernten Klippe stürzen soll, aber ich entscheide mich dagegen.

Natürlich wäre dies die passende Situation, um meinem Leben ein Ende zu setzen, mich aufzuschlitzen wie schon so oft und einfach aufzugeben.

Aber andererseits sterbe ich vielleicht sowieso innerhalb der nächsten paar Stunden, wenn sich Leonell und Za bekriegen. Falls Leo verliert, gehe ich unweigerlich mit ihm, das ist mir klar. Wenn allerdings Za verliert, ist sie für immer weg, zurück in der Verdammnis, und mein Schutzengel und ich können ein langes, glückliches Leben zusammen verbringen. Das wäre der Optimalfall, obwohl ich ernsthaft an dieser Variante zweifle. Leonell ist stark, aber Za ist vollkommen skrupellos. Ich glaube nicht allzu fest daran. Wer keine Hoffnung hat, kann auch nicht enttäuscht werden.

Mir ist klar, dass es bald beginnen wird. Bis es so weit ist, muss ich von dieser Lichtung verschwinden. Ich will nicht in die Schusslinie geraten.

Langsam setze ich mich auf. Allein davon brummt mir schon der Schädel und meine Umgebung dreht sich. Egal. Ich muss weiter. Ich krabbele zu meiner Jeans, stülpe ihre Beine um und ziehe sie mir im Sitzen an. Der Slip ist mir egal. Er ist ohnehin kaputt.

Ich bin zu schwach und ausgelaugt, um mich erheben zu können. Das merke ich, ohne dass ich es probieren müsste. Deswegen krieche ich so schnell, wie es eben in dieser Position möglich ist, zum Waldrand und verstecke mich erschöpft hinter den ersten Büschen.

Leonell und Za haben meinen Abgang natürlich mitbekommen.

Da mein Racheengel mit dem Rücken zu mir steht, würdigt er mich keines weiteren Blickes.

Leonell aber schaut mich besorgt an. Ich erwidere seinen Blick, versuche, Vertrauen und die stumme Bitte hineinzulegen, dass er alles versuchen soll, um zu gewinnen, aber ihm gleichzeitig zu verdeutlichen, dass er sich nicht schuldig fühlen muss, falls er versagt. Denn auch dieses Ende würde sich nicht rückgängig machen lassen. Dann wäre ich eben tot. Auch in Ordnung.

Leonell scheint verstanden zu haben, was ich ihm sagen will. Jedenfalls hoffe ich das, denn er nickt mir kaum merklich zu.

Unglaublich müde schließe ich die Augen und sacke hinter dem Busch zusammen. Ich kann einfach nicht mehr. All meine Kräfte sind verbraucht.

### Leonell

Lilly ist in den Wald gekrochen. Sicher scheint mir dieses Versteck nicht zu sein, aber immerhin besser, als geriete sie direkt zwischen die Fronten. Sie wollte mir mit ihrem letzten Blick noch irgendetwas mitteilen, aber ich kann nicht genau deuten, was. Hoffnung und Flehen lagen darin. Ich nicke ihr sachte zu, um sie zu beruhigen. Nun ist mein Mädchen komplett hinter dem Busch verschwunden. Das ist in Ordnung. Ich darf mich nicht ablenken lassen, muss meine ganze Konzentration auf Za richten, die ich einst liebte, die aber nun weiter denn je von jenem fröhlichen Menschen entfernt ist, der sie einst war. Ihre Willensstärke hat sie jedoch behalten, vielleicht sogar durch ihre Verwandlung noch vermehrt. Pluspunkt für sie.

„Na los, hol mal deine Flügelchen her, wenn du dich schon nicht ergeben willst, damit du wenigstens den Hauch einer Chance hast", sagt Za mit ihrer fremdartigen, herablassenden Stimme, in der immerzu Spott mitschwingt.

„Nein", ist das Einzige, was ich erwidere. Nur ein Wort, aber es sagt so viel. Ich erinnere mich daran, wie Zafrina exakt das Gleiche sagte, als sie neben dem Grab ihrer Eltern stand, und ebenfalls, als sie mir meine zweite Chance in der Verdammnis verwehren wollte.

Za zieht einen Schmollmund.

„Wie schade. Wenn der Kampf so schnell vorbei ist, macht es doch gar keinen Spaß mehr!", verkündet Zafrina mit diesem süffisanten Lächeln, das ich nun schon mehrmals an ihr bewundern durfte. „Na, dann los", fügt sie hinzu, breitet ihre gigantischen schwarzen Schwingen aus und erhebt sich in die Lüfte. „Ich würde dir ja den ersten Schlag lassen, aber du hast es einfach nicht verdient", führt Za ihren Monolog fort.

Ich schlucke schwer. Wie soll es mir nur möglich sein, diese Ausgeburt der Hölle, diese Teufelin zu besiegen? Sie wirkt unglaublich mächtig, wie sie nun über mir schwebt, zum Angriff bereit.

Ich bemerke, wie sich ihre Lippen bewegen. Sie ist allerdings zu weit entfernt, als dass ich ihre Worte verstehen könnte. Mir ist aber klar, dass sie einen Zauber beschwört. Ich kann nicht einmal eine Gegenformel sprechen, weil ich nicht weiß, was Za vorhat.

Sekunden später brennt schwarzes Feuer in ihren Handflächen. Ich kenne diesen Zauber. In meinem zweiten Leben habe ich ihn mit Sicherheit mehrmals benutzt, allerdings habe ich die Erinnerung daran nie zurückerlangt und ahne somit nicht, was nun genau geschieht. Zafrina verzieht ihren Mund schon wieder zu diesem Lächeln, welches mir so zuwider ist.

Plötzlich erfüllt ein Zischen die Luft. Meine Gegnerin hat ruckartig ihren linken Arm ausgestreckt, die Handfläche nach vorne gewandt. Ein schwarzer Blitz scheint die Luft zu durchtrennen, bis er in den Busch einschlägt, hinter dem Lilly hockt. Dieser, ehemals grün und lebendig, zerfällt zu Asche, als hätte er nie existiert. Ihrer

Deckung beraubt blickt sich Lilly erschrocken um und kriecht hektisch tiefer in den Wald hinein. Ich starre ihr sehnsüchtig hinterher, würde ihr so gerne beistehen, doch ich kann nicht.

„Das war nur eine Demonstration und kein großer Aufwand für mich. Deine letzte Chance, Leonell! Du kannst dich ergeben!", zischt Za.

Ich würdige sie keiner Antwort, was sie, wenn sie Gefühle besäße, wahrscheinlich erst recht rasend gemacht hätte.

„Wie du willst", meint Za schulterzuckend, bevor der nächste Blitz heransaust. Diesmal ist er gegen mich gerichtet. Blitzschnell haste ich zur Seite und sehe gerade noch, wie hinter mir ein Baum zu Staub zerfällt.

Glück gehabt. Der nächste Schuss könnte mich jedoch treffen. Es wird Zeit für den Gegenangriff.

Ich murmele leise ein paar Worte vor mich hin.

### Michelle

Wütend schlage ich mich in den Wald. Für wen hält der sich? Der kann doch nicht einfach abhauen und sagen, dass wir uns nie wiedersehen werden, ohne eine ordentliche Begründung abzugeben.

Ich habe Leonell in den Wald rennen sehen, doch schließlich aus den Augen verloren. So ein Mist! Ich hätte ihm früher folgen sollen.

Die beiden sind noch Kinder, wenn auch nicht viel jünger als ich. Trotzdem habe ich momentan die Verantwortung für sie. Obwohl mir Leonell und Lilly schon etwas suspekt sind. Der Junge trägt jeden Tag die gleiche Kleidung, ohne dass sie schmutzig wird, und keine Schuhe. Wie ist das möglich? Und Lilly fehlen zwei Finger! Man verliert nicht ohne Grund Gliedmaßen! Außerdem ist sie schwanger. Sie sollte nicht draußen herumirren, ohne Schutz und ein Dach über dem Kopf. Zweifellos haben die beiden kein leichtes Leben, aber wenn man schon mal helfen will, ist das der Dank?! Sie hauen einfach ab! Und ich bin auch noch so blöd und gehe sie nachts im Wald suchen, auf die Gefahr, mich zu verirren und nie wieder zurückzufinden.

Moment. Ich höre etwas. Wie angewurzelt bleibe ich stehen und horche. Ja, eindeutig. Es klingt nach Stimmen, unterbrochen von einem komischen Surren, das ich nicht deuten kann.

Ich laufe weiter, bewege mich auf die Geräusche zu.

Es ist stockduster. Ich erkenne kaum meine Hand vor Augen und kann nicht beeinflussen, wo ich hintrete.

„Ahh!", kreischt plötzlich etwas unter mir auf. Es greift an mein linkes Bein und hält es fest.

„Was zum Teufel?!", schreie ich ebenfalls. Panik erfasst mich.

„Michelle?", fragt die Stimme.

„Lilly?", gebe ich entgeistert zurück.

Sofort wird mein Bein losgelassen. Ich bin erleichtert, denn es ist kein Wildfremder, der auf dem Waldboden liegt und mich angrapscht, außerdem habe ich endlich Lilly gefunden. Es ist zu dunkel, um zu erkennen, wie es ihr geht, aber trotzdem fällt mir ein enormer Stein vom Herzen.

„Was machst du denn hier?", will ich wissen. Innerlich rolle ich mit den Augen. Ich benehme mich schon, als wäre ich ihre Mutter.

„Komm bitte erst mal zu mir runter, dann erkläre ich dir alles", erwidert das Mädchen.

„Willst du nicht lieber aufstehen?", frage ich vorsichtig.

„Nein, ich kann nicht", antwortet Lilly.

Erneut ergreift mich Panik. „Oh mein Gott. Warum nicht?", kreische ich hysterisch.

„Scht!", macht sie. „Komm einfach nach unten, dann erzähl ich es dir schon!"

Widerwillig hocke ich mich neben sie. Eine andere Wahl scheint mir das Mädchen nicht zu lassen.

„Na, dann schieß mal los", fordere ich Lilly deutlich leiser auf.

Ich höre, wie sie durchatmet. „Okay, nicht austicken, egal, was ich dir jetzt sage." Sie wartet meine Reaktion ab, also nicke ich, in der Hoffnung, sie erkennt meine Geste in der Dunkelheit. Dem ist wohl so, denn sie spricht weiter. „Ich wurde in den Wald gerufen. Leonell ist mein Schutzengel und bekämpft gerade meinen Racheengel. Wenn er gewinnt, lebe ich weiter. Wenn er verliert, sterbe ich mit ihm. Wenn ich Pech habe, sind dies die letzten Minuten meines Lebens. Noch Fragen?", erklärt das Mädchen trocken.

Oh ja, die habe ich. Sind die beiden jetzt völlig durchgeknallt?

Lilly deutet mein Schweigen richtig. „Du musst mich für vollkommen verrückt halten. Überzeug dich doch einfach selbst. Der Kampf findet auf der Lichtung statt. Ich bin allerdings von dort geflohen, als Za – also, mein Racheengel – angefangen hat, mit schwarzem Feuer zu schießen", fährt sie fort.

„Schwarzes Feuer", murmele ich gedankenverloren.

„Genau", bestätigt Lilly ungerührt.

Ich weiß, welche Lichtung sie meint. In diesem Wald gibt es nur eine. Aber was dieses Mädchen von sich gibt, klingt aberwitzig, total durchgeknallt. Trotzdem liegt eine Ernsthaftigkeit in Lillys Stimme, die mich erschaudern lässt.

Ich schlucke. „Okay, ich gehe mal nachsehen", sage ich wagemutig. „Bin gleich wieder da."

Vorsichtig erhebe ich mich, um nicht aus Versehen noch mal auf Lilly zu treten, und schleiche davon.

„Sei vorsichtig, Michelle, bitte!", fleht mich Lilly noch an.

„Bin ich", will ich sie beruhigen, obwohl ich selbst wahnsinnig aufgeregt bin.

Nach wenigen Minuten kann ich bereits etwas erkennen. Der Wald lichtet sich und gibt den Blick auf die schrecklichste Szenerie frei, die ich je beobachten musste. Das Einzige, was dieses Bild stört, ist ein zerrissener Slip, der im Gras liegt.

Entweder spinne ich oder aber Lilly sagt die Wahrheit.

Über der Lichtung schwebt ein schwarzes Etwas mit großen, breiten Schwingen, in dessen Händen schwarzes Feuer lodert. Überall wirbelt Asche herum, vom Wind getrieben.

Am Boden, direkt in der Mitte der freien Fläche, erkenne ich eine zusammengekauerte weiße Gestalt. Auch sie ist von Ruß und Staub umgeben. Bei genauerem Hinsehen fällt mir auf, dass es sich um Leonell handelt. Er muss es sein. Diese stechenden blauen Augen erkenne ich sogar aus dieser Entfernung.

Aber warum steht er nicht auf, wehrt sich gegen diese schwarze Gestalt? Wie nannte Lilly sie? Racheengel? Falls sie die Wahrheit sagt, sollte Leonell sich schleunigst erheben, denn würde er getötet werden, würde Lilly ebenfalls sterben. Aus welchem Grund auch immer.

Oh nein! Erst jetzt fällt mir auf, dass das weiße Wesen gar keine andere Chance hat, als liegen zu bleiben. Das erklärt auch, warum so viel Asche um es herum verteilt ist.

Leonell hat nur noch ein Bein. Sein linkes ist wie vom Erdboden verschluckt. Soweit ich erkennen kann, blutet der Stumpf nicht einmal. Es sieht aus, als hätte er nie zwei Beine besessen.

Ich halte die Luft an. Der Racheengel holt erneut aus. Die schwarz lodernde Hand stößt hervor und sendet einen Blitz aus, der auf Leonells Herz zielt.

Plötzlich habe ich Gewissheit. Lilly und Leonell werden unweigerlich sterben und ich kann nichts dagegen unternehmen. Ich höre jemanden schreien, bis ich begreife, dass ich es bin.

Ich renne so schnell von diesem fürchterlichen Ort weg, wie ich noch nie in meinem Leben gerannt bin. Ich muss zu Lilly. Vielleicht ist alles doch nur ein böser Traum. Gleich erwache ich und stelle fest, dass ich zu Hause in meinem Bett liege und Lilly und Leonell überhaupt nicht existieren.

Und falls doch, will ich bei Lilly sein, wenn sie stirbt.

## Lilly

Ich weiß, dass es vorbei ist. Leonell hat verloren. Doch ich bin mir sicher, er hat hart gekämpft und ist mit Würde gestorben. Tränen rinnen mir übers Gesicht. Mein Tod schleicht sich sanft an, überrollt mich wie eine kleine Welle, die gerade am Strand ausläuft.

Ich schließe meine Augen. Jetzt gibt es keinen Kummer mehr, keine Ängste, Qual und Leid. Ich lächle schwach. Ich bin frei. Das ist es doch, was ich immer wollte. Allerdings hätte ich nie gedacht, dass es in einem Wald, weit entfernt von Miracle, mitten im Dreck und aus diesen Gründen passiert.

Schade ist nur, dass ich Leonell nicht in Himmel oder Hölle oder wo auch immer begegnen werde, denn er muss in der Verdammnis schmoren. Wir müssen stark sein. Jetzt ist es sowieso zu spät. Einfach vorbei.

Ich höre, wie in meiner Nähe Äste brechen und Zweige knacken, dann nehme ich eine Stimme wahr, die ich kenne, aber nicht richtig zuordnen kann.

„Lilly, Lilly, nein, oh nein", schluchzt sie. Ich verstehe gar nicht, was an dieser Situation so traurig sein soll. Ich werde gleich frei sein. Ich spüre, wie mir eine sanfte Hand übers Gesicht streicht, wie Leonell es auch schon tat, aber er ist es nicht. Wie auch. Er ist bereits tot, sein kurzes drittes Leben wurde soeben ausgelöscht.

Ich finde es schade, dass er nicht das Letzte ist, was ich sehe. Ich beschwöre ein Bild von ihm herauf. Er trägt seine Flügel. Ich denke an den Moment zurück, als er mich rettete, indem er mich zu dieser Insel flog und ich glaubte zu träumen. Selbstverständlich lasse ich auch den Augenblick unseres ersten Kusses noch einmal Revue passieren. All die schönen Dinge, die wir zusammen erlebt haben, dürfen nicht in Vergessenheit geraten. Und doch werden sie unweigerlich verschwinden und nicht weitergetragen werden, weil alle beteiligten Personen jeden Moment tot sein werden.

Das Schicksal hat seltsame Entscheidungen getroffen, aber nun ist es besiegelt.

Wenigstens hat Leonell mir noch zeigen können, was Leben bedeutet. Für alles, was er getan hat, bin ich ihm unendlich dankbar. Dank ihm konnte ich Freude und Glück empfinden, wenn auch nur kurz.

Meine Gedanken treiben auseinander. Ich kann sie nicht mehr beisammenhalten.

Ich stoße meinen letzten Atemzug aus.

### Leonell

Za hat mein Herz getroffen. Ich sterbe. Bin quasi schon fast tot.

Die Zauber, die ich beschwor, konnten gegen Zafrina nichts ausrichten. Ich habe es schlussendlich nicht übers Herz gebracht, sie zu töten. Ich besitze ein Gewissen und kann nicht einfach meine einstige Liebe zu ihr vergessen. Dafür hat sie zu viel für mich getan.

Nun werde ich für alle Ewigkeit in der Verdammnis festsitzen. Zum Glück ohne Za. Trotz allem bin ich froh, dass sie nicht bei mir sein wird. Sie wird weiter als Racheengel ihr zweites oder sogar ihr drittes Leben verbringen, wenn man die Zeit, während der sie mein Schutzengel war, mitzählt.

Ich werde sie nie wiedersehen und das ist auch gut so. Ich könnte ihr nicht verzeihen, was sie Lilly angetan hat. Dass sie mich umgebracht hat, ist nicht halb so schlimm, als dass meine große Liebe wegen Zafrina mit mir stirbt.

Ich pulverisiere. Erst mein Herz, weil es getroffen wurde, dann geht es immer weiter. Mein Bein war sowieso schon verschwunden. Ich spüre das Brennen, den Schmerz kaum, denn ich weiß, dass alles vorbei ist. Meine innere Qual ist größer als meine äußere.

Ich hätte mich nicht mehr gegen Za wehren können. Dieses Unterfangen war von Anfang an aussichtslos.

Ich schließe meine Augen, bevor sie zu Asche werden. Mein letzter Blick soll nicht der noch immer über mir schwebenden Za gegönnt sein. Nein, vor meinem inneren Auge errichte ich ein Bild von Lilly, von der glücklichen, lebensfrohen Lilly, die sie die letzten beiden Tage ihres Lebens sein durfte. Ich werde dieses Lächeln nie wiedersehen, nie wieder ihre Stimme hören. Eine einzelne Träne löst sich aus meinem Augenwinkel, bevor auch sie verschwindet, einfach zu Asche wird.

Ich habe öfter darüber nachgedacht, ob so etwas wie Schicksal wirklich existiert. Nun bin ich davon überzeugt, dass das Leben nicht vorgeschrieben sein kann. Denn wie soll eine höhere Macht all diese Geschehnisse gutheißen können? Ich kann mir beim besten Willen nicht vorstellen, wie so etwas funktionieren soll.

Alles Zufälle. Zur falschen Zeit am falschen Ort. Ja, diese Vorstellung ist plausibler.

Jetzt bin ich mir sicher: Niemand kennt seine Zukunft!

# Epilog

## Za

Mein Werk ist vollbracht. Ich merke es daran, dass ich weitergezogen werde. Ich muss zu meinem nächsten Opfer. Weiterhin Unheil bringen und Blut vergießen.

Die Verdammnis gehört von nun an zu meiner Vergangenheit, weil ich eine wichtigere und weitaus bessere Aufgabe zugeteilt bekommen habe, als in einem Boot zu hocken und nichts zu tun.

Ich übe Vergeltung.

Dies ist das erste Mal, dass ich in meinen beiden bisherigen Leben jemanden umgebracht habe, wenn man meine Mitschuld an dem Tod meiner Eltern nicht mitrechnet.

Noch dazu jemanden, den ich einst liebte. Und es macht mir rein gar nichts aus. Das Schicksal ist schon manchmal komisch.

Leonell ermordet meine Eltern, ich töte ihn. Ich würde laut lachen, wenn ich Gefühle besäße.

Ich wende meinen Blick von der Asche ab, die als Einziges noch auf der Lichtung zu sehen ist, und fliege davon, immer dem Ziehen meines nicht vorhandenen Herzens nach.

# Danksagung

An erster Stelle gilt mein Dank dem *Papierfresserchens-MTM-Verlag*, da er sich meiner Geschichte angenommen und mich auf dem langen Weg bis zur Veröffentlichung begleitet hat. Insbesondere möchte ich meiner Lektorin Melanie Wittmann danken, ohne welche dieses Buch nicht zu dem geworden wäre, was es jetzt ist.

Des Weiteren danke ich Katharina Bouillon für das wunderschöne Titelbild und Hedda Esselborn für den Satz.

Außerdem danke ich meiner Mom, die das Manuskript in der Rohfassung als Allererste gelesen hat und meinem Dad und meiner Schwester dafür, dass sie es nicht getan haben!

Jule, die es immerhin geschafft hat, das erste Kapitel zu lesen.

Franzi und Julia dafür, dass sie sich mit mir zusammen über die Verlagszusage gefreut haben.

Vera und Mi, weil sie nicht darauf kamen, was mein Geheimnis ist.

Anna, die mir fleißig beim Vorbestellungen sammeln geholfen hat.

Und Anika und Linda, weil sie unbedingt einmal in einer Danksagung erwähnt werden wollten.

Außerdem danke ich Antonia, die ich mit Fragen zu ihrem eigenen Buch und dem Ablauf vom Manuskript bis zum fertigen Buch bombardieren dufte und sie es ausgehalten hat.

Und last but not least gilt mein Dank all denen, die mein Buch vorbestellt haben, da es sonst niemals auf den Markt gekommen wäre und ich danke generell allen meinen Lesern – denn ohne jemandem, der zuhört, wäre Reden (beziehungsweise Schreiben) umsonst!

***Und vergesst nicht: Eure Zukunft liegt in eurer eigenen Hand, macht etwas daraus!***

# Die Autorin

**Anna-Lena Grimm** wurde 1998 geboren und lebt in Schleiz in Thüringen. Dort besucht sie das Dr. Konrad Duden Gymnasium.

# Papierfresserchens MTM-Verlag
## Ihr Buchverlag

**Sophia Suckel**
*Sonnenherz*
**ISBN: 978-3-86196-272-4, 10,90 Euro**

Nuria lebt in dem Land Onur, das von dem grausamen Herrscher Kieran regiert wird. Sie ist mit ihrem bescheidenen Leben zufrieden, bis ein Ausflug in ein nahegelegenes Dorf alles verändert.
Gemeinsam mit ihren neuen Freunden Finley und Aimata sucht das Mädchen Antworten und sie stoßen dabei auf Geheimnisse, die ihre Schicksale miteinander verbinden.

**Nico Salfeld**
*Die vier Diamanten und das Erbe der Grauen*
**ISBN: 978-3-86196-323-3, 10,90 Euro**

Die vier Königinnen und Könige Lycia, Walter, Helena und Carlos wollen die Insel Leffert besiedeln. Doch noch bevor alle Völker ihre neue Heimat bezogen haben, entwickelt sich ein Streit, welcher durch Hass, Intrige und Liebe viele überraschende Wendungen nimmt. Das Schicksal der Insel und der vier Völker ist in Gefahr.

Es gibt nur einen Ausweg: Dondrodis, der Beschützer der vier magischen Diamanten aus dem Volk der Elfen muss die Insel rechtzeitig erreichen. Nur wenn er seinen Auftrag erfüllt, kann es Frieden geben.